EUGÉNIE GRANDET

HONORÉ DE BALZAC

EUGÉNIE GRANDET

Chronologie et préface
par
Pierre Citron
professeur à l'Université de Paris III

GF

FLAMMARION

CHRONOLOGIE
DE LA VIE ET DE L'ŒUVRE
DE BALZAC

1799 : Naissance, à Tours, le 20 mai, d'Honoré Balzac, fils du « citoyen Bernard-François Balzac » et de la « citoyenne Anne-Charlotte-Laure Sallambier, son épouse ». Il sera mis en nourrice à Saint-Cyr-sur-Loire jusqu'à l'âge de quatre ans. Il aura deux sœurs : Laure, née en 1800, et Laurence, née en 1802 ; un frère, Henri, né en 1807.

1804 : Il entre à la pension Le Guay, à Tours.

1807 : Il entre, le 22 juin, au collège des Oratoriens de Vendôme, où il passera six ans de rigoureux internat.

1813 : Il quitte Vendôme le 22 avril. En été, il est placé pour quelques mois comme pensionnaire dans l'institution Ganser, à Paris.

1814 : Pendant l'été, il fréquente le collège de Tours. En novembre, il suit sa famille à Paris, rue du Temple.

1815 : Il fréquente deux institutions du quartier du Marais, l'institution Lepître, puis, à partir d'octobre, de nouveau l'institution Ganser ; il suit vraisemblablement les cours du lycée Charlemagne.

1816 : En novembre, il s'inscrit à la Faculté de Droit et entre, comme clerc, chez Me Guillonnet-Merville, avoué rue Coquillière.

1818 : Il quitte, en mars, l'étude de Me Guillonnet-Merville pour entrer dans celle de Me Passez, notaire, ami de ses parents et qui habite la même maison, rue du Temple. Il rédige des *Notes sur l'immortalité de l'âme*.

1819 : Vers le 1er août, Bernard-François Balzac, retraité de l'administration militaire, se retire à Villeparisis avec sa famille. Honoré, bachelier en droit depuis le mois de janvier, obtient de rester à Paris pour devenir homme de lettres. Installé dans un modeste logis mansardé, rue Lesdiguières, il y compose une tragédie, *Cromwell*, qui ne sera ni jouée, ni publiée de son vivant.

1820 : Il commence *Falthurne*, récit qu'il n'achèvera pas. Le 18 mai, il assiste au mariage de sa sœur Laure avec Eugène Surville, ingénieur des Ponts et Chaussées. Ses parents donnent congé rue Lesdiguières pour le 1er janvier 1821.

1821 : Il commence *Sténie*, autre récit qui restera ina-
    chevé. Le 1er septembre, sa sœur Laurence épouse
    M. de Montzaigle.

1822 : Début de sa liaison avec Laure de Berny, âgée de
    quarante-cinq ans, dont il a fait connaissance à Villepa-
    risis l'année précédente; elle sera pour lui la plus vigi-
    lante et la plus dévouée des amies. Pendant l'été, il
    séjourne à Bayeux, en Normandie, avec les Surville. Ses
    parents emménagent avec lui à Paris, dans le Marais,
    rue du Roi-Doré.

Sous le pseudonyme de Lord R'Hoone, il publie, en colla-
    boration, *l'Héritière de Birague* et *Jean-Louis;* puis,
    seul, *Clotilde de Lusignan, le Centenaire* et *le Vicaire des
    Ardennes*, parus la même année, sont signés Horace de
    Saint-Aubin.

1823 : Au cours de l'été, séjour en Touraine, le premier
    depuis 1814.

La Dernière Fée, par Horace de Saint-Aubin.

1824 : Vers la fin de l'été, ses parents ayant regagné Ville-
    parisis, il s'installe rue de Tournon.

Annette et le Criminel (Argow le pirate), par Horace de
    Saint-Aubin. Sous l'anonymat : *Du droit d'aînesse;
    Histoire impartiale des Jésuites.*

1825 : Associé avec Urbain Canel, il réédite les œuvres de
    Molière et de La Fontaine. En avril, bref voyage à
    Alençon. Début des relations avec la duchesse d'Abran-
    tès. Sa sœur Laurence meurt le 11 août.

Wann-Chlore, par Horace de Saint-Aubin. Sous l'anony-
    mat : *Code des gens honnêtes.*

1826 : Le 1er juin, il obtient un brevet d'imprimeur. Asso-
    cié avec Barbier, il s'installe rue des Marais-Saint-Ger-
    main (aujourd'hui rue Visconti). Au cours de l'été, sa
    famille abandonne Villeparisis pour se fixer à Versailles.

1827 : Le 15 juillet, avec Laurent et Barbier, il crée une
    société pour l'exploitation d'une fonderie de caractères
    d'imprimerie.

1828 : Au début du printemps, Balzac s'installe 1, rue
    Cassini, près de l'Observatoire. Ses affaires marchent
    mal : il doit les liquider et contracter de lourdes dettes.
    Il revient à la littérature : du 15 septembre à la fin
    d'octobre, il séjourne à Fougères, chez le général de
    Pommereul, pour préparer un roman sur la chouan-
    nerie.

1829 : Balzac commence à fréquenter les salons : il est reçu
    chez Sophie Gay, chez le baron Gérard, chez Mme Ha-
    melin, chez la princesse Bagration, chez Mme Réca-
    mier. Début de la correspondance avec Mme Zulma
    Carraud qui, mariée à un commandant d'artillerie, habite

alors Saint-Cyr-l'École. Le 19 juin, mort de Bernard-François Balzac.
En mars a paru, avec la signature Honoré Balzac, *le Dernier Chouan ou la Bretagne en 1800* qui, sous le titre définitif *Les Chouans*, sera le premier roman incorporé à *la Comédie humaine*. En décembre, *Physiologie du mariage*, « par un jeune célibataire ».

1830 : Balzac collabore à la *Revue de Paris*, à la *Revue des Deux Mondes*, ainsi qu'à divers journaux : le *Feuilleton des Journaux politiques*, la *Mode*, la *Silhouette*, le *Voleur*, la *Caricature*. Il adopte la particule et commence à signer « de Balzac ». Avec Mme de Berny, il descend la Loire en bateau (juin) et séjourne pendant l'été dans la propriété de La Grenadière, à Saint-Cyr-sur-Loire. Pendant l'automne, il devient un familier du salon de Charles Nodier, à l'Arsenal.
Premières « *Scènes de la vie privée* » : *la Vendetta; les Dangers de l'inconduite (Gobseck); le Bal de Sceaux; Gloire et Malheur (la Maison du Chat-qui-pelote); la Femme vertueuse (Une double famille); la Paix du ménage*. Parmi les premiers « contes philosophiques » : *les Deux Rêves, l'Élixir de longue ue vie...*

1831 : Désormais consacré comme écrivain, il travaille avec acharnement, tout en menant, à ses heures, une vie mondaine et luxueuse, qui ranimera indéfiniment ses dettes. Ambitions politiques demeurées insatisfaites.
La Peau de chagrin, roman philosophique. Sous l'étiquette « Contes philosophiques » : *les Proscrits; le Chef-d'œuvre inconnu...*

1832 : Entrée en relations avec Mme Hanska, « l'Étrangère », qui habite le château de Wierzchownia, en Ukraine. Il est l'hôte de M. de Margonne à Saché (où il a fait et fera d'autres séjours); puis des Carraud, qui habitent maintenant Angoulême. Il est devenu l'ami de la marquise de Castries, qu'il rejoint en août à Aix-les-Bains et qu'il suit en octobre à Genève : désillusion amoureuse. Au retour, il passe trois semaines à Nemours auprès de Mme de Berny. Il a adhéré au parti néo-légitimiste et publié plusieurs essais politiques.
La Transaction (le Colonel Chabert). Parmi de nouvelles « Scènes de la vie privée » : *les Célibataires (le Curé de Tours)* et cinq « scènes » distinctes qui seront groupées plus tard dans *la Femme de trente ans*. Parmi de nouveaux « Contes philosophiques » : *Louis Lambert*. En marge de la future *Comédie humaine* : premier dixain des *Contes drolatiques*.

1833 : Début d'une correspondance suivie avec Mme Hanska. Il la rencontre pour la première fois en septembre à Neuchâtel et la retrouve à Genève pour la Noël. Contrat

avec Mme Béchet pour la publication, achevée par
Werdet, des *Etudes de mœurs au XIX*^e *siècle* qui, de
1833 à 1837, paraîtront en douze volumes et qui
sont comme une préfiguration de *la Comédie humaine*
(I à IV : « Scènes de la vie privée ». V à VIII : « Scènes
de la vie de province ». IX à XII : « Scènes de la vie
parisienne »).

Le Médecin de campagne. Parmi les premières « Scènes de
la vie de province » : *la Femme abandonnée ; la Grenadière ; l'Illustre Gaudissart ; Eugénie Grandet* (décembre).

1834 : Retour de Suisse en février. Le 4 juin naît Maria
du Fresnay, sa fille présumée. Nouveaux développe-
ments de la vie mondaine : il se lie avec la comtesse
Guidoboni-Visconti.

La Recherche de l'absolu. Parmi les premières « Scènes de
la vie parisienne » : *Histoire des treize* (I. *Ferragus*,
1833. II. *Ne touchez pas la hache (la Duchesse de Langeais),* 1833-34. III. *La Fille aux yeux d'or,* 1834-35).

1835 : Une édition collective d'*Etudes philosophiques*
(1835-1840) commence à paraître chez Werdet. Au printemps, Balzac s'installe en secret rue des Batailles, à
Chaillot. Au mois de mai, il rejoint Mme Hanska, qui
est avec son mari à Vienne, en Autriche ; il passe trois
semaines auprès d'elle et ne la reverra plus pendant
huit ans.

Le Père Goriot (1834-35). *Melmoth réconcilié. La Fleur des
pois (Le Contrat de mariage). Séraphîta.*

1836 : Année agitée. Le 20 mai naît Lionel-Richard Guidoboni-Visconti, qui est peut-être son fils naturel. En
juin, Balzac gagne un procès contre la *Revue de Paris* au
sujet du *Lys dans la vallée.* En juillet, il doit liquider
la Chronique de Paris, qu'il dirigeait depuis janvier. Il va
passer quelques semaines à Turin ; au retour, il apprend
la mort de Mme de Berny, survenue le 27 juillet.

*Le Lys dans la vallée. L'Interdiction. La Messe de l'athée.
Facino Cane. L'Enfant maudit* (1831-36). *Le Secret des
Ruggieri (la Confidence des Ruggieri.)*

1837 : Nouveau voyage en Italie (février-avril) : Milan,
Venise, Gênes, Livourne, Florence, le lac de Côme.

La Vieille Fille. Illusions perdues (début). *César Birotteau.*

1838 : Séjour à Frapesle, près d'Issoudun, où sont fixés
désormais les Carraud (février-mars) ; quelques jours à
Nohant, chez George Sand. Voyage en Sardaigne et dans
la péninsule italienne (avril-mai). En juillet, installation
aux Jardies, entre Sèvres et Ville-d'Avray.

*La Femme supérieure (les Employés). La Maison Nucin-
gen.* Début des futures *Splendeurs et Misères des courtisanes (la Torpille).*

1839 : Balzac est nommé, en avril, président de la Société des Gens de Lettres. En septembre-octobre, il mène une campagne inutile en faveur du notaire Peytel, ancien co-directeur du *Voleur*, condamné à mort pour meurtre de sa femme et d'un domestique. Activité dramatique : il achève *l'Ecole des ménages* et *Vautrin*. Candidat à l'Académie française, il s'efface, le 2 décembre, devant Victor Hugo, qui ne sera pas élu.
Le Cabinet des antiques. Gambara. Une fille d'Eve. Massimilla Doni. Béatrix ou les Amours forcées. Une princesse parisienne (les Secrets de la princesse de Cadignan).

1840 : *Vautrin*, créé le 14 mars à la Porte-Saint-Martin, est interdit le 16. Balzac dirige et anime la *Revue parisienne*, qui aura trois numéros (juillet-août-septembre); dans le dernier, la célèbre étude sur *la Chartreuse de Parme*. En octobre, il s'installe 19, rue Basse (aujourd'hui la « Maison de Balzac », 47, rue Raynouard).
Pierrette. Pierre Grassou. Z. Marcas. Les Fantaisies de Claudine (Un prince de la Bohême).

1841 : Le 2 octobre, traité avec Furne et un consortium de libraires pour la publication de *la Comédie humaine*, qui paraîtra, avec un *Avant-propos* capital, en dix-sept volumes (1842-1848) et un volume posthume (1855).
Le Curé de village (1839-41). Les Lecamus (le Martyr calviniste).

1842 : Le 19 mars, création, à l'Odéon, des *Ressources de Quinola. Mémoires de deux jeunes mariées. Albert Savarus. La Fausse Maîtresse. Autre Etude de femme. Ursule Mirouët. Un début dans la vie. Les Deux Frères (la Rabouilleuse).*

1843 : Juillet-octobre : séjour à Saint-Pétersbourg, auprès de Mme Hanska, veuve depuis le 10 novembre 1841; retour par l'Allemagne. Le 26 septembre, création, à l'Odéon, de *Paméla Giraud.*
Une ténébreuse affaire (écrit en 1840). La Muse du département. Honorine. Illusions perdues, complet en trois parties (I. *Les Deux Poètes*, 1837. II. *Un grand homme de province à Paris*, 1839. III. *Les Souffrances de l'inventeur*, 1843).

1844 : *Modeste Mignon. Les Paysans* (début). *Béatrix* (II. *La Lune de miel). Gaudissart II. Splendeurs et Misères des courtisanes* (2e partie).

1845 : Mai-août : Balzac rejoint à Dresde Mme Hanska, sa fille Anna et le comte Georges Mniszech; il voyage avec eux en Allemagne, en France, en Hollande et en Belgique. En octobre, il retrouve Mme Hanska à Châlons et se rend avec elle à Naples. En décembre, seconde candidature à l'Académie française.
Un homme d'affaires. Les Comédiens sans le savoir.

1846 : Fin mars : séjour à Rome avec Mme Hanska ; puis la Suisse et le Rhin jusqu'à Francfort. Le 13 octobre, à Wiesbaden, Balzac est témoin au mariage d'Anna Hanska avec le comte Mniszech. Au début de novembre, Mme Hanska met au monde un enfant mort-né, qui devait s'appeler Victor-Honoré.
Petites Misères de la vie conjugale (1845-46). *L'Envers de l'histoire comtemporaine* (premier épisode). *La Cousine Bette. Splendeurs et Misères des courtisanes* (3ᵉ partie).

1847 : De février à mai, Mme Hanska séjourne à Paris, tandis que Balzac s'installe rue Fortunée (aujourd'hui rue Balzac). Le 28 juin, il fait d'elle sa légataire universelle. Il la rejoint à Wierschownia en septembre.
Le Cousin Pons. La Dernière Incarnation de Vautrin (dernière partie de *Splendeurs et Misères des courtisanes*).

1848 : Rentré à Paris le 15 février, il assiste aux premières journées de la Révolution. *La Marâtre* est créée, en mai, au Théâtre historique ; *Mercadet*, reçu en août au Théâtre français, n'y sera pas représenté. A la fin de septembre, il retrouve Mme Hanska en Ukraine et reste avec elle jusqu'au printemps de 1850.
L'Initié, second épisode de *l'Envers de l'histoire contemporaine*.

1849 : Deux voix à l'Académie française le 11 janvier (fauteuil Chateaubriand) ; deux voix encore le 18 (fauteuil Vatout). La santé de Balzac, déjà éprouvée, s'altère gravement : crises cardiaques répétées au cours de l'année.

1850 : Le 14 mars, à Berditcheff, il épouse Mme Hanska. Malade, il rentre avec elle à Paris le 20 mai et meurt le 18 août. Sa mère lui survit jusqu'en 1854 et sa femme jusqu'en 1882. Son frère Henri mourra en 1858 ; sa sœur Laure en 1871.

1854 : Publication posthume du *Député d'Arcis*, terminé par Charles Rabou.

1855 : Publication posthume des *Paysans*, terminé sur l'initiative de Mme Honoré de Balzac. Edition, commencée en 1853, des *Œuvres complètes* en vingt volumes par Houssiaux, qui prend la suite de Furne comme concessionnaire (I à XVIII. *La Comédie humaine*. XIX. *Théâtre*. XX. *Contes drolatiques*).

1856-1857 : Publication posthume des *Petits Bourgeois*, terminé par Charles Rabou.

1869-1876 : Edition définitive des *Œuvres complètes* de Balzac en vingt-quatre volumes chez Michel Lévy, puis Calmann-Lévy. Parmi les « Scènes de la vie parisienne » sont réunies pour la première fois les quatre parties de *Splendeurs et Misères des courtisanes*.

PRÉFACE

Aucune œuvre n'a fait davantage qu'*Eugénie Grandet* pour la réputation de Balzac. Aucune non plus, peut-être, n'a aussi obstinément faussé la nature véritable de la grandeur du romancier. Roman pour jeunes filles, à mettre entre toutes les mains, seule œuvre de Balzac recommandée pendant des décades à des générations de lycéens, *Eugénie Grandet* a longtemps masqué l'ampleur et la violence de *la Comédie humaine*. Peu de balzaciens fervents placeront ce livre sans éclat au premier rang des chefs-d'œuvre de son créateur.

Il s'agit pourtant d'un livre profondément neuf, et Balzac le savait bien : quand en 1834-1835 il réunit à peu près tous ses romans et récits depuis 1829 sous le titre d'*Etudes de mœurs au dix-neuvième siècle*, il fit écrire par Félix Davin, dans la préface à cet ensemble, qu'*Eugénie Grandet* avait « imprimé le cachet à la révolution que M. de Balzac avait portée dans le roman »; il y voyait « la conquête de la vérité absolue dans l'art ». Parle-t-on de révolution et de conquête à propos d'un roman à l'eau de rose ?

Depuis le début de 1832, Balzac avait entrepris, selon l'expression de Bernard Guyon, d'inventer les *Scènes de la vie de province*. Il s'était agi de nouvelles brèves comme *le Message* ou *la Grenadière*, plus longues comme *le Curé de Tours* et *la Femme abandonnée*. En même temps étaient nés des romans : *Louis Lambert*, dont le début transposait à peine les années de collège passées par Balzac à Vendôme, et *le Médecin de campagne*, situé en Dauphiné. Mais la province n'y figurait pas à l'état pur : le héros du *Message* venait de Paris ainsi que l'héroïne de *la Femme abandonnée*; Paris avait été le théâtre du malheur de Mme Willemsens dans *la Grenadière*; c'est là que Benassis, le « médecin de campagne », avait passé son enfance; c'est là que se rendait Louis Lambert; c'est là, chez le ministre, que s'arbitrait la querelle tourangelle entre l'abbé Troubert et la la famille de Listomère. La grande ville manifestait toujours par moments sa grandeur et sa puissance. Rien de tel

dans *Eugénie Grandet*. Tout y est provincial. A Saumur vit
le père Grandet, tonnelier, avec sa femme, sa fille Eugénie
et la servante Nanon. Riche et avare, il impose à sa famille
une vie de pauvreté. Eugénie, beau parti, est convoitée par
deux familles, les Cruchot et les Des Grassins. Un jour
arrive de Paris un cousin germain de la jeune fille, le jeune
et beau Charles Grandet ; il apprend, à Saumur, la faillite et
le suicide de son père ; une idylle s'ébauche entre les deux
jeunes gens : promesses de mariage. Charles va partir au-
delà des mers, pour refaire sa fortune, et Eugénie lui donne
les pièces d'or qu'elle recevait en cadeau de son père à
chaque anniversaire. Puis elle attend. Son père lui fait de
violents reproches quand il s'aperçoit qu'elle s'est dessaisie
de son or. Mme Grandet, puis son mari, meurent de vieillesse et de maladie. Neuf ans après son passage à Saumur,
Charles rentre en France, fortune faite. Il projette d'épouser une noble héritière. Eugénie, riche à millions, fait payer
les dettes de son cousin qu'elle aime toujours et fait un
mariage blanc avec un des Cruchot qui meurt peu après.
Elle consacrera sa vie à la piété et aux bonnes œuvres.

Paris, on le voit, n'a ici nul prestige. Son seul reflet dans
le livre est dérisoire : c'est celui du dandy égoïste et sans
consistance qu'est Charles Grandet. Tous les autres personnages sont strictement provinciaux, ainsi que le décor.

Le roman est neuf également parce qu'il ne s'y passe rien
de romanesque, ce qui constitue une innovation aussi
considérable que celles qu'apporteront plus tard dans le
roman Joyce ou Proust. *Eugénie Grandet*, qui est pour nous
le type même du roman, avait, pour l'époque, quelque
chose d'un anti-roman. Chez Scott, chez Hugo, chez Stendhal, chez Vigny, chez Mérimée, chez G. Sand, les événements foisonnaient. De même dans toutes les œuvres
antérieures de Balzac : trahisons, folies, morts tragiques,
suicides ou félicités et passions triomphantes. Ici, rien ; la
faillite et le suicide du frère de Grandet sont ceux d'un
personnage que nous n'avons pas vu, qui ne nous est pas
décrit ; cela ne peut nous intéresser plus qu'un fait divers.
Tout le reste n'est que l'étouffement d'un être, interrompu seulement par l'ébauche d'un double sursaut
d'amour et de révolte, sans aboutissement. Balzac, pour
obtenir cette sorte de tonalité neutre, devait d'ailleurs se
faire violence et se brider. De même que, dans la première
version de *Gobseck*, en 1830, il avait fait baron le vieil
avare parisien, de même ici, comme le révèle l'étude du
manuscrit qu'a faite P.-G. Castex, Balzac a d'abord songé
à conclure son roman en faisant épouser un duc à Eugénie,
et en la faisant terminer ses jours à Paris. Renonçant heureusement à ce premier mouvement, il s'en est tenu à la
province et à l'inertie d'une existence sans événement ni
relief.

C'est au milieu d'août 1833 qu'apparaît le titre d'*Eugénie*

Grandet dans la correspondance de Balzac ; et rien n'indique que l'œuvre ait subi auparavant une longue maturation. Le romancier, à trente-quatre ans, a une notoriété que lui a value, deux ans plus tôt, la publication de *la Peau de chagrin ;* diverses revues lui ont pris une douzaine de nouvelles ; en volumes, il a fait paraître en janvier 1833 *Louis Lambert ; le Médecin de campagne* doit sortir en septembre. Bien qu'il ait besoin d'argent comme toujours, sa situation financière n'est pas particulièrement critique. C'est à son œuvre pour elle-même qu'il se consacre tout entier. 1833 est une des années les plus fertiles de sa carrière : il met en chantier *Ferragus* et *la Duchesse de Langeais*, deux des volets d'*Histoire des treize*, et commence à les publier dans des revues ; il fait paraître le deuxième dizain des *Contes drolatiques* en juillet, conçoit et rédige *Eugénie Grandet* d'août à novembre ; en novembre il écrira en outre *l'Illustre Gaudissart*, cette autre histoire de vigneron, et aura l'intuition du *Cabinet des Antiques* et de *Séraphîta*.

Sa production ne l'empêche pas de vivre. D'août à octobre 1832, il est à Aix-les-Bains, où il espère conquérir la marquise de Castries ; elle se dérobe finalement, et il en garde une profonde amertume. En avril et mai 1833, il va voir ses amis Carraud à Angoulême. Il est en correspondance constante, depuis février 1832, avec Mme Hanska, comtesse polonaise mariée à un grand propriétaire terrien d'Ukraine. Il a en outre, on le verra, une autre intrigue en cours.

C'est dans ce contexte qu'est mis en chantier le roman d'*Eugénie Grandet*. Le premier chapitre, intitulé *Physionomies bourgeoises*, paraît le 15 septembre 1833 dans *l'Europe littéraire*. La revue annonce la suite, mais ne la publiera jamais. Balzac part le 22 septembre pour la Suisse, afin de rencontrer à Neuchâtel Mme Hanska qu'il n'a encore jamais vue. De retour à Paris le 4 octobre, il n'envisagera plus qu'en volume la publication de l'œuvre. Galvanisé par son amour naissant, il écrit sans désemparer toute la fin du roman. Il l'a terminé le 1er décembre, et peut le voir quinze jours plus tard dans les vitrines des libraires. Le succès est très vif auprès des critiques comme du public.

Cette période d'extrême vitalité où naît le roman coïncide avec l'époque où Balzac atteint, dans le domaine du roman, à une maîtrise technique qui n'avait jusque-là été la sienne que dans des récits relativement brefs comme *Gobseck*, *la Femme abandonnée* ou *le Curé de Tours*. Si remarquables que soient bien souvent *les Chouans*, *la Peau de chagrin*, *le Médecin de campagne*, *Louis Lambert*, ces romans souffrent par endroits de déséquilibre, d'invraisemblances, d'outrances ou de didactisme. *Eugénie Grandet* est, artistiquement parlant, la première œuvre étendue de Balzac au sujet de laquelle on puisse prononcer le mot de perfection. Le romancier a conquis son métier, en appre-

nant à discipliner l'énergie qui nourrit toute son œuvre, à
brasser, à ajuster, à transmuer en les décantant et en les
disciplinant les sensations et les sentiments présents, les
souvenirs de tout ordre, les lectures anciennes ou récentes.
Rien d'étonnant à ce que les sources d'*Eugénie Grandet*
soient d'une extrême diversité.

Eugénie, pure et sans détour, semble au premier abord
ne présenter nulle complexité. Le caractère de cette figure
limpide est bien défini par la velléité qu'aura plus tard
Balzac de confier à Ingres l'exécution du portrait d'Eugénie
dans l'édition illustrée de *la Comédie humaine*. Mais cette
simplicité n'est qu'apparente : l'art du romancier a effacé
les coutures et le personnage a en fait des origines multiples.
Au début d'un roman de jeunesse de Balzac, *Annette et le
criminel*, écrit en 1823 et publié l'année suivante, se trouve
un épisode particulièrement frappant, qu'a signalé Maurice
Serval. L'héroïne, Annette, qui est parfaitement vertueuse
et animée d'une sincère piété, et qui n'est pas sans ressemblance physique avec Eugénie Grandet, est amoureuse de
son jeune et beau cousin, Charles Servigné. Elle lui offre,
pour lui permettre de faire bonne figure dans le monde,
une partie de ses économies ; il la remercie les larmes aux
yeux, et lui promet que son mari « saura payer les dettes du
cousin ». Mais il est intéressé, volage, et indigne d'elle.

Le prénom d'Eugénie avait déjà été utilisé par Balzac
dans un autre roman de jeunesse, un de ceux auxquels il
avait le plus travaillé, et auquel il tenait le plus : *Wann-
Chlore*, rédigé à partir de 1822 et publié en 1825. Eugénie
d'Arneuse, l'une des deux héroïnes (l'une des deux femmes
du héros bigame) annonce nettement Eugénie Grandet,
comme l'a souligné R. de Cesare ; elle est, malgré son nom
aristocratique, une âme bourgeoise, douce, pieuse, sans
expérience de la vie, soumise à l'autorité tyrannique de sa
mère. Lorsque arrive inopinément dans sa ville de province
(Chambly, dans la vallée de l'Oise) un jeune et beau Parisien, Horace Landon, elle s'éveillera et l'aimera au premier
regard. Contrairement à ce qui se passe dans *Eugénie Grandet*, elle l'épousera. Mais aussitôt après avoir divergé, les
fils des deux œuvres se renouent : Horace abandonne sa
femme et disparaît. C'est qu'il en aime une autre connue
auparavant et qu'il croyait avoir perdue, Wann-Chlore ;
l'ayant épousée sous un nom d'emprunt, il est parti vivre
en Touraine. Eugénie les y retrouve, et sa conduite est d'une
totale générosité : déguisée en femme de chambre, elle se
met au service du couple ; après la mort d'Horace et de
Wann, elle survivra ; et un dénouement non conservé la
montre, « pâle et souffrante », vivant retirée, et restant
« comme un monument de chagrin et d'amour ». Pierre
Barbéris, à la thèse de qui j'emprunte ces textes, a prouvé
de façon convaincante que le personnage d'Eugénie d'Arneuse n'avait pas été créé de toutes pièces par Balzac, mais

devait un certain nombre de ses traits à Laurence Balzac,
la plus jeune sœur d'Honoré : à 19 ans, elle avait été
éblouie par un homme de peu de valeur morale, M. de
Montzaigle ; elle l'avait épousé en 1821, un peu pour échapper à la tyrannie maternelle, et il l'avait rendue si malheureuse que son mariage peut être considéré comme une des
causes de sa mort prématurée en 1825. On ne retrouve
guère le caractère enjoué de Laurence dans Eugénie Grandet, ni ses malheurs conjugaux. Mais, par l'intermédiaire
de Mlle d'Arneuse, elle n'en est pas moins l'ancêtre loin-
taine de la fille du tonnelier de Saumur.

Il y aura encore une autre Eugénie chez Balzac, posté-
rieure aux deux premières : Marie-Eugénie de Grandville,
qui, dans Une fille d'Eve, a épousé le méprisable Ferdi-
nand Du Tillet, uniquement pour échapper à la tyrannie
maternelle ; elle est, elle aussi, malheureuse ; c'est une nouvelle postérité de Laurence. Au milieu de ces diverses
Eugénie, on est tenté de reléguer au rang des coïncidences
curieuses le fait que Balzac ait reçu en 1832 une lettre d'une
admiratrice lyonnaise qui signait Eugénie Chambet ; mais
peut-être, après tout, la sonorité du nom de Grandet vient-
elle de là.

Un personnage balzacien est presque toujours le reflet de
plusieurs modèles que Balzac a connus à des périodes bien
différentes de sa vie ; une impression récente, en faisant
revivre un souvenir ancien, provoque souvent le jaillisse-
ment brusque d'une figure nouvelle. Il est à peu près certain que si, dix ans après avoir créé Annette et Eugénie
d'Arneuse, Balzac a donné naissance à un personnage en
qui se retrouvent certains de leurs traits, cette résurgence
est due à la présence dans sa vie d'une femme qui n'avait
rien à voir avec Laurence : Maria du Fresnay, qui doit
être considérée comme le principal prototype d'Eugénie
Grandet. La découverte de ce modèle est à elle seule un
roman. Réimprimant Eugénie Grandet en 1839, Balzac y
inscrivit la dédicace « A Maria ». Dans les quelques lignes
qui suivent ces deux mots sont évoqués le buis bénit, la
religion, les mains pieuses. Le vicomte de Lovenjoul avait
rapproché ce texte d'une phrase écrite par Balzac dans une
lettre à sa sœur Laure, le 12 octobre 1833 : « Je suis père —
voilà un autre secret que j'avais à te dire — et à la tête
d'une gentille personne, la plus naïve créature qui soit,
tombée comme une fleur du ciel, qui vient chez moi en
cachette, n'exige ni correspondance ni soins, et qui dit :
aime-moi un an, je t'aimerai toute ma vie » ; et, s'interro-
geant sur le sort de l'enfant, Lovenjoul disait qu'elle devait
s'appeler Marie. Or il y a, dans le testament de Balzac, une
Marie du Fresnay à qui Balzac légua son « Christ de Girar-
don dans l'encadrement de Brustolone ». Etait-ce Marie ?
Bouvier et Maynial se le sont demandé en 1938. Les dates
ne concordaient pas ; mais l'hypothèse provoqua, en 1946,

une lettre de M. Charles du Fresnay, neveu de Marie, à
A. Chancerel. D'où enquête menée par cet érudit, avec le
concours de Roger Pierrot, et révélations d'un certain
nombre de précisions : la mère de Marie s'appelait Maria.
Fille d'une romancière, Adèle Daminois, elle était née en
1809 et avait, en 1829, épousé Charles du Fresnay, qui était
plus âgé qu'elle. Pas d'enfant jusqu'au 4 juin 1834, date de
la naissance de Marie. Balzac, dans sa lettre d'octobre 1833,
a donc exprimé son espoir de paternité, c'est-à-dire la gros-
sesse d'une maîtresse qui, en quatre ans de mariage, n'avait
pas eu d'enfant. La phrase qui précède celle qui a été citée
évoque « la pauvre, simple et délicieuse bourgeoise qui
enfin est comme Blanche d'Azay », c'est-à-dire comme
l'héroïne d'un des *Contes drolatiques*, *le Péché véniel* :
mariée à un vieillard, Blanche se désole de n'avoir pas
d'enfant, jusqu'au jour où les efforts d'un beau page,
dûment encouragés, mettent fin à sa stérilité.

Tout cela identifiait de façon décisive la dédicataire d'*Eugénie Grandet*. Etait-elle pour autant le modèle de l'héroïne
du roman ? C'était probable. A. Chancerel et R. Pierrot le
pensaient. Le doute restait permis. Mais on s'est avisé
depuis qu'en 1839, au moment même où Balzac dédiait
Eugénie Grandet à Maria, il écrivait *le Curé de village*.
Dans ce roman, la situation de l'héroïne, Véronique Graslin, était absolument celle de Maria du Fresnay : mariée à
un homme plus âgé, n'en ayant pas d'enfant, et ayant une
liaison secrète d'un an avec un jeune homme qui lui donne
un héritier. Or Véronique Graslin et Eugénie Grandet présentent tant de ressemblances physique et morale qu'une
coïncidence est exclue. Filles uniques d'un avare de province, soumises et pieuses, elles ont été de charmantes
enfants, et restent d'une prestance sculpturale ; mais la
petite vérole a ravagé leurs traits ; elles passent pour laides
et se croient laides d'elles-mêmes ; mais leur beauté trans-
paraît à nouveau, sous des traits peu gracieux, lorsque
l'amour — humain ou divin — vient les transfigurer. Or,
les souvenirs de M. Charles du Fresnay sur sa grand-mère
étaient formels : de grande taille, peu séduisante, elle avait
le visage marqué par la variole.

Aucun doute ne semble subsister : c'est à Maria que
songeait Balzac quand il a peint Eugénie. Mais comment
l'héroïne d'un adultère, même délicieux, s'est-elle transfor-
mée en une jeune fille essentiellement vertueuse et innocente ? Des nécessités d'ordre esthétique, celle en particu-
lier de l'opposer à la féroce figure du père, peuvent rendre
compte de cette mutation. Mais une hypothèse complémen-
taire peut être proposée. Balzac était en août 1833 en correspondance avec Mme Hanska ; il allait partir en septembre la
voir pour la première fois. Or, on le sait, cette catholique
fervente, qui admirait en Balzac un connaisseur de l'âme
féminine, devait s'efforcer de l'aiguiller vers le spiritua-

lisme. C'est à elle que Balzac devait offrir, en décembre
1833, le manuscrit d'*Eugénie Grandet ;* elle n'était pas
encore sa maîtresse à l'époque. Une héroïne aussi pure,
aussi sincèrement religieuse, était faite pour elle. Et Balzac,
tout à son amour naissant, devait naturellement, même
sans calcul, écrire son œuvre en pensant à elle. P.-G. Castex a souligné avec justesse la « nature angélique » d'Eugénie, sa « vocation céleste » ; il a marqué qu'*Eugénie Grandet*
a été écrit au moment où Balzac concevait *Séraphîta*, la
plus imprégnée de mysticisme de ses œuvres ; et *Séraphîta*
a été largement inspirée, on le sait, par les idées de
Mme Hanska. Le malheur de Laurence trompée par un
dandy, le souvenir d'Annette et d'Eugénie d'Arneuse, la
nature profonde de Maria du Fresnay, le tout sublimé et
angélisé par la présence à l'arrière-plan de Mme Hanska,
voilà l'essentiel d'Eugénie Grandet, en tant qu'être indi-
viduel.

Mais l'individu ne peut exister que dans son milieu,
sa société, dans le monde matériel où il vit. Balzac va tout
transformer en faisant de son héroïne la fille d'un riche
avare de province. La vigoureuse figure du père Grandet
a souvent éclipsé celle de sa fille aux yeux des critiques et
des auteurs. Elle a paru si vraie, si photographique, qu'on
en a cherché le modèle sur les lieux mêmes où Balzac l'avait
fait vivre.

Comme cela s'est passé à Issoudun pour certains des
personnages de *la Rabouilleuse*, des bruits se sont créés de
toutes pièces et amplifiés, dans le demi-siècle qui a suivi la
mort de Balzac, sur de prétendus modèles. On montre
encore à Saumur une « Maison Grandet » ; elle n'a aucun
rapport, par sa situation ou par son architecture, avec
celle que décrit Balzac. A. Hallays avait recueilli des on-dit,
selon lesquels le prototype de Grandet aurait été un avare
de Saumur nommé Jean Nivelleau ; Balzac aurait même
demandé en mariage sa fille, nommée Marie. Maurice
Serval a fait justice de ces racontars : Nivelleau était un
agent de change, il n'avait pas acheté de biens nationaux, sa
maison n'avait aucun rapport avec celle de Grandet, et sa
fille — qui avait un frère — avait été élevée à Paris. Non
seulement rien ne prouve que Balzac l'ait connu ou ait
entendu parler de lui, mais R. Pierrot a démontré, en examinant de près la chronologie de la genèse du roman, et des
lettres se rapportant à cette période, qu'il est invraisem-
blable que Balzac ait été à Saumur en 1832. Un descendant
de la famille Nivelleau a tenté de prouver en 1969 que son
lointain parent aurait pu être et a par conséquent été le
modèle de Grandet, et de se donner ainsi des sortes de
lettres de noblesse. Ces pieux efforts peuvent provoquer
le sourire, mais non emporter l'adhésion.

Il existait à Saumur un autre millionnaire dont l'avarice
était notoire, M. Dupuis Charlemagne, qui, plus que Nivel-

leau, était proche de Grandet : tonnelier de son état, vêtu comme Grandet de vieux habits, il rangeait ses tonneaux dans une chapelle dont il était propriétaire, comme Grandet. Mais rien n'atteste non plus que Balzac ait connu ce personnage.

En fait, la critique moderne a établi que, contrairement à une croyance longtemps enracinée, le « réalisme » de Balzac était en partie une légende et que le romancier se livrait à d'audacieuses transpositions. Les personnages situés par lui dans telle ou telle province étaient souvent issus d'une région tout autre; et leur habitation subissait le même déplacement que le propriétaire. C'est le cas dans *Eugénie Grandet*. Balzac a situé son roman à Saumur, en Anjou. Il avait traversé la ville en 1830; il en a reproduit quelques détails rapidement observés, et surtout l'atmosphère. Mais il pensait en réalité, quand il écrivait *Eugénie Grandet*, à Tours et à ses environs. Cela ne surprend guère : il était né en Touraine, y avait vécu ses premières années, y avait gardé des amis chez lesquels il ne cessa jamais d'aller passer de temps en temps quelques semaines; il y avait situé tout ou partie de plusieurs de ses romans de jeunesse, comme *Sténie* et *Wann-Chlore ;* parmi les œuvres publiées à partir de 1830, un des épisodes de *la Femme de trente ans*, des nouvelles comme *le Curé de Tours* et *la Grenadière*, ainsi que *les Deux Amis* dont je reparlerai, et la moitié environ des deux premiers dizains des *Contes drolatiques*, étaient situés près de Tours. En novembre 1833, au milieu de la rédaction d'*Eugénie Grandet*, Balzac écrit *l'Illustre Gaudissart*, qui se situe à Vouvray. Dans le manuscrit d'*Eugénie Grandet*, il lui arrive d'écrire Touraine pour Anjou et d'avoir à rectifier ensuite : lapsus significatif. C'est de Touraine que sont issus la plupart des éléments de la personne du père Grandet, de sa demeure, de ses biens. Toutes ces identifications ont été brillamment faites par P.-G. Castex, auquel j'emprunte tout ce qui va suivre.

La maison de Grandet ne peut être identifiée, et sans doute n'existe-t-elle pas telle quelle : les contemporains, sachant l'origine de Balzac, n'auraient pas manqué de la remarquer. Mais elle est typique, c'est-à-dire faite d'éléments qui se retrouvaient à de nombreux exemplaires dans diverses maisons de la vieille ville. La preuve en est que lorsque Balzac, en 1837, situera à Tours un épisode d'un récit inachevé, *les Martyrs ignorés*, il donnera à la maison d'un médecin de la ville les mêmes caractéristiques qu'à celle de Grandet : salles basses et obscures, vigne sur la façade, bûches bien rangées, jardin où des carrés bordés de buis apparaissent à travers une grille de bois.

Les propriétés de l'avare sont plus reconnaissables : c'est d'abord l'Abbaye de Noyers, acquise par Grandet, et qui existait réellement, sur la Vienne, au sud du département d'Indre-et-Loire. Elle avait été vendue en 1791 comme bien

national au colonel Sonolet, dont un neveu était parmi les
relations des parents de Balzac et dont le petit-fils,
Jules Sonolet, fut, comme Balzac, élève de la pension
Le Guay, à Tours, puis du collège de Vendôme. Balzac
devait se souvenir du nom : en 1835, il appela Solonet
(l'interversion des consonnes était fréquente, même dans
des actes officiels) le jeune notaire du *Contrat de mariage*.

Quant au domaine de Froidfond, il faut y voir une trans-
position assez fidèle de Saché, la demeure des Margonne,
amis des Balzac, chez qui Honoré fit de fréquents séjours :
l'admirable château, les grands arbres, la forêt giboyeuse,
les étangs et la rivière où la pêche était excellente. Les
détails sur Froidfond sont peu nombreux dans le roman ;
mais tous ceux qui y figurent peuvent s'appliquer à Saché,
que Balzac aimait tout particulièrement.

C'est en Touraine que Balzac a fait vivre, en 1830, un
personnage qui, comme l'a montré R. de Cesare, est la préfiguration de Grandet. Ecrivant *les Deux Amis*, conte sati-
rique inachevé, il met en scène le bonhomme Jean-Joseph
Coudreux, retiré du commerce, ancien prudhomme de
Tours, acheteur de biens nationaux ; il vit dans son château,
cultivant ses vignes, faisant valoir le domaine qu'il s'occupe
à arrondir ; et son amour de la propriété n'a d'égal que celui
qu'il porte à sa fille, la jolie Claire, qui est courtisée par
deux jeunes gens. Son habit marron, ses bons souliers,
sa culotte courte, sont déjà ceux de Grandet ; il a sensiblement le même âge. Ce nom de Coudreux était celui d'un
ami du père de Balzac, riche négociant, membre du tribunal de commerce, adjoint au maire de Tours pendant les
Cent Jours. Mais Grandet doit certainement plus au Coudreux déjà transposé des *Deux Amis* qu'à celui de la réalité :
comme dans le cas de Laurence Balzac et d'Eugénie d'Arneuse, un premier personnage romanesque a servi d'intermédiaire entre le modèle initial et la forme définitive que le
lecteur rencontre dans *Eugénie Grandet*.

Si Saché a pu ne fournir que de façon assez générale le
décor de Froidfond, ses habitants ont laissé dans le roman
une trace plus précise. M. de Margonne, fort riche (le plus
imposé de l'arrondissement, comme Grandet) et quelque
peu avare, n'a sans doute prêté que peu de traits au tonnelier millionnaire de Saumur. Il était au surplus beaucoup
plus jeune. Mais Mme de Margonne, que Balzac n'aimait
guère, semble avoir donné son visage et sa silhouette à
Mme Grandet : sa petite taille, son teint jaune, sa dévotion,
sa déférence aux usages bourgeois, son caractère effacé,
qui nous sont attestés par divers passages des lettres de
Balzac, se retrouvent chez la mère d'Eugénie.

Quant au modèle de base de Grandet, c'est dans la même
famille que P.-G. Castex l'a trouvé : il s'agit du père de
Mme de Margonne, Henry-Joseph de Savary, que Balzac
connaissait fort bien : c'était aussi un ami de sa famille, et

Honoré avait séjourné chez lui à Vouvray en 1823 : à cette date, Savary avait soixante-dix ans : l'âge de Grandet au début du roman. C'était un ancien officier de cavalerie, mais il avait quitté l'armée à la Révolution. Il fut pendant quelque temps maire de Tours, comme Grandet de Saumur. Il descendait de propriétaires terriens, et acheta à Vouvray, en 1791, un domaine viticole qui produisait des vins classés comme grands crus. Il s'attache dès lors à gérer son domaine et à l'arrondir par des échanges de terres. Sur ses vieux jours, il plaça en rente viagère la plus grande partie de sa fortune. Grandet n'est d'ailleurs pas le seul personnage balzacien qui soit issu de lui : un vieux gentilhomme, M. de Valesnes, qui apparaît au début de 1832 dans la première édition de *Madame Firmiani*, un autre vieux gentilhomme, M. de Bourbonne, qui figure deux mois plus tard dans *le Curé de Tours* (les deux personnages ne font d'ailleurs plus qu'un, nommé M. de Bourbonne, dans les actuelles éditions de *la Comédie humaine*) sont, par leur situation sociale, proches de M. de Savary, tout en annonçant Grandet par le comportement.

Que Savary ne soit pas l'unique modèle de Grandet, c'est l'évidence. D'ailleurs, sauf peut-être pour des personnages épisodiques et sans épaisseur, aucun personnage de Balzac n'a de modèle unique. On a pu citer un avare de Villeparisis nommé Dujai, connu vers 1820, qui faisait vivre dans la misère sa malheureuse femme, tout en amassant des millions; un tonnelier riche et avare, nommé Séchart, que Balzac aurait rencontré en mai 1833 à Angoulême; ou encore divers avares de Tours, que Balzac mentionne dans une lettre à Zulma Carraud, pour se justifier de l'accusation d'invraisemblance : un colporteur nommé Eynard qui était riche de vingt millions, un épicier en boutique qui en aurait eu huit. Et la liste n'est pas exhaustive.

Influences littéraires ? On peut y penser aussi. Laissons de côté l'absurde accusation de plagiat lancée anonymement par Philarète Chasles, selon qui Balzac aurait imité un roman anglais de W. Pitt Scargill paru en 1822, *la Fille de l'usurier* : il ne fut pas traduit, et, en dehors du fait qu'un avare y fait le malheur de sa fille, il n'y a aucun rapport entre les deux œuvres.

Il faut plutôt songer à diverses sources françaises. Le bégaiement volontaire de Grandet pourrait bien avoir été emprunté à celui de l'abbé Dubois, tel que le décrivent les *Mémoires* de Saint-Simon. Impossible surtout de ne pas évoquer *l'Avare*. Balzac lui-même l'a dit : « Molière a fait *l'Avare*, moi j'ai fait l'avarice. » Entendons : non pas un obsédé en dehors de son époque, mais une manière de vivre ancrée dans un siècle précis. Harpagon, comme son ancêtre de *l'Aululaire* de Plaute, est l'illustration d'un défaut : c'est en moraliste que Molière l'a créé. Tout au long de la pièce, il n'est d'ailleurs que ridicule, et accumule les stupidités. Il y a en lui une manie, mais nulle profondeur. Tout autres sont les avares balzaciens, qui prêtent bien rarement à rire, mais qui inquiètent davantage tout en forçant une sorte d'admiration indignée. Grandet n'est pas le premier. En 1829 le romancier a créé dans *les Chouans* le personnage d'un avare provincial, d'Orgemont, qui avait acheté des bâtiments d'une abbaye. En 1830, il invente Gobseck, vieil usurier de la capitale, maître des fortunes et des secrets d'autrui, un des rois mystérieux de Paris, incarnation du Destin, mais qui, comme Grandet, périra (à partir de l'édition de 1835 tout au moins) dévoré par sa passion de l'or ; en 1831 Maître Cornélius, l'argentier de Louis XI, aussi méfiant que Grandet pour garder ses trésors. Avec Grandet apparaît un nouveau type d'avare, plus fouillé parce qu'il figure dans un roman et non dans un bref récit, plus enraciné encore que Gobseck dans les structures sociales et économiques du début du XIXe siècle. Ce n'est pas un simple passionné de l'or, qui reste assis stupidement sur ses écus entassés, mais un homme d'affaires lucide, averti, entreprenant, avisé. Ses opérations sont celles mêmes grâce auxquelles s'est créé par étapes le capitalisme moderne en France, et Balzac en respecte rigoureusement la progression : achats de biens nationaux, à l'origine, sous la Révolution ; utilisation opportune de ses fonctions de maire sous le Consulat (le père de Balzac avait lui aussi profité de sa charge d'adjoint au maire) ; exploitation des propriétés durant l'Empire, et fructification des capitaux par la pratique d'un escompte usuraire, avec l'aide du banquier et du notaire (dont les familles convoitent la main d'Eugénie pour un des leurs) ; enfin, sous la Restauration, spéculation sur la rente, aussi bien en 3 % qu'en 5 %. Ainsi se sont constituées nombre de grandes fortunes bourgeoises entre 1789 et 1830. L'ascension de Grandet condense tous ces mécanismes de façon parfaitement plausible, et en donne, en même temps qu'une analyse qu'aucun historien ne devait faire de façon aussi serrée jusqu'à la fin du XIXe siècle, une synthèse concrète, vivante, et qui ne s'efface pas de l'esprit du lecteur parce qu'elle est fondée sur un personnage romanesque inoubliable.

Les autres personnages ne sont que des comparses. On a vu qu'une première version du cousin Charles avait été esquissée par Balzac dans *Annette et le Criminel*. Il faut ajouter qu'au moment où il envoyait Charles Grandet faire fortune outre-mer, Balzac pensait certainement aussi à son frère cadet, Henry, dont il n'appréciait guère le caractère d'enfant gâté, superficiel et sans consistance, et qui, en mars 1831, avait quitté la France pour l'Ile Maurice, puis pour l'Ile Bourbon. Nul n'a jusqu'ici identifié les personnages réels, sans nul doute multiples, chez lesquels Balzac a puisé pour créer la grande Nanon, ou ces marionnettes intéressées que sont les Cruchot et les Des Grassins.

Des figures de Grandet et d'Eugénie, sur lesquelles est construit tout le roman, la première domine l'introduction du livre et l'autre la conclusion. Quant au corps même du récit, il est fait d'affrontements successifs entre le père et la fille, d'autant plus frappants qu'ils ont, en vertu de l'hérédité, des caractères assez symétriques — fermes, volontaires, positifs. Il y a là toute une série de scènes théâtrales d'un effet sûr, que M. Bardèche a bien analysées; il serait trop long de les reprendre ici; notons seulement qu'*Eugénie Grandet* a été à plusieurs reprises porté au théâtre du vivant même de Balzac. Pourtant, alors que les scènes de dialogues occupent les deux tiers du roman, elles restent si constamment dans la demi-teinte (à l'exception de la scène où Grandet s'aperçoit de la disparition de l'or d'Eugénie), et elles sont d'autre part intégrées avec tant d'art dans une continuité linéaire, dans une durée qui s'écoule avec lenteur et monotonie, que l'impression qui demeure, lorsqu'on referme le roman, est celle d'une grisaille. Les mots de *monotone* et de *monotonie* reviennent à plusieurs reprises. Mais surtout, à la première et à la dernière page du livre, les mots de *mélancolie* et de *mélancolique* forment une] sorte de cadre où est enfermée la destinée d'Eugénie; et le terme revient d'ailleurs une dizaine de fois dans le livre, qu'il ponctue comme un leitmotiv dans un adagio. Mais cette mélancolie n'est pas celle de la rêverie à la Werther ou à la René. Si elle s'évade en direction du mysticisme, sa cause est bien terrestre : elle est dans le règne de l'argent, ce grand écraseur d'âmes. C'est Grandet, et plus précisément son amour de l'or, qui broie la vie d'Eugénie. D'autres conventions sociales, d'autres conformismes, en d'autres siècles, avaient pu ainsi étouffer des aspirations humaines. Mais, au XIXe siècle, c'est le capital, la propriété, bref c'est l'or qui s'est substitué à tout le reste; le rang, les fonctions, l'éducation, tout lui est subordonné. Il est devenu de l'énergie à la fois masquée et condensée, c'est-à-dire l'essentiel, puisque tout dans l'univers, selon Balzac, est énergie. Il prend son autonomie en dévorant son possesseur, qu'il annihile en faisant de lui, sur sa fin, un effrayant et pitoyable obsédé. Il se substitue aux êtres en devenant vivant, comme le proclame Grandet : « Vraiment les écus vivent et grouillent comme des hommes : ça va, ça vient, ça sue, ça produit. » L'engrenage du capitalisme enfante ainsi une redoutable monstruosité. Balzac a donné à son tableau des couleurs sombres : celles de la maison Grandet, où l'absence de lumière symbolise l'absence de générosité et de joie, d'autant plus sensibles que la nature, tout autour, dans les prés plantés de peupliers, dans les vignes, dans toute la vallée de la Loire, est riante, ensoleillée, et invite au bonheur. Mais l'or a créé au milieu de ce paradis une prison obscure où un geôlier égoïste, inconscient de sa cruauté, broie la destinée d'une jeune fille, atrophie ses aspirations, la réduit à un évangélisme végétatif, et ôte tout sens à son existence. Soumise à cette pression, Eugénie n'attend pas Godot : elle attend Charles, c'est-à-dire l'amour. En vain : l'amour lui aussi a été dévoré par l'or. Certes un des coupables est puni : Balzac joue la providence, et tue M. Cruchot de Bonfons, le mari d'Eugénie, avant qu'il puisse jouir de la fortune de sa femme. Mais Grandet est mort de sa belle mort, Charles épouse son héritière, Eugénie reste seule, sans bonheur ni espoir. L'or a tout vidé, tout placé sous le signe de l'absurde. La condamnation radicale portée par Balzac contre une société qui vit sur de telles bases a peut-être d'autant plus de force profonde qu'elle évite toute indignation oratoire et semble, de façon classique, portée à mi-voix.

Pierre CITRON

BIBLIOGRAPHIE

Eugénie Grandet, dans l'Œuvre de Balzac (Club français du livre), introduction de Lucien Fabre, 1950.

Eugénie Grandet, introduction de S.-J. Bérard (Ed. de Cluny), 1959.

Eugénie Grandet, introduction de R. Pierrot (Sansoni), 1959.

Eugénie Grandet, dans *la Comédie humaine* (Pléiade), notice de R. Pierrot au tome XI, 1955, 2ᵉ éd. 1962.

Eugénie Grandet, dans *Œuvres complètes* de Balzac, introduction de M. Bardèche (Club de l'honnête homme), 1955; 2ᵉ édition, 1968.

Eugénie Grandet, introduction, variantes et notes de P.-G. Castex, Classiques Garnier (1965). C'est l'édition de base.

A. CHANCEREL et R. PIERROT : *La Véritable Eugénie Grandet*, Revue des Sciences humaines, oct.-déc. 1955.

R. de CESARE : *Balzac et Eugénie Grandet* (Studi Urbinati), 1953.

P.-G. CASTEX : *Aux sources d'Eugénie Grandet* (Revue d'histoire littéraire de la France), janvier-mars 1964.

P.-G. CASTEX : *L'Ascension de M. Grandet* (Europe), janvier 1965.

EUGÉNIE GRANDET

A Maria.

Que votre nom, vous dont le portrait est le plus bel orne-
ment de cet ouvrage, soit ici comme une branche de buis
bénit, prise on ne sait à quel arbre, mais certainement sanc-
tifiée par la religion et renouvelée, toujours verte, par des
mains pieuses, pour protéger la maison.

DE BALZAC.

EUGÉNIE GRANDET

Il se trouve dans certaines villes de province des maisons dont la vue inspire une mélancolie égale à celle que provoquent les cloîtres les plus sombres, les landes les plus ternes ou les ruines les plus tristes. Peut-être y a-t-il à la fois dans ces maisons et le silence du cloître et l'aridité des landes et les ossements des ruines. La vie et le mouvement y sont si tranquilles qu'un étranger les croirait inhabitées, s'il ne rencontrait tout à coup le regard pâle et froid d'une personne immobile dont la figure à demi monastique dépasse l'appui de la croisée, au bruit d'un pas inconnu. Ces principes de mélancolie existent dans la physionomie d'un logis situé à Saumur, au bout de la rue montueuse qui mène au château, par le haut de la ville. Cette rue, maintenant peu fréquentée, chaude en été, froide en hiver, obscure en quelques endroits, est remarquable par la sonorité de son petit pavé caillouteux, toujours propre et sec, par l'étroitesse de sa voie tortueuse, par la paix de ses maisons qui appartiennent à la vieille ville, et que dominent les remparts. Des habitations trois fois séculaires y sont encore solides, quoique construites en bois, et leurs divers aspects contribuent à l'originalité qui recommande cette partie de Saumur à l'attention des antiquaires et des artistes. Il est difficile de passer devant ces maisons, sans admirer les énormes madriers dont les bouts sont taillés en figures bizarres et qui couronnent d'un bas-relief noir le rez-de-chaussée de la plupart d'entre elles. Ici, des pièces de bois transversales sont couvertes en ardoises et dessinent des lignes bleues sur les frêles murailles d'un logis terminé par un toit en colombage que les ans ont fait plier, dont les bardeaux pourris ont été tordus par l'action alternative de la pluie et du soleil. Là se présentent des appuis

de fenêtre usés, noircis, dont les délicates sculptures se
voient à peine, et qui semblent trop légers pour le pot
d'argile brune d'où s'élancent les œillets ou les rosiers
d'une pauvre ouvrière. Plus loin, c'est des portes garnies
de clous énormes où le génie de nos ancêtres a tracé des
hiéroglyphes domestiques dont le sens ne se retrouvera
jamais. Tantôt un protestant y a signé sa foi, tantôt un
ligueur y a maudit Henri IV. Quelque bourgeois y a
gravé les insignes de sa *noblesse de cloches*, la gloire de
son échevinage oublié. L'Histoire de France est là tout
entière. A côté de la tremblante maison à pans hourdés
où l'artisan a déifié son rabot, s'élève l'hôtel d'un gentilhomme où sur le plein cintre de la porte en pierre se
voient encore quelques vestiges de ses armes, brisées par
les diverses révolutions qui depuis 1789 ont agité le
pays. Dans cette rue, les rez-de-chaussée commerçants
ne sont ni des boutiques ni des magasins, les amis du
Moyen Age y retrouveraient l'ouvrouère de nos pères
en toute sa naïve simplicité. Ces salles basses, qui n'ont
ni devanture, ni montre, ni vitrages, sont profondes,
obscures et sans ornements extérieurs ou intérieurs. Leur
porte est ouverte en deux parties pleines, grossièrement
ferrées, dont la supérieure se replie intérieurement, et
dont l'inférieure, armée d'une sonnette à ressort, va et
vient constamment. L'air et le jour arrivent à cette espèce
d'antre humide, ou par le haut de la porte, ou par l'espace
qui se trouve entre la voûte, le plancher et le petit mur
à hauteur d'appui dans lequel s'encastrent de solides
volets, ôtés le matin, remis et maintenus le soir avec des
bandes de fer boulonnées. Ce mur sert à étaler les marchandises du négociant. Là, nul charlatanisme. Suivant
la nature du commerce, les échantillons consistent en
deux ou trois baquets pleins de sel et de morue, en
quelques paquets de toile à voile, des cordages, du lai-
ton pendu aux solives du plancher, des cercles le long
des murs, ou quelques pièces de drap sur des rayons.
Entrez ? Une fille propre, pimpante de jeunesse, au blanc
fichu, aux bras rouges, quitte son tricot, appelle son
père ou sa mère qui vient et vous vend à vos souhaits,
flegmatiquement, complaisamment, arrogamment, selon
son caractère, soit pour deux sous, soit pour vingt mille
francs de marchandise. Vous verrez un marchand de
merrain assis à sa porte et qui tourne ses pouces en cau-
sant avec un voisin, il ne possède en apparence que de
mauvaises planches à bouteilles et deux ou trois paquets

de lattes ; mais sur le port son chantier plein fournit tous
les tonneliers de l'Anjou ; il sait, à une planche près,
combien il *peut* de tonneaux si la récolte est bonne ;
un coup de soleil l'enrichit, un temps de pluie le ruine :
en une seule matinée, les poinçons valent onze francs ou
tombent à six livres. Dans ce pays, comme en Touraine,
les vicissitudes de l'atmosphère dominent la vie commerciale. Vignerons, propriétaires, marchands de bois, tonneliers, aubergistes, mariniers, sont tous à l'affût d'un
rayon de soleil ; ils tremblent en se couchant le soir d'apprendre le lendemain matin qu'il a gelé pendant la nuit ;
ils redoutent la pluie, le vent, la sécheresse, et veulent de
l'eau, du chaud, des nuages, à leur fantaisie. Il y a un
duel constant entre le ciel et les intérêts terrestres. Le
baromètre attriste, déride, égaie tour à tour les physionomies. D'un bout à l'autre de cette rue, l'ancienne Grand-
rue de Saumur, ces mots : « Voilà un temps d'or ! » se
chiffrent de porte en porte. Aussi chacun répond-il au
voisin : « Il pleut des louis », en sachant ce qu'un rayon
de soleil, ce qu'une pluie opportune lui en apporte. Le
samedi, vers midi, dans la belle saison, vous n'obtiendriez
pas pour un sou de marchandise chez ces braves indus-
triels. Chacun a sa vigne, sa closerie, et va passer deux
jours à la campagne. Là, tout étant prévu, l'achat, la
vente, le profit, les commerçants se trouvent avoir dix
heures sur douze à employer en joyeuses parties, en
observations, commentaires, espionnages continuels. Une
ménagère n'achète pas une perdrix sans que les voisins
demandent au mari si elle était cuite à point. Une jeune
fille ne met pas la tête à sa fenêtre sans y être vue par
tous les groupes inoccupés. Là donc les consciences sont
à jour, de même que ces maisons impénétrables, noires et
silencieuses n'ont point de mystères. La vie est presque
toujours en plein air : chaque ménage s'assied à sa porte,
y déjeune, y dîne, s'y dispute. Il ne passe personne dans
la rue qui ne soit étudié. Aussi, jadis, quand un étranger
arrivait dans une ville de province, était-il gaussé de
porte en porte. De là les bons contes, de là le surnom
de *copieux* donné aux habitants d'Angers qui excellaient
à ces railleries urbaines. Les anciens hôtels de la vieille
ville sont situés en haut de cette rue jadis habitée par les
gentilshommes du pays. La maison pleine de mélancolie
où se sont accomplis les événements de cette histoire
était précisément un de ces logis, restes vénérables
d'un siècle où les choses et les hommes avaient ce carac-

tère de simplicité que les mœurs françaises perdent de
jour en jour. Après avoir suivi les détours de ce chemin
pittoresque dont les moindres accidents réveillent des
souvenirs et dont l'effet général tend à plonger dans une
sorte de rêverie machinale, vous apercevez un renfonce-
ment assez sombre, au centre duquel est cachée la porte
de la maison à monsieur Grandet. Il est impossible de
comprendre la valeur de cette expression provinciale
sans donner la biographie de monsieur Grandet.

Monsieur Grandet jouissait à Saumur d'une réputation
dont les causes et les effets ne seront pas entièrement
compris par les personnes qui n'ont point, peu ou prou,
vécu en province. Monsieur Grandet, encore nommé par
certaines gens le père Grandet, mais le nombre de ces
vieillards diminuait sensiblement, était en 1789 un maître-
tonnelier fort à son aise, sachant lire, écrire et compter.
Dès que la République française mit en vente, dans l'arrondissement de Saumur, les biens du clergé, le tonnelier,
alors âgé de quarante ans, venait d'épouser la fille d'un
riche marchand de planches. Grandet alla, muni de sa
fortune liquide et de la dot, muni de deux mille louis d'or,
au district, où, moyennant deux cents doubles louis
offerts par son beau-père au farouche républicain qui
surveillait la vente des domaines nationaux, il eut pour
un morceau de pain, légalement, sinon légitimement, les
plus beaux vignobles de l'arrondissement, une vieille
abbaye et quelques métairies. Les habitants de Saumur
étant peu révolutionnaires, le père Grandet passa pour
un homme hardi, un républicain, un patriote, pour un
esprit qui donnait dans les nouvelles idées, tandis que le
tonnelier donnait tout bonnement dans les vignes. Il
fut nommé membre de l'administration du district de
Saumur, et son influence pacifique s'y fit sentir politiquement et commercialement. Politiquement, il protégea
les ci-devant et empêcha de tout son pouvoir la vente des
biens des émigrés; commercialement, il fournit aux
armées républicaines un ou deux milliers de pièces de
vin blanc, et se fit payer en superbes prairies dépendant
d'une communauté de femmes que l'on avait réservée
pour un dernier lot. Sous le Consulat, le bonhomme
Grandet devint maire, administra sagement, vendangea
mieux encore; sous l'Empire, il fut monsieur Grandet.
Napoléon n'aimait pas les républicains : il remplaça
monsieur Grandet, qui passait pour avoir porté le bonnet
rouge, par un grand propriétaire, un homme à particule,

un futur baron de l'Empire. Monsieur Grandet quitta
les honneurs municipaux sans aucun regret. Il avait
fait faire dans l'intérêt de la ville d'excellents chemins
qui menaient à ses propriétés. Sa maison et ses biens,
très avantageusement cadastrés, payaient des impôts
modérés. Depuis le classement de ses différents clos, ses
vignes, grâce à des soins constants, étaient devenues la
tête du pays, mot technique en usage pour indiquer les
vignobles qui produisent la première qualité de vin. Il
aurait pu demander la croix de la Légion d'honneur. Cet
événement eut lieu en 1806. Monsieur Grandet avait
alors cinquante-sept ans, et sa femme environ trente-six.
Une fille unique, fruit de leurs légitimes amours, était
âgée de dix ans. Monsieur Grandet, que la Providence
voulut sans doute consoler de sa disgrâce administrative,
hérita successivement pendant cette année de madame de
La Gaudinière, née de La Bertellière, mère de madame
Grandet; puis du vieux monsieur La Bertellière, père
de la défunte; et encore de madame Gentillet, grand-
mère du côté maternel : trois successions dont l'importance ne fut connue de personne. L'avarice de ces trois
vieillards était si passionnée que depuis longtemps ils
entassaient leur argent pour pouvoir le contempler secrètement. Le vieux monsieur La Bertellière appelait un
placement une prodigalité, trouvant de plus gros intérêts
dans l'aspect de l'or que dans les bénéfices de l'usure.
La ville de Saumur présuma donc la valeur des économies d'après les revenus des biens au soleil. Monsieur
Grandet obtint alors le nouveau titre de noblesse que
notre manie d'égalité n'effacera jamais, il devint *le plus
imposé* de l'arrondissement. Il exploitait cent arpents de
vignes, qui, dans les années planturueses, lui donnaient
sept à huit cents poinçons de vin. Il possédait treize métairies, une vieille abbaye, où, par économie, il avait muré
les croisées, les ogives, les vitraux, ce qui les conserva;
et cent vingt-sept arpents de prairies où croissaient et
grossissaient trois mille peupliers plantés en 1793. Enfin
la maison dans laquelle il demeurait était la sienne. Ainsi
établissait-on sa fortune visible. Quant à ses capitaux,
deux seules personnes pouvaient vaguement en présumer l'importance : l'une était monsieur Cruchot, notaire
chargé des placements usuraires de monsieur Grandet;
l'autre, monsieur des Grassins, le plus riche banquier de
Saumur, aux bénéfices duquel le vigneron participait à
sa convenance et secrètement. Quoique le vieux Cruchot

et monsieur des Grassins possédassent cette profonde
discrétion qui engendre en province la confiance et la
fortune, ils témoignaient publiquement à monsieur Grandet un si grand respect que les observateurs pouvaient
mesurer l'étendue des capitaux de l'ancien maire d'après
la portée de l'obséquieuse considération dont il était
l'objet. Il n'y avait dans Saumur personne qui ne fût
persuadé que monsieur Grandet n'eût un trésor parti-
culier, une cachette pleine de louis, et ne se donnât
nuitamment les ineffables jouissances que procure la vue
d'une grande masse d'or. Les avaricieux en avaient une
sorte de certitude en voyant les yeux du bonhomme,
auxquels le métal jaune semblait avoir communiqué ses
teintes. Le regard d'un homme accoutumé à tirer de ses
capitaux un intérêt énorme contracte nécessairement,
comme celui du voluptueux, du joueur ou du courtisan,
certaines habitudes indéfinissables, des mouvements
furtifs, avides, mystérieux, qui n'échappent point à ses
coreligionnaires. Ce langage secret forme en quelque
sorte la franc-maçonnerie des passions. Monsieur Grandet inspirait donc l'estime respectueuse à laquelle avait
droit un homme qui ne devait jamais rien à personne,
qui, vieux tonnelier, vieux vigneron, devinait avec la
précision d'un astronome quand il fallait fabriquer pour
sa récolte mille poinçons ou seulement cinq cents; qui
ne manquait pas une seule spéculation, avait toujours
des tonneaux à vendre alors que le tonneau valait plus
cher que la denrée à recueillir, pouvait mettre sa vendange dans ses celliers et attendre le moment de livrer
son poinçon à deux cents francs quand les petits propriétaires donnaient le leur à cinq louis. Sa fameuse
récolte de 1811, sagement serrée, lentement vendue, lui
avait rapporté plus de deux cent quarante mille livres.
Financièrement parlant, monsieur Grandet tenait du tigre
et du boa : il savait se coucher, se blottir, envisager
longtemps sa proie, sauter dessus, puis il ouvrait la
gueule de sa bourse, y engloutissait une charge d'écus, et
se couchait tranquillement, comme le serpent qui digère,
impassible, froid, méthodique. Personne ne le voyait
passer sans éprouver un sentiment d'admiration mélangé
de respect et de terreur. Chacun dans Saumur n'avait-il
pas senti le déchirement poli de ses griffes d'acier ?
A celui-ci maître Cruchot avait procuré l'argent nécessaire à l'achat d'un domaine, mais à onze pour cent; à
celui-là monsieur des Grassins avait escompté des traites,

mais avec un effroyable prélèvement d'intérêts. Il s'écou-
lait peu de jours sans que le nom de monsieur Grandet
fût prononcé soit au marché, soit pendant les soirées dans
les conversations de la ville. Pour quelques personnes, la
fortune du vieux vigneron était l'objet d'un orgueil patrio-
tique. Aussi plus d'un négociant, plus d'un aubergiste
disait-il aux étrangers avec un certain contentement :
« Monsieur, nous avons ici deux ou trois maisons mil-
lionnaires ; mais, quant à monsieur Grandet, il ne connaît
pas lui-même sa fortune ! » En 1816 les plus habiles calculateurs de Saumur estimaient les biens territoriaux du
bonhomme à près de quatre millions ; mais, comme terme
moyen, il avait dû tirer par an, depuis 1793 jusqu'en
1817, cent mille francs de ses propriétés, il était présu-
mable qu'il possédait en argent une somme presque
égale à celle de ses biens-fonds. Aussi, lorsqu'après une
partie de boston, ou quelque entretien sur les vignes, on
venait à parler de monsieur Grandet, les gens capables
disaient-ils : « Le père Grandet ?... le père Grandet doit
avoir cinq à six millions. — Vous êtes plus habile que je
ne le suis, je n'ai jamais pu savoir le total, » répondaient
monsieur Cruchot ou monsieur des Grassins s'ils enten-
daient le propos. Quelque Parisien parlait-il des Roth-
schild ou de monsieur Laffite, les gens de Saumur deman-
daient s'ils étaient aussi riches que monsieur Grandet.
Si le Parisien leur jetait en souriant une dédaigneuse
affirmation, ils se regardaient en hochant la tête d'un air
d'incrédulité. Une si grande fortune couvrait d'un manteau d'or toutes les actions de cet homme. Si d'abord
quelques particularités de sa vie donnèrent prise au
ridicule et à la moquerie, la moquerie et le ridicule
s'étaient usés. En ses moindres actes, monsieur Grandet
avait pour lui l'autorité de la chose jugée. Sa parole, son
vêtement, ses gestes, le clignement de ses yeux faisaient
loi dans le pays, où chacun, après l'avoir étudié comme un
naturaliste étudie les effets de l'instinct chez les animaux,
avait pu reconnaître la profonde et muette sagesse de
ses plus légers mouvements. « L'hiver sera rude, disait-on,
le père Grandet a mis ses gants fourrés : il faut vendanger.
— Le père Grandet prend beaucoup de merrain, il y
aura du vin cette année. » Monsieur Grandet n'achetait
jamais ni viande ni pain. Ses fermiers lui apportaient par
semaine une provision suffisante de chapons, de poulets,
d'œufs, de beurre et de blé de rente. Il possédait un mou-
lin dont le locataire devait, en sus du bail, venir chercher

une certaine quantité de grains et lui en apporter le son
et la farine. La Grande Nanon, son unique servante,
quoiqu'elle ne fût plus jeune, boulangeait elle-même tous
les samedis le pain de la maison. Monsieur Grandet s'était
arrangé avec les maraîchers, ses locataires, pour qu'ils le
fournissent de légumes. Quant aux fruits, il en récoltait
une telle quantité qu'il en faisait vendre une grande partie
au marché. Son bois de chauffage était coupé dans ses
haies ou pris dans les vieilles truisses à moitié pourries
qu'il enlevait au bord de ses champs, et ses fermiers le lui
charroyaient en ville tout débité, le rangeaient par complaisance dans son bûcher et recevaient ses remerciements. Ses seules dépenses connues étaient le pain bénit,
la toilette de sa femme, celle de sa fille, et le paiement de
leurs chaises à l'église ; la lumière, les gages de la Grande
Nanon, l'étamage de ses casseroles ; l'acquittement des
impositions, les réparations de ses bâtiments et les frais
de ses exploitations. Il avait six cents arpents de bois
récemment achetés qu'il faisait surveiller par le garde d'un
voisin, auquel il promettait une indemnité. Depuis cette
acquisition seulement, il mangeait du gibier. Les manières
de cet homme étaient fort simples. Il parlait peu. Généralement il exprimait ses idées par de petites phrases sen-
tencieuses et dites d'une voix douce. Depuis la Révolution, époque à laquelle il attira les regards, le bonhomme
bégayait d'une manière fatigante aussitôt qu'il avait à
discourir longuement ou à soutenir une discussion. Ce
bredouillement, l'incohérence de ses paroles, le flux de
mots où il noyait sa pensée, son manque apparent de
logique attribués à un défaut d'éducation étaient affectés
et seront suffisamment expliqués par quelques événements de cette histoire. D'ailleurs quatre phrases exactes
autant que des formules algébriques lui servaient habi-
tuellement à embrasser, à résoudre toutes les difficultés
de la vie et du commerce : « Je ne sais pas, je ne puis pas,
je ne veux pas, nous verrons cela ». Il ne disait jamais ni
oui ni *non*, et n'écrivait point. Lui parlait-on ? il écoutait
froidement, se tenait le menton dans la main droite en
appuyant son coude droit sur le revers de la main
gauche, et se formait en toute affaire des opinions
desquelles il ne revenait point. Il méditait longuement les
moindres marchés. Quand, après une savante conversation, son adversaire lui avait livré le secret de ses
prétentions en croyant le tenir, il lui répondait : « Je ne
puis rien conclure sans avoir consulté ma femme ». Sa

femme, qu'il avait réduite à un ilotisme complet, était en
affaires son paravent le plus commode. Il n'allait jamais
chez personne, ne voulait ni recevoir ni donner à dîner;
il ne faisait jamais de bruit, et semblait économiser tout,
même le mouvement. Il ne dérangeait rien chez les
autres par un respect constant de la propriété. Néanmoins, malgré la douceur de sa voix, malgré sa tenue
circonspecte, le langage et les habitudes du tonnelier
perçaient, surtout quand il était au logis, où il se contraignait moins que partout ailleurs. Au physique, Grandet
était un homme de cinq pieds, trapu, carré, ayant des
mollets de douze pouces de circonférence, des rotules
noueuses et de larges épaules, son visage était rond,
tanné, marqué de petite vérole; son menton était droit,
ses lèvres n'offraient aucune sinuosité, et ses dents
étaient blanches; ses yeux avaient l'expression calme et
dévoratrice que le peuple accorde au basilic; son front,
plein de rides transversales, ne manquait pas de protubé-
rances significatives; ses cheveux jaunâtres et grisson-
nants étaient blanc et or, disaient quelques jeunes gens
qui ne connaissaient pas la gravité d'une plaisanterie
faite sur monsieur Grandet. Son nez, gros par le bout,
supportait une loupe veinée que le vulgaire disait, non
sans raison, pleine de malice. Cette figure annonçait une
finesse dangereuse, une probité sans chaleur, l'égoïsme
d'un homme habitué à concentrer ses sentiments dans la
jouissance de l'avarice et sur le seul être qui lui fût réellement de quelque chose, sa fille Eugénie, sa seule héritière. Attitude, manières, démarche, tout en lui, d'ailleurs,
attestait cette croyance en soi que donne l'habitude
d'avoir toujours réussi dans ses entreprises. Aussi,
quoique de mœurs faciles et molles en apparence,
monsieur Grandet avait-il un caractère de bronze. Toujours vêtu de la même manière, qui le voyait aujourd'hui
le voyait tel qu'il était depuis 1791. Ses forts souliers se
nouaient avec des cordons de cuir; il portait en tout
temps des bas de laine drapés, une culotte courte de
gros drap marron à boucles d'argent, un gilet de velours
à raies alternativement jaunes et puce, boutonné car-
rément, un large habit marron, à grands pans, une cravate noire et un chapeau de quaker. Ses gants, aussi
solides que ceux des gendarmes, lui duraient vingt mois
et, pour les conserver propres, il les posait sur le bord
de son chapeau à la même place, par un geste méthodique. Saumur ne savait rien de plus sur ce personnage.

Six habitants seulement avaient le droit de venir dans
cette maison. Le plus considérable des trois premiers
était le neveu de monsieur Cruchot. Depuis sa nomina-
tion de président au tribunal de première instance de
Saumur, ce jeune homme avait joint au nom de Cruchot
celui de Bonfons, et travaillait à faire prévaloir Bonfons
sur Cruchot. Il signait déjà C. de Bonfons. Le plaideur
assez mal avisé pour l'appeler monsieur Cruchot s'aper-
cevait bientôt à l'audience de sa sottise. Le magistrat
protégeait ceux qui le nommaient monsieur le président,
mais il favorisait de ses plus gracieux sourires les flat-
teurs qui lui disaient monsieur de Bonfons. Monsieur le
président était âgé de trente-trois ans, possédait le
domaine de Bonfons (*Boni Fontis*), valant sept mille livres
de rente ; il attendait la succession de son oncle le notaire
et celle de son oncle l'abbé Cruchot, dignitaire du chapitre de Saint-Martin-de-Tours, qui tous deux passaient
pour être assez riches. Ces trois Cruchot, soutenus par
bon nombre de cousins, alliés à vingt maisons de la ville,
formaient un parti, comme jadis à Florence les Médicis ;
et, comme les Médicis, les Cruchot avaient leurs Pazzi.
Madame des Grassins, mère d'un fils de vingt-trois ans,
venait très assidûment faire la partie de madame Grandet,
espérant marier son cher Adolphe avec mademoiselle
Eugénie. Monsieur des Grassins le banquier favorisait
vigoureusement les manœuvres de sa femme par de
constants services secrètement rendus au vieil avare, et
arrivait toujours à temps sur le champ de bataille. Ces
trois des Grassins avaient également leurs adhérents,
leurs cousins, leurs alliés fidèles. Du côté des Cruchot,
l'abbé, le Talleyrand de la famille, bien appuyé par son
frère le notaire, disputait vivement le terrain à la financière et tentait de réserver le riche héritage à son neveu
le président. Ce combat secret entre les Cruchot et les
des Grassins, dont le prix était la main d'Eugénie Grandet, occupait passionnément les diverses sociétés de
Saumur. Mademoiselle Grandet épousera-t-elle monsieur le président ou monsieur Adolphe des Grassins ?
A ce problème, les uns répondaient que monsieur Grandet ne donnerait sa fille ni à l'un ni à l'autre. L'ancien
tonnelier rongé d'ambition cherchait, disaient-ils, pour
gendre quelque pair de France, à qui trois cent mille
livres de rente feraient accepter tous les tonneaux passés,
présents et futurs des Grandet. D'autres répliquaient
que monsieur et madame des Grassins étaient nobles,

puissamment riches, qu'Adolphe était un bien gentil
cavalier, et qu'à moins d'avoir un neveu du pape dans
sa manche, une alliance si convenable devait satisfaire
des gens de rien, un homme que tout Saumur avait vu
la doloire en main, et qui, d'ailleurs, avait porté le bonnet
rouge. Les plus sensés faisaient observer que monsieur Cruchot de Bonfons avait ses entrées à toute heure
au logis, tandis que son rival n'y était reçu que les
dimanches. Ceux-ci soutenaient que madame des Grassins, plus liée avec les femmes de la maison Grandet
que les Cruchot, pouvait leur inculquer certaines idées
qui la feraient, tôt ou tard, réussir. Ceux-là répliquaient
que l'abbé Cruchot était l'homme le plus insinuant du
monde, et que femme contre moine la partie se trouvait
égale. « Ils sont manche à manche », disait un bel esprit de
Saumur. Plus instruits, les anciens du pays prétendaient
que les Grandet étaient trop avisés pour laisser sortir
les biens de leur famille, mademoiselle Eugénie Grandet
de Saumur serait mariée au fils de monsieur Grandet
de Paris, riche marchand de vin en gros. A cela les Cruchotins et les Grassinistes répondaient : « D'abord les
deux frères ne se sont pas vus deux fois depuis trente ans.
Puis, monsieur Grandet de Paris a de hautes prétentions
pour son fils. Il est maire d'un arrondissement, député,
colonel de la garde nationale, juge au tribunal de commerce ; il renie les Grandet de Saumur, et prétend s'allier
à quelque famille ducale par la grâce de Napoléon. »
Que ne disait-on pas d'une héritière dont on parlait à
vingt lieues à la ronde et jusque dans les voitures
publiques, d'Angers à Blois inclusivement ? Au commencement de 1818, les Cruchotins remportèrent un
avantage signalé sur les Grassinistes. La terre de Froidfond, remarquable par son parc, son admirable château,
ses fermes, rivières, étangs, forêts, et valant trois millions, fut mise en vente par le jeune marquis de Froidfond
obligé de réaliser ses capitaux. Maître Cruchot, le président Cruchot, l'abbé Cruchot, aidés par leurs adhérents,
surent empêcher la vente par petits lots. Le notaire
conclut avec le jeune homme un marché d'or en lui per-
suadant qu'il y aurait des poursuites sans nombre à diriger
contre les adjudicataires avant de rentrer dans le prix des
lots ; il valait mieux vendre à monsieur Grandet, homme
solvable, et capable d'ailleurs de payer la terre en argent
comptant. Le beau marquisat de Froidfont fut alors
convoyé vers l'œsophage de monsieur Grandet, qui, au

grand étonnement de Saumur, le paya, sous escompte, après les formalités. Cette affaire eut du retentissement à Nantes et à Orléans. Monsieur Grandet alla voir son château par l'occasion d'une charrette qui y retournait. Après avoir jeté sur sa propriété le coup d'œil du maître, il revint à Saumur, certain d'avoir placé ses fonds à cinq, et saisi de la magnifique pensée d'arrondir le marquisat de Froidfond en y réunissant tous ses biens. Puis, pour remplir de nouveau son trésor presque vide, il décida de couper à blanc ses bois, ses forêts, et d'exploiter les peupliers de ses prairies.

Il est maintenant facile de comprendre toute la valeur de ce mot : la maison à monsieur Grandet, cette maison pâle, froide, silencieuse, située en haut de la ville, et abritée par les ruines des remparts. Les deux piliers et la voûte formant la baie de la porte avaient été, comme la maison, construits en tuffeau, pierre blanche particulière au littoral de la Loire, et si molle que sa durée moyenne est à peine de deux cents ans. Les trous inégaux et nombreux que les intempéries du climat y avaient bizarrement pratiqués donnaient au cintre et aux jambages de la baie l'apparence des pierres vermiculées de l'architecture française et quelque ressemblance avec le porche d'une geôle. Au-dessus du cintre régnait un long bas-relief de pierre dure sculptée, représentant les quatre Saisons, figures déjà rongées et toutes noires. Ce bas-relief était surmonté d'une plinthe saillante, sur laquelle s'élevaient plusieurs de ces végétations dues au hasard, des pariétaires jaunes, des liserons, des convolvulus, du plantin, et un petit cerisier assez haut déjà. La porte, en chêne massif, brune, desséchée, fendue de toutes parts, frêle en apparence, était solidement maintenue par le système de ses boulons qui figuraient des dessins symétriques. Une grille carrée, petite, mais à barreaux serrés et rouges de rouille, occupait le milieu de la porte bâtarde et servait, pour ainsi dire, de motif à un marteau qui s'y rattachait par un anneau, et frappait sur la tête grimaçante d'un maître-clou. Ce marteau, de forme oblongue et du genre de ceux que nos ancêtres nommaient Jaquemart, ressemblait à un gros point d'admiration; en l'examinant avec attention, un antiquaire y aurait retrouvé quelques indices de la figure essentiellement bouffonne qu'il représentait jadis, et qu'un long usage avait effacée. Par la petite grille, destinée à reconnaître les amis, au temps des guerres civiles, les curieux

pouvaient apercevoir, au fond d'une voûte obscure et
verdâtre, quelques marches dégradées par lesquelles on
montait dans un jardin que bornaient pittoresquement
des murs épais, humides, pleins de suintements et de
touffes d'arbustes malingres. Ces murs étaient ceux du
rempart sur lequel s'élevaient les jardins de quelques
maisons voisines. Au rez-de-chaussée de la maison,
la pièce la plus considérable était une *salle* dont l'entrée
se trouvait sous la voûte de la porte cochère. Peu de
personnes connaissent l'importance d'une salle dans les
petites villes de l'Anjou, de la Touraine et du Berry.
La salle est à la fois l'antichambre, le salon, le cabinet,
le boudoir, la salle à manger; elle est le théâtre de la vie
domestique, le foyer commun; là, le coiffeur du quartier
venait couper deux fois l'an les cheveux de M. Grandet;
là entraient les fermiers, le curé, le sous-préfet, le garçon
meunier. Cette pièce, dont les deux croisées donnaient
sur la rue, était planchéiée; des panneaux gris, à mou-
lures antiques, la boisaient de haut en bas; son plafond
se composait de poutres apparentes également peintes
en gris, dont les entre-deux étaient remplis de blanc en
bourre qui avait jauni. Un vieux cartel de cuivre incrusté
d'arabesques en écaille ornait le manteau de la cheminée
en pierre blanche, mal sculpté, sur lequel était une glace
verdâtre dont les côtés, coupés en biseau pour en montrer l'épaisseur, reflétaient un filet de lumière le long d'un
trumeau gothique en acier damasquiné. Les deux
girandoles de cuivre doré qui décoraient chacun des
coins de la cheminée étaient à deux fins, en enlevant les
roses qui leur servaient de bobèches, et dont la maîtresse-
branche s'adaptait au piédestal de marbre bleuâtre agencé
de vieux cuivre, ce piédestal formait un chandelier pour
les petits jours. Les sièges de forme antique étaient garnis
en tapisseries représentant les fables de La Fontaine; mais
il fallait le savoir pour en reconnaître les sujets, tant les
couleurs passées et les figures criblées de reprises se
voyaient difficilement. Aux quatre angles de cette salle
se trouvaient des encoignures, espèces de buffets termi-
nés par de crasseuses étagères. Une vieille table à jouer
en marqueterie, dont le dessus faisait échiquier, était
placée dans le tableau qui séparait les deux fenêtres.
Au-dessus de cette table, il y avait un baromètre ovale,
à bordure noire, enjolivé par des rubans de bois doré, où
les mouches avaient si licencieusement folâtré que la
dorure en était un problème. Sur la paroi opposée à la

cheminée, deux portraits au pastel étaient censés représenter l'aïeul de madame Grandet, le vieux monsieur de
la Bertellière, en lieutenant des gardes françaises, et
défunte madame Gentillet en bergère. Aux deux fenêtres
étaient drapés des rideaux en gros de Tours rouge, relevés
par des cordons de soie à glands d'église. Cette luxueuse
décoration, si peu en harmonie avec les habitudes de
Grandet, avait été comprise dans l'achat de la maison,
ainsi que le trumeau, le cartel, le meuble en tapisserie
et les encoignures en bois de rose. Dans la croisée la plus
rapprochée de la porte, se trouvait une chaise de paille
dont les pieds étaient montés sur des patins, afin d'élever
madame Grandet à une hauteur qui lui permît de voir les
passants. Une travailleuse en bois de merisier déteint
remplissait l'embrasure, et le petit fauteuil d'Eugénie
Grandet était placé tout auprès. Depuis quinze ans,
toutes les journées de la mère et de la fille s'étaient
paisiblement écoulées à cette place, dans un travail
constant, à compter du mois d'avril jusqu'au mois de
novembre. Le premier de ce dernier mois elles pouvaient
prendre leur station d'hiver à la cheminée. Ce jour-là
seulement Grandet permettait qu'on allumât du feu
dans la salle, et il le faisait éteindre au trente et un mars
sans avoir égard ni aux premiers froids du printemps ni
à ceux de l'automne. Une chaufferette, entretenue avec
la braise provenant du feu de la cuisine que la Grande
Nanon leur réservait en usant d'adresse, aidait madame et
mademoiselle Grandet à passer les matinées ou les soirées
les plus fraîches des mois d'avril et d'octobre. La mère et
la fille entretenaient tout le linge de la maison, et
employaient si consciencieusement leurs journées à ce
véritable labeur d'ouvrière, que, si Eugénie voulait bro-
der une collerette à sa mère, elle était forcée de prendre
sur ses heures de sommeil en trompant son père pour
avoir de la lumière. Depuis longtemps l'avare distribuait
la chandelle à sa fille et à la Grande Nanon, de même qu'il
distribuait dès le matin le pain et les denrées nécessaires
à la consommation journalière.

La Grande Nanon était peut-être la seule créature
humaine capable d'accepter le despotisme de son maître.
Toute la ville l'enviait à monsieur et à madame Grandet.
La Grande Nanon, ainsi nommée à cause de sa taille haute
de cinq pieds huit pouces, appartenait à Grandet depuis
trente-cinq ans. Quoiqu'elle n'eût que soixante livres de
gages, elle passait pour une des plus riches servantes de

Saumur. Ces soixante livres, accumulées depuis trente-cinq ans, lui avaient permis de placer récemment quatre mille livres en viager chez maître Cruchot. Ce résultat des longues et persistantes économies de la Grande Nanon parut gigantesque. Chaque servante, voyant à la pauvre sexagénaire du pain pour ses vieux jours, était jalouse d'elle sans penser au dur servage par lequel il avait été acquis. A l'âge de vingt-deux ans, la pauvre fille n'avait pu se placer chez personne, tant sa figure semblait repoussante; et certes ce sentiment était bien injuste : sa figure eût été fort admirée sur les épaules d'un grenadier de la garde; mais en tout il faut, dit-on, l'à-propos. Forcée de quitter une ferme incendiée où elle gardait les vaches, elle vint à Saumur, où elle chercha du service, animée de ce robuste courage qui ne se refuse à rien. Le père Grandet pensait alors à se marier, et voulait déjà monter son ménage. Il avisa cette fille rebutée de porte en porte. Juge de la force corporelle en sa qualité de tonnelier, il devina le parti qu'on pouvait tirer d'une créature femelle taillée en Hercule, plantée sur ses pieds comme un chêne de soixante ans sur ses racines, forte des hanches, carrée du dos, ayant des mains de charretier et une probité vigoureuse comme l'était son intacte vertu. Ni les verrues qui ornaient ce visage martial, ni le teint de brique, ni les bras nerveux, ni les haillons de la Nanon n'épouvantèrent le tonnelier, qui se trouvait encore dans l'âge où le cœur tressaille. Il vêtit alors, chaussa, nourrit la pauvre fille, lui donna des gages, et l'employa sans trop la rudoyer. En se voyant ainsi accueillie, la Grande Nanon pleura secrètement de joie, et s'attacha sincèrement au tonnelier, qui d'ailleurs l'exploita féodalement. Nanon faisait tout : elle faisait la cuisine, elle faisait les buées, elle allait laver le linge à la Loire, le rapportait sur ses épaules; elle se levait au jour, se couchait tard; faisait à manger à tous les vendangeurs pendant les récoltes, surveillait les halleboteurs; défendait, comme un chien fidèle, le bien de son maître; enfin, pleine d'une confiance aveugle en lui, elle obéissait sans murmure à ses fantaisies les plus saugrenues. Lors de la fameuse année de 1811, dont la récolte coûta des peines inouïes, après vingt ans de service, Grandet résolut de donner sa vieille montre à Nanon, seul présent qu'elle reçut jamais de lui. Quoiqu'il lui abandonnât ses vieux souliers (elle pouvait les mettre), il est impossible de considérer le profit trimestriel des souliers de

Grandet comme un cadeau, tant ils étaient usés. La nécessité rendit cette pauvre fille si avare que Grandet avait fini par l'aimer comme on aime un chien, et Nanon s'était laissé mettre au cou un collier garni de pointes dont les piqûres ne la piquaient plus. Si Grandet coupait le pain avec un peu trop de parcimonie, elle ne s'en plaignait pas; elle participait gaiement aux profits hygiéniques que procurait le régime sévère de la maison, où jamais personne n'était malade. Puis la Nanon faisait partie de la famille : elle riait quand riait Grandet, s'attristait, gelait, se chauffait, travaillait avec lui. Combien de douces compensations dans cette égalité! Jamais le maître n'avait reproché à la servante ni l'halleberge ou la pêche de vigne, ni les prunes ou les brugnons mangés sous l'arbre. « Allons, régale-toi, Nanon », lui disait-il dans les années où les branches pliaient sous les fruits que les fermiers étaient obligés de donner aux cochons. Pour une fille des champs qui dans sa jeunesse n'avait récolté que de mauvais traitements, pour une pauvresse recueillie par charité, le rire équivoque du père Grandet était un vrai rayon de soleil. D'ailleurs le cœur simple, la tête étroite de Nanon ne pouvaient contenir qu'un sentiment et une idée. Depuis trente-cinq ans, elle se voyait toujours arrivant devant le chantier du père Grandet, pieds nus, en haillons, et entendait toujours le tonnelier lui disant : « Que voulez-vous, ma mignonne ? » Et sa reconnaissance était toujours jeune. Quelquefois Grandet, songeant que cette pauvre créature n'avait jamais entendu le moindre mot flatteur, qu'elle ignorait tous les sentiments doux que la femme inspire, et pouvait comparaître un jour devant Dieu, plus chaste que ne l'était la Vierge Marie elle-même, Grandet, saisi de pitié, disait en la regardant : « Cette pauvre Nanon! » Son exclamation était toujours suivie d'un regard indéfinissable que lui jetait la vieille servante. Ce mot, dit de temps à autre, formait depuis longtemps une chaîne d'amitié non interrompue, et à laquelle chaque exclamation ajoutait un chaînon. Cette pitié, placée au cœur de Grandet et prise tout en gré par la vieille fille, avait je ne sais quoi d'horrible. Cette atroce pitié d'avare, qui réveillait mille plaisirs au cœur du vieux tonnelier, était pour Nanon sa somme de bonheur. Qui ne dira pas aussi : « Pauvre Nanon! » Dieu reconnaîtra ses anges aux inflexions de leur voix et à leurs mystérieux regrets. Il y avait dans Saumur une grande quantité de ménages où les domestiques étaient mieux traités, mais où les maîtres n'en recevaient néanmoins aucun contentement. De là cette autre phrase : « Qu'est-ce que les Grandet font donc à leur Grande Nanon pour qu'elle leur soit si attachée ? Elle passerait dans le feu pour eux ! Sa cuisine, dont les fenêtres grillées donnaient sur la cour, était toujours propre, nette, froide, véritable cuisine d'avare où rien ne devait se perdre. Quand Nanon avait lavé sa vaisselle, serré les restes du dîner, éteint son feu, elle quittait sa cuisine, séparée de la salle par un couloir, et venait filer du chanvre auprès de ses maîtres. Une seule chandelle suffisait à la famille pour la soirée. La servante couchait au fond de ce couloir, dans un bouge éclairé par un jour de souffrance. Sa robuste santé lui permettait d'habiter impunément cette espèce de trou, d'où elle pouvait entendre le moindre bruit par le silence profond qui régnait nuit et jour dans la maison. Elle devait, comme un dogue chargé de la police, ne dormir que d'une oreille et se reposer en veillant.

La description des autres portions du logis se trouvera liée aux événements de cette histoire ; mais d'ailleurs le croquis de la salle où éclatait tout le luxe du ménage peut faire soupçonner par avance la nudité des étages supérieurs.

En 1819, vers le commencement de la soirée, au milieu du mois de novembre, la Grande Nanon alluma du feu pour la première fois. L'automne avait été très beau. Ce jour était un jour de fête bien connu des Cruchotins et des Grassinistes. Aussi les six antagonistes se préparaient-ils à venir armés de toutes pièces, pour se rencontrer dans la salle et s'y surpasser en preuves d'amitié. Le matin, tout Saumur avait vu madame et mademoiselle Grandet, accompagnées de Nanon, se rendant à l'église paroissiale pour y entendre la messe, et chacun se souvint que ce jour était l'anniversaire de la naissance de mademoiselle Eugénie. Aussi, calculant l'heure où le dîner devait finir, maître Cruchot, l'abbé Cruchot et monsieur C. de Bonfons s'empressaient-ils d'arriver avant les des Grassins pour fêter mademoiselle Grandet. Tous trois apportaient d'énormes bouquets cueillis dans leurs petites serres. La queue des fleurs que le président voulait présenter était ingénieusement enveloppée d'un ruban de satin blanc, orné de franges d'or. Le matin, monsieur Grandet, suivant sa coutume pour les jours mémorables de la naissance et de la fête d'Eugénie, était venu la surprendre au lit, et lui avait solennellement offert son présent paternel, consistant, depuis treize années, en une curieuse pièce d'or. Madame Grandet donnait ordinairement à sa fille une robe d'hiver ou d'été, selon la circonstance. Ces deux robes, les pièces d'or qu'elle récoltait au premier jour de l'an et à la fête de son père, lui composaient un petit revenu de cent écus environ, que Grandet aimait à lui voir entasser. N'était-ce pas mettre son argent d'une caisse dans une autre, et, pour ainsi dire, élever à la brochette l'avarice de son héritière, à laquelle il demandait parfois compte de son trésor, autrefois grossi par les La Bertellière, en lui disant : « Ce sera ton *douzain* de mariage ». Le douzain est un antique usage encore en vigueur et saintement conservé dans quelques pays situés au centre de la France. En Berry, en Anjou, quand une jeune fille se marie, sa famille ou celle de l'époux doit lui donner une bourse où se trouvent, suivant les fortunes, douze pièces ou douze douzaines de pièces ou douze cents pièces d'argent ou d'or. La plus pauvre des bergères ne se marierait pas sans son douzain, ne fût-il composé que de gros sous. On parle encore à Issoudun de je ne sais quel douzain offert à une riche héritière et qui contenait cent quarante-quatre portugaises d'or. Le pape Clément VII, oncle de Catherine de Médicis, lui fit présent, en la mariant à Henri II, d'une douzaine de médailles d'or antiques de la plus grande valeur. Pendant le dîner, le père, tout joyeux de voir son Eugénie plus belle dans une robe neuve, s'était écrié : « Puisque c'est la fête d'Eugénie, faisons du feu! ce sera de bon augure ».

— Mademoiselle se mariera dans l'année, c'est sûr, dit la Grande Nanon en remportant les restes d'une oie, ce faisan des tonneliers.

— Je ne vois point de partis pour elle à Saumur, répondit madame Grandet en regardant son mari d'un air timide qui, vu son âge, annonçait l'entière servitude conjugale sous laquelle gémissait la pauvre femme.

Grandet contempla sa fille, et s'écria gaiement : « Elle a vingt-trois ans aujourd'hui, l'enfant, il faudra bientôt s'occuper d'elle ».

Eugénie et sa mère se jetèrent silencieusement un coup d'œil d'intelligence.

Madame Grandet était une femme sèche et maigre, jaune comme un coing, gauche, lente; une de ces femmes qui semblent faites pour être tyrannisées. Elle avait de gros os, un gros nez, un gros front, de gros yeux, et offrait, au premier aspect, une vague ressemblance avec ces fruits cotonneux qui n'ont plus ni saveur ni suc. Ses dents étaient noires et rares, sa bouche était ridée, et son menton affectait la forme dite en galoche. C'était une excellente femme, une vraie La Bertellière. L'abbé Cruchot savait trouver quelques occasions de lui dire qu'elle n'avait pas été trop mal, et elle le croyait. Une douceur angélique, une résignation d'insecte tourmenté par des enfants, une piété rare, une inaltérable égalité d'âme, un bon cœur, la faisaient universellement plaindre et respecter. Son mari ne lui donnait jamais plus de six francs à la fois pour ses menues dépenses. Quoique ridicule en apparence, cette femme qui, par sa dot et ses successions, avait apporté au père Grandet plus de trois cent mille francs, s'était toujours sentie si profondément humiliée d'une dépendance et d'un ilotisme contre lequel la douceur de son âme lui interdisait de se révolter, qu'elle n'avait jamais demandé un sou, ni fait une observation sur les actes que maître Cruchot lui présentait à signer. Cette fierté sotte et secrète, cette noblesse d'âme constamment méconnue et blessée par Grandet, dominaient la conduite de cette femme. Madame Grandet mettait constamment une robe de levantine verdâtre, qu'elle s'était accoutumée à faire durer près d'une année; elle portait un grand fichu de cotonnade blanche, un chapeau de paille cousue, et gardait presque toujours un tablier de taffetas noir. Sortant peu du logis, elle usait peu de souliers. Enfin elle ne voulait jamais rien pour elle. Aussi Grandet, saisi parfois d'un remords en se rappelant le long temps écoulé depuis le jour où il avait donné six francs à sa femme, stipulait-il toujours des épingles pour elle en vendant ses récoltes de l'année. Les quatre ou cinq louis offerts par le Hollandais ou le Belge acquéreur de la vendange Grandet formaient le plus clair des revenus annuels de Mme Grandet. Mais, quand elle avait reçu ses cinq louis, son mari lui disait souvent, comme si leur bourse était commune : « As-tu quelques sous à me prêter? » et la pauvre femme, heureuse de pouvoir faire quelque chose pour un homme que son confesseur lui représentait comme son seigneur et maître, lui rendait, dans le courant de l'hiver, quelques écus sur l'argent des épingles. Lorsque Grandet tirait de sa poche la pièce de cent sous allouée par mois pour les menues dépenses, le fil, les aiguilles et la toilette de sa

fille, il ne manquait jamais, après avoir boutonné son
gousset, de dire à sa femme : « Et toi, la mère, veux-tu
quelque chose? »

— Mon ami, répondait madame Grandet animée par
un sentiment de dignité maternelle, nous verrons cela.

Sublimité perdue! Grandet se croyait très généreux
envers sa femme. Les philosophes qui rencontrent des
Nanon, des madame Grandet, des Eugénie, ne sont-ils
pas en droit de trouver que l'ironie est le fond du caractère de la Providence? Après ce dîner, où, pour la première fois, il fut question du mariage d'Eugénie, Nanon
alla chercher une bouteille de cassis dans la chambre de
monsieur Grandet, et manqua de tomber en descendant.

— Grande bête, lui dit son maître, est-ce que tu te
laisserais choir comme une autre, toi?

— Monsieur, c'est cette marche de votre escalier qui
ne tient pas.

— Elle a raison, dit madame Grandet. Vous auriez dû
la faire raccommoder depuis longtemps. Hier, Eugénie a
failli s'y fouler le pied.

— Tiens, dit Grandet à Nanon en la voyant toute
pâle, puisque c'est la naissance d'Eugénie, et que tu as
manqué de tomber, prends un petit verre de cassis pour
te remettre.

— Ma foi, je l'ai bien gagné, dit Nanon. A ma place,
il y a bien des gens qui auraient cassé la bouteille; mais
je me serais plutôt cassé le coude pour la tenir en l'air.

— C'te pauvre Nanon! dit Grandet en lui versant le
cassis.

— T'es-tu fait mal? lui dit Eugénie en la regardant
avec intérêt.

— Non, puisque je me suis retenue en me fichant sur
mes reins.

— Hé! bien, puisque c'est la naissance d'Eugénie, dit
Grandet, je vais vous raccommoder votre marche. Vous
ne savez pas, vous autres, mettre le pied dans le coin, à
l'endroit où elle est encore solide.

Grandet prit la chandelle, laissa sa femme, sa fille et
sa servante, sans autre lumière que celle du foyer qui
jetait de vives flammes, et alla dans le fournil chercher des
planches, des clous et ses outils.

— Faut-il vous aider? lui cria Nanon en l'entendant
frapper dans l'escalier.

— Non! non! ça me connaît, répondit l'ancien
tonnelier.

Au moment où Grandet raccommodait lui-même son escalier vermoulu, et sifflait à tue-tête en souvenir de ses jeunes années, les trois Cruchot frappèrent à la porte.

— C'est-y vous, monsieur Cruchot? demanda Nanon en regardant par la petite grille.

— Oui, répondit le président.

Nanon ouvrit la porte, et la lueur du foyer, qui se reflétait sous la voûte, permit aux trois Cruchot d'apercevoir l'entrée de la salle.

— Ah! vous êtes des fêteux, leur dit Nanon en sentant les fleurs.

— Excusez, messieurs, cria Grandet en reconnaissant la voix de ses amis, je suis à vous! Je ne suis pas fier, je rafistole moi-même une marche de mon escalier.

— Faites, faites, monsieur Grandet, *Charbonnier est Maire chez lui*, dit sentencieusement le président en riant tout seul de son allusion que personne ne comprit.

Madame et mademoiselle Grandet se levèrent. Le président, profitant de l'obscurité, dit alors à Eugénie : « Me permettez-vous, mademoiselle, de vous souhaiter, aujourd'hui que vous venez de naître, une suite d'années heureuses, et la continuation de la santé dont vous jouissez? »

Il offrit un gros bouquet de fleurs rares à Saumur; puis, serrant l'héritière par les coudes, il l'embrassa des deux côtés du cou, avec une complaisance qui rendit Eugénie honteuse. Le président, qui ressemblait à un grand clou rouillé, croyait ainsi faire sa cour.

— Ne vous gênez pas, dit Grandet en rentrant. Comme vous y allez les jours de fête, monsieur le président!

— Mais, avec mademoiselle, répondit l'abbé Cruchot armé de son bouquet, tous les jours seraient pour mon neveu des jours de fête.

L'abbé baisa la main d'Eugénie. Quant à maître Cruchot, il embrassa la jeune fille tout bonnement sur les deux joues, et dit : « Comme ça nous pousse, ça! Tous les ans douze mois. »

En replaçant la lumière devant le cartel, Grandet, qui ne quittait jamais une plaisanterie et la répétait à satiété quand elle lui semblait drôle, dit : « Puisque c'est la fête d'Eugénie, allumons les flambeaux! »

Il ôta soigneusement les branches des candélabres, mit la bobèche à chaque piédestal, prit des mains de Nanon une chandelle neuve entortillée d'un bout de papier, la

ficha dans le trou, l'assura, l'alluma, et vint s'asseoir à
côté de sa femme, en regardant alternativement ses amis,
sa fille et les deux chandelles. L'abbé Cruchot, petit
homme dodu, grassouillet, à perruque rousse et plate,
à figure de vieille femme joueuse, dit en avançant ses
pieds bien chaussés dans de forts souliers à agrafes
d'argent : « Les des Grassins ne sont pas venus ? »

— Pas encore, dit Grandet.

— Mais doivent-ils venir ? demanda le vieux notaire
en faisant grimacer sa face trouée comme une écumoire.

— Je le crois, répondit madame Grandet.

— Vos vendanges sont-elles finies ? demanda le président de Bonfons à Grandet.

— Partout ! lui dit le vieux vigneron en se levant pour
se promener de long en long dans la salle et se haussant
le thorax par un mouvement plein d'orgueil comme son
mot, partout ! Par la porte du couloir qui allait à la cuisine,
il vit alors la Grande Nanon, assise à son feu, ayant une
lumière et se préparant à filer là, pour ne pas se mêler à
la fête. — Nanon, dit-il, en s'avançant dans le couloir,
veux-tu bien éteindre ton feu, ta lumière, et venir avec
nous ? Pardieu ! la salle est assez grande pour nous
tous.

— Mais, monsieur, vous aurez du beau monde.

— Ne les vaux-tu pas bien ? ils sont de la côte d'Adam
tout comme toi.

Grandet revint vers le président et lui dit : « Avez-vous
vendu votre récolte ? »

— Non, ma foi, je la garde. Si maintenant le vin est
bon, dans deux ans il sera meilleur. Les propriétaires,
vous le savez bien, se sont juré de tenir les prix convenus,
et cette année les Belges ne l'emporteront pas sur nous.
S'ils s'en vont, hé ! bien, ils reviendront.

— Oui, mais tenons-nous bien, dit Grandet d'un ton
qui fit frémir le président.

— Serait-il en marché ? pensa Cruchot.

En ce moment, un coup de marteau annonça la famille
des Grassins, et leur arrivée interrompit une conversation
commencée entre madame Grandet et l'abbé.

Madame des Grassins était une de ces petites femmes
vives, dodues, blanches et roses, qui, grâce au régime
claustral des provinces et aux habitudes d'une vie
vertueuse, se sont conservées jeunes encore à quarante
ans. Elles sont comme ces dernières roses de l'arrière-
saison, dont la vue fait plaisir, mais dont les pétales ont

je ne sais quelle froideur, et dont le parfum s'affaiblit. Elle se mettait assez bien, faisait venir ses modes de Paris, donnait le ton à la ville de Saumur, et avait des soirées. Son mari, ancien quartier-maître dans la garde impériale, grièvement blessé à Austerlitz et retraité, conservait, malgré sa considération pour Grandet, l'apparente franchise des militaires.

— Bonjour, Grandet, dit-il au vigneron en lui tenant la main et affectant une sorte de supériorité sous laquelle il écrasait toujours les Cruchot. — Mademoiselle, dit-il à Eugénie après avoir salué madame Grandet, vous êtes toujours belle et sage, je ne sais en vérité ce que l'on peut vous souhaiter. Puis il présenta une petite caisse que son domestique portait, et qui contenait une bruyère du Cap, fleur nouvellement apportée en Europe et fort rare.

Madame des Grassins embrassa très affectueusement Eugénie, lui serra la main, et lui dit : « Adolphe s'est chargé de vous présenter mon petit souvenir ».

Un grand jeune homme blond, pâle et frêle, ayant d'assez bonnes façons, timide en apparence, mais qui venait de dépenser à Paris, où il était allé faire son Droit, huit ou dix mille francs en sus de sa pension, s'avança vers Eugénie, l'embrassa sur les deux joues, et lui offrit une boîte à ouvrage dont tous les ustensiles étaient en vermeil, véritable marchandise de pacotille, malgré l'écusson sur lequel un E. G. gothique assez bien gravé pouvait faire croire à une façon très soignée. En l'ouvrant, Eugénie eut une de ces joies inespérées et complètes qui font rougir, tressaillir, trembler d'aise les jeunes filles. Elle tourna les yeux sur son père, comme pour savoir s'il lui était permis d'accepter, et monsieur Grandet dit un « Prends, ma fille ! » dont l'accent eût illustré un acteur. Les trois Cruchot restèrent stupéfaits en voyant le regard joyeux et animé lancé sur Adolphe des Grassins par l'héritière à qui de semblables richesses parurent inouïes. Monsieur des Grassins offrit à Grandet une prise de tabac, en saisit une, secoua les grains tombés sur le ruban de la Légion d'honneur attaché à la boutonnière de son habit bleu, puis il regarda les Cruchot d'un air qui semblait dire : « Parez-moi cette botte-là ! » Madame des Grassins jeta les yeux sur les bocaux bleus où étaient les bouquets des Cruchot, en cherchant leurs cadeaux avec la bonne foi jouée d'une femme moqueuse. Dans cette conjoncture délicate, l'abbé Cruchot laissa la société

s'asseoir en cercle devant le feu et alla se promener au
fond de la salle avec Grandet. Quand ces deux vieillards
furent dans l'embrasure de la fenêtre la plus éloignée des
Grassins : « Ces gens-là, dit le prêtre à l'oreille de l'avare,
jettent l'argent par les fenêtres. »

— Qu'est-ce que cela fait, s'il rentre dans ma cave ?
répliqua le vigneron.

— Si vous vouliez donner des ciseaux d'or à votre
fille, vous en auriez bien le moyen, dit l'abbé.

— Je lui donne mieux que des ciseaux, répondit
Grandet.

— Mon neveu est une cruche, pensa l'abbé en
regardant le président dont les cheveux ébouriffés ajou-
taient encore à la mauvaise grâce de sa physionomie
brune. Ne pouvait-il inventer une petite bêtise qui eût
du prix.

— Nous allons faire votre partie, madame Grandet,
dit madame des Grassins.

— Mais nous sommes tous réunis, *nous pouvons* deux
table...

— Puisque c'est la fête d'Eugénie, faites votre loto
général, dit le père Grandet, ces deux enfants en seront.
L'ancien tonnelier, qui ne jouait jamais à aucun jeu,
montra sa fille et Adolphe. — Allons, Nanon, mets les
tables.

— Nous allons vous aider, mademoiselle Nanon, dit
gaiement madame des Grassins toute joyeuse de la joie
qu'elle avait causée à Eugénie.

— Je n'ai jamais de ma vie été si contente, lui dit
l'héritière. Je n'ai rien vu de si joli nulle part.

— C'est Adolphe qui l'a rapportée de Paris et qui l'a
choisie, lui dit madame des Grassins à l'oreille.

— Va, va ton train, damnée intrigante ! se disait le
président ; si tu es jamais en procès, toi ou ton mari, votre
affaire ne sera jamais bonne.

Le notaire, assis dans son coin, regardait l'abbé d'un
air calme en se disant : « Les des Grassins ont beau
faire, ma fortune, celle de mon frère et celle de mon
neveu montent en somme à onze cent mille francs. Les
des Grassins en ont tout au plus la moitié, et ils ont
une fille : ils peuvent offrir ce qu'ils voudront ! héritière
et cadeaux, tout sera pour nous un jour. »

A huit heures et demie du soir, deux tables étaient
dressées. La jolie madame des Grassins avait réussi à
mettre son fils à côté d'Eugénie. Les acteurs de cette

scène pleine d'intérêt, quoique vulgaire en apparence,
munis de cartons bariolés, chiffrés, et de jetons en verre
bleu, semblaient écouter les plaisanteries du vieux
notaire, qui ne tirait pas un numéro sans faire une
remarque; mais tous pensaient aux millions de monsieur Grandet. Le vieux tonnelier contemplait vaniteu-
sement les plumes roses, la toilette fraîche de madame des
Grassins, la tête martiale du banquier, celle d'Adolphe,
le président, l'abbé, le notaire, et se disait intérieurement :
« Ils sont là pour mes écus. Ils viennent s'ennuyer ici pour
ma fille. Hé! ma fille ne sera ni pour les uns ni pour les
autres, et tous ces gens-là me servent de harpons pour
pêcher! »

Cette gaieté de famille, dans ce vieux salon gris, mal
éclairé par deux chandelles; ces rires, accompagnés par
le bruit du rouet de la Grande Nanon, et qui n'étaient
sincères que sur les lèvres d'Eugénie ou de sa mère; cette
petitesse jointe à de si grands intérêts; cette jeune fille
qui, semblable à ces oiseaux victimes du haut prix auquel
on les met et qu'ils ignorent, se trouvait traquée, serrée
par des preuves d'amitié dont elle était la dupe; tout
contribuait à rendre cette scène tristement comique.
N'est-ce pas d'ailleurs une scène de tous les temps et
de tous les lieux, mais ramenée à sa plus simple expression? La figure de Grandet exploitant le faux attache-
ment des deux familles, en tirant d'énormes profits,
dominait ce drame et l'éclairait. N'était-ce pas le seul
dieu moderne auquel on ait foi, l'Argent dans toute sa
puissance, exprimé par une seule physionomie? Les doux
sentiments de la vie n'occupaient là qu'une place secon-
daire, ils animaient trois cœurs purs, ceux de Nanon,
d'Eugénie et de sa mère. Encore, combien d'ignorance
dans leur naïveté! Eugénie et sa mère ne savaient rien
de la fortune de Grandet, elles n'estimaient les choses de
la vie qu'à la lueur de leurs pâles idées, et ne prisaient
ni ne méprisaient l'argent, accoutumées qu'elles étaient
à s'en passer. Leurs sentiments, froissés à leur insu, mais
vivaces, le secret de leur existence, en faisaient des
exceptions curieuses dans cette réunion de gens dont
la vie était purement matérielle. Affreuse condition de
l'homme! il n'y a pas un de ses bonheurs qui ne vienne
d'une ignorance quelconque. Au moment où madame
Grandet gagnait un lot de seize sous, le plus considérable
qui eût jamais été ponté dans cette salle, et que la Grande
Nanon riait d'aise en voyant Madame empochant cette

riche somme, un coup de marteau retentit à la porte de
la maison, et y fit un si grand tapage que les femmes
sautèrent sur leurs chaises.

— Ce n'est pas un homme de Saumur qui frappe
ainsi, dit le notaire.

— Peut-on cogner comme ça? dit Nanon. Veulent-ils
casser notre porte?

— Quel diable est-ce? s'écria Grandet.

Nanon prit une des deux chandelles, et alla ouvrir
accompagnée de Grandet.

— Grandet, Grandet! s'écria sa femme qui, poussée
par un vague sentiment de peur, s'élança vers la porte de
la salle.

Tous les joueurs se regardèrent.

— Si nous y allions, dit monsieur des Grassins. Ce
coup de marteau me paraît malveillant.

A peine fut-il permis à monsieur des Grassins d'apercevoir la figure d'un jeune homme accompagné du
facteur des Messageries, qui portait deux malles énormes
et traînait des sacs de nuit. Grandet se retourna brusquement vers sa femme, et lui dit : « Madame Grandet,
allez à votre loto. Laissez-moi m'entendre avec monsieur. » Puis il tira vivement la porte de la salle, où les
joueurs agités reprirent leurs places, mais sans continuer
le jeu.

— Est-ce quelqu'un de Saumur, monsieur des Grassins? lui dit sa femme.

— Non, c'est un voyageur.

— Il ne peut venir que de Paris. En effet, dit le
notaire en tirant sa vieille montre épaisse de deux doigts
et qui ressemblait à un vaisseau hollandais, il est *neuffe-s-
heures*. Peste! la diligence du Grand Bureau n'est jamais
en retard.

— Et ce monsieur est-il jeune? demanda l'abbé
Cruchot.

— Oui, répondit monsieur des Grassins. Il apporte
des paquets qui doivent peser au moins trois cents kilos.

— Nanon ne revient pas, dit Eugénie.

— Ce ne peut être qu'un de vos parents, dit le président.

— Faisons les mises, s'écria doucement madame
Grandet. A sa voix, j'ai vu que monsieur Grandet était
contrarié, peut-être ne serait-il pas content de s'apercevoir
que nous parlons de ses affaires.

— Mademoiselle, dit Adolphe à sa voisine, ce sera

sans doute votre cousin Grandet, un bien joli jeune homme que j'ai vu au bal de monsieur de Nucingen. Adolphe ne continua pas, sa mère lui marcha sur le pied, puis, en lui demandant à haute voix deux sous pour sa mise : « Veux-tu te taire, grand nigaud! » lui dit-elle à l'oreille.

En ce moment, Grandet rentra sans la Grande Nanon, dont le pas et celui du facteur retentirent dans les escaliers; il était suivi du voyageur, qui depuis quelques instants excitait tant de curiosités et préoccupait si vivement les imaginations, que son arrivée en ce logis et sa chute au milieu de ce monde peut être comparée à celle d'un colimaçon dans une ruche, ou à l'introduction d'un paon dans quelque obscure basse-cour de village.

— Asseyez-vous auprès du feu, lui dit Grandet.

Avant de s'asseoir, le jeune étranger salua très gracieusement l'assemblée. Les hommes se levèrent pour répondre par une inclination polie, et les femmes firent une révérence cérémonieuse.

— Vous avez sans doute froid, monsieur, dit madame Grandet, vous arrivez peut-être de...

— Voilà bien les femmes! dit le vieux vigneron en quittant la lecture d'une lettre qu'il tenait à la main, laissez donc monsieur se reposer.

— Mais, mon père, monsieur a peut-être besoin de quelque chose, dit Eugénie.

— Il a une langue, répondit sévèrement le vigneron.

L'inconnu fut seul surpris de cette scène. Les autres personnes étaient faites aux façons despotiques du bonhomme. Néanmoins, quand ces deux demandes et ces deux réponses furent échangées, l'inconnu se leva, présenta le dos au feu, leva l'un de ses pieds pour chauffer la semelle de ses bottes, et dit à Eugénie : « Ma cousine, je vous remercie, j'ai dîné à Tours. Et, ajouta-t-il en regardant Grandet, je n'ai besoin de rien, je ne suis même point fatigué. »

— Monsieur vient de la Capitale? demanda madame des Grassins.

Monsieur Charles, ainsi se nommait le fils de monsieur Grandet de Paris, en s'entendant interpeller, prit un petit lorgnon suspendu par une chaîne à son col, l'appliqua sur son œil droit pour examiner et ce qu'il y avait sur la table et les personnes qui y étaient assises, lorgna fort impertinemment madame des Grassins, et lui dit après avoir tout vu : « Oui, Madame. Vous jouez au loto, ma tante, ajouta-t-il, je vous en prie, continuez votre jeu, il est trop amusant pour le quitter... »

— J'étais sûre que c'était le cousin, pensait madame des Grassins en lui jetant de petites œillades.

— Quarante-sept, cria le vieil abbé. Marquez donc, madame des Grassins, n'est-ce pas votre numéro?

Monsieur des Grassins mit un jeton sur le carton de sa femme, qui, saisie par de tristes pressentiments, observa tour à tour le cousin de Paris et Eugénie, sans songer au loto. De temps en temps, la jeune héritière lança de furtifs regards à son cousin, et la femme du banquier put facilement y découvrir un *crescendo* d'étonnement ou de curiosité.

Monsieur Charles Grandet, beau jeune homme de vingt-deux ans, produisait en ce moment un singulier contraste avec les bons provinciaux que déjà ses manières aristocratiques révoltaient passablement, et que tous étudiaient pour se moquer de lui. Ceci veut une explication. A vingt-deux ans, les jeunes gens sont encore assez voisins de l'enfance pour se laisser aller à des enfantillages. Aussi, peut-être, sur cent d'entre eux, s'en rencontrerait-il bien quatre-vingt-dix-neuf qui se seraient conduits comme se conduisait Charles Grandet. Quelques jours avant cette soirée, son père lui avait dit d'aller pour quelques mois chez son frère de Saumur. Peut-être monsieur Grandet de Paris pensait-il à Eugénie. Charles, qui tombait en province pour la première fois, eut la pensée d'y paraître avec la supériorité d'un jeune homme à la mode, de désespérer l'arrondissement par son luxe, d'y faire époque, et d'y importer les inventions de la vie parisienne. Enfin, pour tout expliquer d'un mot, il voulait passer à Saumur plus de temps qu'à Paris à se brosser les ongles, et y affecter l'excessive recherche de mise que parfois un jeune homme élégant abandonne pour une négligence qui ne manque pas de grâce. Charles emporta donc le plus joli costume de chasse, le plus joli fusil, le plus joli couteau, la plus jolie gaine de Paris. Il emporta sa collection de gilets les plus ingénieux : il y en avait de gris, de blancs, de noirs, de couleur scarabée, à reflets d'or, de pailletés, de chinés, de doubles, à châle ou droits de col, à col renversé, de boutonnés jusqu'en haut, à boutons d'or. Il emporta toutes les variétés de cols et de cravates en faveur à cette époque. Il emporta deux habits de Buisson et son linge le plus fin. Il emporta sa jolie toilette d'or, présent de sa mère. Il emporta ses

colifichets de dandy, sans oublier une ravissante petite
écritoire donnée par la plus aimable des femmes, pour lui
du moins, par une grande dame qu'il nommait Annette,
et qui voyageait maritalement, ennuyeusement, en
Écosse, victime de quelques soupçons auxquels besoin
était de sacrifier momentanément son bonheur; puis force
joli papier pour lui écrire une lettre par quinzaine. Ce
fut enfin une cargaison de futilités parisiennes aussi
complète qu'il était possible de la faire, et où, depuis la
cravache qui sert à commencer un duel, jusqu'aux beaux
pistolets ciselés qui le terminent, se trouvaient tous les
instruments aratoires dont se sert un jeune homme
oisif pour labourer la vie. Son père lui ayant dit de voyager
seul et modestement, il était venu dans le coupé de la
diligence retenu pour lui seul, assez content de ne pas
gâter une délicieuse voiture de voyage commandée pour
aller au-devant de son Annette, la grande dame que...
etc., et qu'il devait rejoindre en juin prochain aux Eaux
de Baden. Charles comptait rencontrer cent personnes
chez son oncle, chasser à courre dans les forêts de son
oncle, y vivre enfin de la vie de château; il ne savait pas
le trouver à Saumur, où il ne s'était informé de lui que
pour demander le chemin de Froidfond; mais, en le
sachant en ville, il crut l'y voir dans un grand hôtel.
Afin de débuter convenablement chez son oncle, soit à
Saumur, soit à Froidfond, il avait fait la toilette de
voyage la plus coquette, la plus simplement recherchée,
la plus adorable, pour employer · le mot qui dans ce
temps résumait les perfections spéciales d'une chose ou
d'un homme. A Tours, un coiffeur venait de lui refriser
ses beaux cheveux châtains; il y avait changé de linge,
et mis une cravate de satin noir combinée avec un col
rond, de manière à encadrer agréablement sa blanche
et rieuse figure. Une redingote de voyage à demi bouton-
née lui pinçait la taille, et laissait voir un gilet de cache-
mire à châle sous lequel était un second gilet blanc. Sa
montre, négligemment abandonnée au hasard dans une
poche, se rattachait par une courte chaîne d'or à l'une des
boutonnières. Son pantalon gris se boutonnait sur les
côtés, où des dessins brodés en soie noire enjolivaient
les coutures. Il maniait agréablement une canne dont
la pomme d'or sculpté n'altérait point la fraîcheur de
ses gants gris. Enfin, sa casquette était d'un goût excellent.
Un Parisien, un Parisien de la sphère la plus élevée,
pouvait seul et s'agencer ainsi sans paraître ridicule, et

donner une harmonie de fatuité à toutes ces niaiseries,
que soutenait d'ailleurs un air brave, l'air d'un jeune
homme qui a de beaux pistolets, le coup sûr et Annette.
Maintenant, si vous voulez bien comprendre la surprise
respective des Saumurois et du jeune Parisien, voir
parfaitement le vif éclat que l'élégance du voyageur
jetait au milieu des ombres grises de la salle et des figures
qui composaient le tableau de famille, essayez de vous
représenter les Cruchot. Tous les trois prenaient du
tabac, et ne songeaient plus depuis longtemps à éviter ni
les roupies, ni les petites galettes noires qui parsemaient
le jabot de leurs chemises rousses, à cols recroquevillés
et à plis jaunâtres. Leurs cravates molles se roulaient en
corde aussitôt qu'ils se les étaient attachées au cou.
L'énorme quantité de linge qui leur permettait de ne faire
la lessive que tous les six mois, et de le garder au fond de
leurs armoires, laissait le temps y imprimer ses teintes
grises et vieilles. Il y avait en eux une parfaite entente
de mauvaise grâce et de sénilité. Leurs figures, aussi
flétries que l'étaient leurs habits râpés, aussi plissées
que leurs pantalons, semblaient usées, racornies, et
grimaçaient. La négligence générale des autres costumes,
tous incomplets, sans fraîcheur, comme le sont les
toilettes de province, où l'on arrive insensiblement à ne
plus s'habiller les uns pour les autres, et à prendre garde
au prix d'une paire de gants, s'accordait avec l'insouciance
des Cruchot. L'horreur de la mode était le seul point sur
lequel les Grassinistes et les Cruchotins s'entendissent
parfaitement. Le Parisien prenait-il son lorgnon pour
examiner les singuliers accessoires de la salle, les solives
du plancher, le ton des boiseries ou les points que les
mouches y avaient imprimés et dont le nombre aurait
suffi pour ponctuer l'*Encyclopédie méthodique* et le *Moni-*
teur, aussitôt les joueurs de loto levaient le nez et le consi-
déraient avec autant de curiosité qu'ils en eussent manifesté pour une girafe. Monsieur des Grassins et son fils,
auxquels la figure d'un homme à la mode n'était pas
inconnue, s'associèrent néanmoins à l'étonnement de
leurs voisins, soit qu'ils éprouvassent l'indéfinissable
influence d'un sentiment général, soit qu'ils l'approu-
vassent en disant à leurs compatriotes par des œillades
pleines d'ironie : « Voilà comme *ils* sont à Paris ». Tous
pouvaient d'ailleurs observer Charles à loisir, sans
craindre de déplaire au maître du logis. Grandet était
absorbé dans la longue lettre qu'il tenait, et il avait pris

pour la lire l'unique flambeau de la table, sans se soucier
de ses hôtes ni de leur plaisir. Eugénie, à qui le type d'une
perfection semblable, soit dans la mise, soit dans la personne, était entièrement inconnu, crut voir en son cousin
une créature descendue de quelque région séraphique.
Elle respirait avec délices les parfums exhalés par cette
chevelure si brillante, si gracieusement bouclée. Elle
aurait voulu pouvoir toucher la peau blanche de ces jolis
gants fins. Elle enviait les petites mains de Charles, son
teint, la fraîcheur et la délicatesse de ses traits. Enfin, si
toutefois cette image peut résumer les impressions que
le jeune élégant produisit sur une ignorante fille sans
cesse occupée à rapetasser des bas, à ravauder la garde-
robe de son père, et dont la vie s'était écoulée sous ces
crasseux lambris sans voir dans cette rue silencieuse plus
d'un passant par heure, la vue de son cousin fit sourdre
en son cœur les émotions de fine volupté que causent à un
jeune homme les fantastiques figures de femmes dessinées
par Westall dans les Keepsake anglais, et gravées par les
Finden d'un burin si habile, qu'on a peur, en soufflant
sur le vélin, de faire envoler ces apparitions célestes.
Charles tira de sa poche un mouchoir brodé par la grande
dame qui voyageait en Écosse. En voyant ce joli ouvrage
fait avec amour pendant les heures perdues pour l'amour,
Eugénie regarda son cousin pour savoir s'il allait bien
réellement s'en servir. Les manières de Charles, ses
gestes, la façon dont il prenait son lorgnon, son impertinence affectée, son mépris pour le coffret qui venait de
faire tant de plaisir à la riche héritière et qu'il trouvait
évidemment ou sans valeur ou ridicule; enfin, tout ce
qui choquait les Cruchot et les des Grassins lui plaisait
si fort, qu'avant de s'endormir elle dut rêver longtemps
à ce phénix des cousins.

Les numéros se tiraient fort lentement, mais bientôt
le loto fut arrêté. La Grande Nanon entra et dit tout
haut : « Madame, va falloir me donner des draps pour
faire le lit à ce monsieur ».

Madame Grandet suivit Nanon. Madame des Grassins
dit alors à voix basse : « Gardons nos sous et laissons le
loto ». Chacun reprit ses deux sous dans la vieille soucoupe écornée où il les avait mis; puis l'assemblée se
remua en masse et fit un quart de conversion vers
le feu.

— Vous avez donc fini? dit Grandet sans quitter sa
lettre.

— Oui, oui, répondit madame des Grassins en venant prendre place près de Charles.

Eugénie, mue par une de ces pensées qui naissent au cœur des jeunes filles quand un sentiment s'y loge pour la première fois, quitta la salle pour aller aider sa mère et Nanon. Si elle avait été questionnée par un confesseur habile, elle lui eût sans doute avoué qu'elle ne songeait ni à sa mère ni à Nanon, mais qu'elle était travaillée par un poignant désir d'inspecter la chambre de son cousin pour s'y occuper de son cousin, pour y placer quoi que ce fût, pour obvier à un oubli, pour y tout prévoir, afin de la rendre, autant que possible, élégante et propre. Eugénie se croyait déjà seule capable de comprendre les goûts et les idées de son cousin. En effet, elle arriva fort heureusement pour prouver à sa mère et à Nanon, qui revenaient pensant avoir tout fait, que tout était à faire. Elle donna l'idée à la Grande Nanon de bassiner les draps avec la braise du feu; elle couvrit elle-même la vieille table d'un napperon, et recommanda bien à Nanon de changer le napperon tous les matins. Elle convainquit sa mère de la nécessité d'allumer un bon feu dans la cheminée, et détermina Nanon à monter, sans en rien dire à son père, un gros tas de bois dans le corridor. Elle courut chercher dans une des encoignures de la salle un plateau de vieux laque qui venait de la succession de feu le vieux monsieur de La Bertellière, y prit également un verre de cristal à six pans, une petite cuiller dédorée, un flacon antique où étaient gravés des amours, et mit triomphalement le tout sur un coin de la cheminée. Il lui avait plus surgi d'idées en un quart d'heure qu'elle n'en avait eu depuis qu'elle était au monde.

— Maman, dit-elle, jamais mon cousin ne supportera l'odeur d'une chandelle. Si nous achetions de la bougie?... Elle alla, légère comme un oiseau, tirer de sa bourse l'écu de cent sous qu'elle avait reçu pour ses dépenses du mois. — Tiens, Nanon, dit-elle, va vite.

— Mais, que dira ton père? Cette objection terrible fut proposée par madame Grandet en voyant sa fille armée d'un sucrier de vieux Sèvres rapporté du château de Froidfond par Grandet. — Et où prendras-tu donc du sucre? es-tu folle?

— Maman, Nanon achètera aussi bien du sucre que de la bougie.

— Mais ton père?

— Serait-il convenable que son neveu ne pût boire un

verre d'eau sucrée? D'ailleurs, il n'y fera pas attention.

— Ton père voit tout, dit madame Grandet en hochant la tête.

Nanon hésitait, elle connaissait son maître.

— Mais va donc, Nanon, puisque c'est ma fête!

Nanon laissa échapper un gros rire en entendant la première plaisanterie que sa jeune maîtresse eût jamais faite, et lui obéit. Pendant qu'Eugénie et sa mère s'efforçaient d'embellir la chambre destinée par monsieur Grandet à son neveu, Charles se trouvait l'objet des attentions de madame des Grassins, qui lui faisait des agaceries.

— Vous êtes bien courageux, monsieur, lui dit-elle, de quitter les plaisirs de la capitale pendant l'hiver pour venir habiter Saumur. Mais si nous ne vous faisons pas trop peur, vous verrez que l'on peut encore s'y amuser.

Elle lui lança une véritable œillade de province, où, par habitude, les femmes mettent tant de réserve et de prudence dans leurs yeux qu'elles leur communiquent la friande concupiscence particulière à ceux des ecclésiastiques, pour qui tout plaisir semble ou un vol ou une faute. Charles se trouvait si dépaysé dans cette salle, si loin du vaste château et de la fastueuse existence qu'il supposait à son oncle, qu'en regardant attentivement madame des Grassins, il aperçut enfin une image à demi effacée des figures parisiennes. Il répondit avec grâce à l'espèce d'invitation qui lui était adressée, et il engagea naturellement une conversation dans laquelle madame des Grassins baissa graduellement sa voix pour la mettre en harmonie avec la nature de ses confidences. Il existait chez elle et chez Charles un même besoin de confiance. Aussi, après quelques moments de causerie coquette et de plaisanteries sérieuses, l'adroite provinciale put-elle lui dire sans se croire entendue des autres personnes, qui parlaient de la vente des vins, dont s'occupait en ce moment tout le Saumurois : « Monsieur, si vous voulez nous faire l'honneur de venir nous voir, vous ferez très certainement autant de plaisir à mon mari qu'à moi. Notre salon est le seul dans Saumur où vous trouverez réunis le haut commerce et la noblesse : nous appartenons aux deux sociétés, qui ne veulent se rencontrer que là parce qu'on s'y amuse. Mon mari, je le dis avec orgueil, est également considéré par les uns et par les autres. Ainsi, nous tâcherons de faire diversion à l'ennui de votre séjour ici. Si vous restiez chez monsieur Grandet, que deviendriez-vous, bon Dieu! Votre oncle est un grigou qui ne pense qu'à ses provins, votre tante est une dévote qui ne sait pas coudre deux idées, et votre cousine est une petite sotte, sans éducation, commune, sans dot, et qui passe sa vie à raccommoder des torchons. »

— Elle est très bien, cette femme, se dit en lui-même Charles Grandet en répondant aux minauderies de madame des Grassins.

— Il me semble, ma femme, que tu veux accaparer monsieur, dit en riant le gros et grand banquier.

A cette observation, le notaire et le président dirent des mots plus ou moins malicieux; mais l'abbé les regarda d'un air fin et résuma leurs pensées en prenant une pincée de tabac, et offrant sa tabatière à la ronde : « Qui mieux que madame, dit-il, pourrait faire à monsieur les honneurs de Saumur ? »

— Ha ! çà, comment l'entendez-vous, monsieur l'abbé ? demanda monsieur des Grassins.

— Je l'entends, monsieur, dans le sens le plus favorable pour vous, pour madame, pour la ville de Saumur et pour monsieur, ajouta le rusé vieillard en se tournant vers Charles.

Sans paraître y prêter la moindre attention, l'abbé Cruchot avait su deviner la conversation de Charles et de madame des Grassins.

— Monsieur, dit enfin Adolphe à Charles d'un air qu'il aurait voulu rendre dégagé, je ne sais si vous avez conservé quelque souvenir de moi ; j'ai eu le plaisir d'être votre vis-à-vis à un bal donné par monsieur le baron de Nucingen, et...

— Parfaitement, monsieur, parfaitement, répondit Charles, surpris de se voir l'objet des attentions de tout le monde.

— Monsieur est votre fils ? demanda-t-il à madame des Grassins.

L'abbé regarda malicieusement la mère.

— Oui, monsieur, dit-elle.

— Vous étiez donc bien jeune à Paris ? reprit Charles en s'adressant à Adolphe.

— Que voulez-vous, monsieur, dit l'abbé, nous les envoyons à Babylone aussitôt qu'ils sont sevrés.

Madame des Grassins interrogea l'abbé par un regard d'une étonnante profondeur. — Il faut venir en province, dit-il en continuant, pour trouver des femmes de trente et quelques années aussi fraîches que l'est madame, après avoir eu des fils bientôt Licenciés en Droit. Il me semble être encore au jour où les jeunes gens et les dames montaient sur des chaises pour vous voir danser au bal, madame, ajouta l'abbé en se tournant vers son adversaire femelle. Pour moi, vos succès sont d'hier...

— Oh! le vieux scélérat! se dit en elle-même madame des Grassins, me devinerait-il donc?

— Il paraît que j'aurai beaucoup de succès à Saumur, se disait Charles en déboutonnant sa redingote, se mettant la main dans son gilet, et jetant son regard à travers les espaces pour imiter la pose donnée à lord Byron par Chantrey.

L'inattention du père Grandet, ou, pour mieux dire, la préoccupation dans laquelle le plongeait la lecture de sa lettre, n'échappèrent ni au notaire ni au président, qui tâchaient d'en conjecturer le contenu par les imperceptibles mouvements de la figure du bonhomme, alors fortement éclairée par la chandelle. Le vigneron maintenait difficilement le calme habituel de sa physionomie. D'ailleurs, chacun pourra se peindre la contenance affectée par cet homme en lisant la fatale lettre que voici :

« Mon frère, voici bientôt vingt-trois ans que nous ne nous sommes vus. Mon mariage a été l'objet de notre dernière entrevue, après laquelle nous nous sommes quittés joyeux l'un et l'autre. Certes je ne pouvais guère prévoir que tu serais un jour le seul soutien de la famille, à la prospérité de laquelle tu applaudissais alors. Quand tu tiendras cette lettre en tes mains, je n'existerai plus. Dans la position où j'étais, je n'ai pas voulu survivre à la honte d'une faillite. Je me suis tenu sur le bord du gouffre jusqu'au dernier moment, espérant surnager toujours. Il faut y tomber. Les banqueroutes réunies de mon agent de change et de Roguin, mon notaire, m'emportent mes dernières ressources et ne me laissent rien. J'ai la douleur de devoir près de quatre millions sans pouvoir offrir plus de vingt-cinq pour cent d'actif. Mes vins emmagasinés éprouvent en ce moment la baisse ruineuse que causent l'abondance et la qualité de vos récoltes. Dans trois jours, Paris dira : « Monsieur Grandet était un fripon! » Je me coucherai, moi probe, dans un linceul d'infamie. Je ravis à mon fils et son nom que j'entache et la fortune de sa mère. Il ne sait rien de cela, ce malheureux enfant que j'idolâtre. Nous nous sommes dit adieu tendrement. Il ignorait, par bonheur, que les derniers flots de ma vie s'épanchaient dans cet adieu. Ne me maudira-t-il pas un jour ? Mon frère, mon frère, la malédiction de nos enfants est épouvantable ; ils peuvent appeler de la nôtre, mais la leur est irrévocable. Grandet, tu es mon aîné, tu me dois ta protection : fais que Charles ne jette aucune parole amère sur ma tombe ! Mon frère, si je t'écrivais avec mon sang et mes larmes, il n'y aurait pas autant de douleurs que j'en mets dans cette lettre ; car je pleurerais, je saignerais, je serais mort, je ne souffrirais plus ; mais je souffre et vois la mort d'un œil sec. Te voilà donc le père de Charles ! il n'a point de parents du côté maternel, tu sais pourquoi. Pourquoi n'ai-je pas obéi aux préjugés sociaux ? Pourquoi ai-je cédé à l'amour ? Pourquoi ai-je épousé la fille naturelle d'un grand seigneur ? Charles n'a plus de famille. O mon malheureux fils ! mon fils ! Écoute, Grandet, je ne suis pas venu t'implorer pour moi ; d'ailleurs tes biens ne sont peut-être pas assez considérables pour supporter une hypothèque de trois millions ; mais pour mon fils ! Sache-le bien, mon frère, mes mains suppliantes se sont jointes en pensant à toi. Grandet, je te confie Charles en mourant. Enfin je regarde mes pistolets sans douleur en pensant que tu lui serviras de père. Il m'aimait bien, Charles ; j'étais si bon pour lui, je ne le contrariais jamais : il ne me maudira pas. D'ailleurs, tu verras ; il est doux, il tient de sa mère, il ne te donnera jamais de chagrin. Pauvre enfant ! accoutumé aux jouissances du luxe, il ne connaît aucune des privations auxquelles nous a condamnés l'un et l'autre notre première misère... Et le voilà ruiné, seul. Oui, tous ses amis le fuiront, et c'est moi qui serai la cause de ses humiliations. Ah ! je voudrais avoir le bras assez fort pour l'envoyer d'un seul coup dans les cieux près de sa mère. Folie ! je reviens à mon malheur, à celui de Charles. Je te l'ai donc envoyé pour que tu lui apprennes convenablement et ma mort et son sort à venir. Sois un père pour lui, mais un bon père. Ne l'arrache pas tout à coup à sa vie oisive, tu le tuerais. Je lui demande à genoux de renoncer aux créances qu'en qualité d'héritier de sa mère il pourrait exercer contre moi. Mais c'est une prière superflue ; il a de l'honneur, et sentira bien qu'il ne doit pas se joindre à mes créanciers. Fais-le renoncer à ma succession en temps utile. Révèle-lui les dures conditions de la vie que je lui fais ; et, s'il me conserve sa tendresse, dis-lui bien en mon nom que tout n'est pas perdu pour lui. Oui, le travail, qui nous a sauvés tous deux, peut lui rendre la fortune que je lui emporte; et, s'il veut écouter la voix de son père, qui pour lui voudrait sortir un moment du tombeau, qu'il parte, qu'il aille aux Indes? Mon frère, Charles est un jeune homme probe et courageux : tu lui feras une pacotille, il mourrait plutôt que de ne pas te rendre les premiers fonds que tu lui prêteras; car tu lui en prêteras, Grandet! sinon tu te créerais des remords. Ah! si mon enfant ne trouvait ni secours ni tendresse en toi, je demanderais éternellement vengeance à Dieu de ta dureté. Si j'avais pu sauver quelques valeurs, j'avais bien le droit de lui remettre une somme sur le bien de sa mère; mais les paiements de ma fin du mois avaient absorbé toutes mes ressources. Je n'aurais pas voulu mourir dans le doute sur le sort de mon enfant; j'aurais voulu sentir de saintes promesses dans la chaleur de ta main, qui m'eût réchauffé; mais le temps me manque. Pendant que Charles voyage, je suis obligé de dresser mon bilan. Je tâche de prouver par la bonne foi qui préside à mes affaires qu'il n'y a dans mes désastres ni faute ni improbité. N'est-ce pas m'occuper de Charles? Adieu, mon frère. Que toutes les bénédictions de Dieu te soient acquises pour la généreuse tutelle que je te confie, et que tu acceptes, je n'en doute pas. Il y aura sans cesse une voix qui priera pour toi dans le monde où nous devons aller tous un jour, et où je suis déjà.

« Victor-Ange-Guillaume GRANDET. »

— Vous causez donc? dit le père Grandet en pliant avec exactitude la lettre dans les mêmes plis et la mettant dans la poche de son gilet. Il regarda son neveu d'un air humble et craintif sous lequel il cacha ses émotions et ses calculs. — Vous êtes-vous réchauffé?

— Très bien, mon cher oncle.

— Hé! bien, où sont donc nos femmes? dit l'oncle oubliant déjà que son neveu couchait chez lui. En ce moment Eugénie et madame Grandet rentrèrent. — Tout est-il arrangé là-haut? leur demanda le bonhomme en retrouvant son calme.

— Oui, mon père.

— Hé! bien, mon neveu, si vous êtes fatigué, Nanon va vous conduire à votre chambre. Dame, ce ne sera pas un appartement de *mirliflor!* mais vous excuserez de pauvres vignerons qui n'ont jamais le sou. Les impôts nous avalent tout.

— Nous ne voulons pas être indiscrets, Grandet, dit le banquier. Vous pouvez avoir à jaser avec votre neveu, nous vous souhaitons le bonsoir. A demain.

A ces mots, l'assemblée se leva, et chacun fit la révérence suivant son caractère. Le vieux notaire alla chercher sous la porte sa lanterne, et vint l'allumer en offrant aux des Grassins de les reconduire. Madame des Grassins n'avait pas prévu l'incident qui devait faire finir prématurément la soirée, et son domestique n'était pas arrivé.

— Voulez-vous me faire l'honneur d'accepter mon bras, madame? dit l'abbé Cruchot à madame des Grassins.

— Merci, monsieur l'abbé. J'ai mon fils, répondit-elle sèchement.

— Les dames ne sauraient se compromettre avec moi, dit l'abbé.

— Donne donc le bras à monsieur Cruchot, lui dit son mari.

L'abbé emmena la jolie dame assez lestement pour se trouver à quelques pas en avant de la caravane.

— Il est très bien, ce jeune homme, madame, lui dit-il en lui serrant le bras. *Adieu, paniers, vendanges sont faites!* Il vous faut dire adieu à mademoiselle Grandet, Eugénie sera pour le Parisien. A moins que ce cousin ne soit amouraché d'une Parisienne, votre fils Adolphe va rencontrer en lui le rival le plus...

— Laissez donc, monsieur l'abbé. Ce jeune homme ne tardera pas à s'apercevoir qu'Eugénie est une niaise, une fille sans fraîcheur. L'avez-vous examinée? elle était, ce soir, jaune comme un coing.

— Vous l'avez peut-être déjà fait remarquer au cousin.

— Et je ne m'en suis pas gênée...

— Mettez-vous toujours auprès d'Eugénie, madame, et vous n'aurez pas grand-chose à dire à ce jeune homme contre sa cousine, il fera de lui-même une comparaison qui...

— D'abord, il m'a promis de venir dîner après-demain chez moi.

— Ah! si vous vouliez, madame... dit l'abbé.

— Et que voulez-vous que je veuille, monsieur l'abbé? Entendez-vous ainsi me donner de mauvais conseils? Je ne suis pas arrivée à l'âge de trente-neuf ans, avec une réputation sans tache, Dieu merci, pour la compromettre, même quand il s'agirait de l'empire du Grand

Mogol. Nous sommes à un âge, l'un et l'autre, auquel on sait ce que parler veut dire. Pour un ecclésiastique, vous avez en vérité des idées bien incongrues. Fi! cela est digne de *Faublas*.

— Vous avez donc lu *Faublas*?

— Non, monsieur l'abbé, je voulais dire les *Liaisons Dangereuses*.

— Ah! ce livre est infiniment plus moral, dit en riant l'abbé. Mais vous me faites aussi pervers que l'est un jeune homme d'aujourd'hui. Je voulais simplement vous...

— Osez me dire que vous ne songiez pas à me conseiller de vilaines choses. Cela n'est-il pas clair? Si ce jeune homme, qui est très bien, j'en conviens, me faisait la cour, il ne penserait pas à sa cousine. A Paris, je le sais, quelques bonnes mères se dévouent ainsi pour le bonheur et la fortune de leurs enfants; mais nous sommes en province, monsieur l'abbé.

— Oui, madame.

— Et, reprit-elle, je ne voudrais pas, ni Adolphe lui-même ne voudrait pas de cent millions achetés à ce prix...

— Madame, je n'ai point parlé de cent millions. La tentation eût été peut-être au-dessus de nos forces à l'un et à l'autre. Seulement, je crois qu'une honnête femme peut se permettre, en tout bien tout honneur, de petites coquetteries sans conséquence, qui font partie de ses devoirs en société, et qui...

— Vous croyez?

— Ne devons-nous pas, madame, tâcher de nous être agréables les uns aux autres... Permettez que je me mouche. — Je vous assure, madame, reprit-il, qu'il vous lorgnait d'un air un peu plus flatteur que celui qu'il avait en me regardant; mais je lui pardonne d'honorer préférablement à la vieillesse la beauté...

— Il est clair, disait le président de sa grosse voix, que monsieur Grandet de Paris envoie son fils à Saumur dans des intentions extrêmement matrimoniales...

— Mais, alors, le cousin ne serait pas tombé comme une bombe, répondait le notaire.

— Cela ne dirait rien, dit monsieur des Grassins, le bonhomme est *cachotier*.

— Des Grassins, mon ami, je l'ai invité à dîner, ce jeune homme. Il faudra que tu ailles prier monsieur et madame de Larsonnière, et les du Hautoy,

avec la belle demoiselle du Hautoy, bien entendu ; pourvu
qu'elle se mette bien ce jour-là ! Par jalousie, sa mère la
fagote si mal ! J'espère messieurs, que vous nous ferez
l'honneur de venir, ajouta-t-elle en arrêtant le cortège
pour se retourner vers les deux Cruchot.

— Vous voilà chez vous, madame, dit le notaire.

Après avoir salué les trois des Grassins, les trois Cruchot s'en retournèrent chez eux, en se servant de ce
génie d'analyse que possèdent les provinciaux pour
étudier sous toutes ses faces le grand événement de cette
soirée, qui changeait les positions respectives des Cruchotins et des Grassinistes. L'admirable bon sens qui
dirigeait les actions de ces grands calculateurs leur fit
sentir aux uns et aux autres la nécessité d'une alliance
momentanée contre l'ennemi commun. Ne devaient-ils
pas mutuellement empêcher Eugénie d'aimer son cousin,
et Charles de penser à sa cousine ? Le Parisien pourrait-il
résister aux insinuations perfides, aux calomnies dou-
cereuses, aux médisances pleines d'éloges, aux dénéga-
tions naïves qui allaient constamment tourner autour
de lui pour le tromper ?

Lorsque les quatre parents se trouvèrent seuls dans la
salle, monsieur Grandet dit à son neveu : « Il faut se
coucher. Il est trop tard pour causer des affaires qui vous
amènent ici, nous prendrons demain un moment convenable. Ici, nous déjeunons à huit heures. A midi, nous
mangeons un fruit, un rien de pain sur le pouce, et nous
buvons un verre de vin blanc ; puis nous dînons, comme
les Parisiens, à cinq heures. Voilà l'ordre. Si vous voulez
voir la ville ou les environs, vous serez libre comme l'air.
Vous m'excuserez si mes affaires ne me permettent pas
toujours de vous accompagner. Vous les entendrez peut-
être tous ici vous disant que je suis riche : monsieur Grandet par-ci, monsieur Grandet par-là ! Je les laisse dire,
leurs bavardages ne nuisent point à mon crédit. Mais je n'ai
pas le sou, et je travaille à mon âge comme un jeune
compagnon, qui n'a pour tout bien qu'une mauvaise
plane et deux bons bras. Vous verrez peut-être bientôt
par vous-même ce que coûte un écu quand il faut le suer.
Allons, Nanon, les chandelles ! »

— J'espère, mon neveu, que vous trouverez tout ce
dont vous aurez besoin, dit madame Grandet ; mais s'il
vous manquait quelque chose, vous pourriez appeler
Nanon.

— Ma chère tante, ce serait difficile, j'ai, je crois,

emporté toutes mes affaires! Permettez-moi de vous souhaiter une bonne nuit, ainsi qu'à ma jeune cousine.

Charles prit des mains de Nanon une bougie allumée,
une bougie d'Anjou, bien jaune de ton, vieillie en boutique et si pareille à de la chandelle, que monsieur Grandet, incapable d'en soupçonner l'existence au logis, ne
s'aperçut pas de cette magnificence.

— Je vais vous montrer le chemin, dit le bonhomme.

Au lieu de sortir par la porte de la salle qui donnait
sous la voûte, Grandet fit la cérémonie de passer par le
couloir qui séparait la salle de la cuisine. Une porte battante garnie d'un grand carreau de verre ovale fermait ce
couloir du côté de l'escalier afin de tempérer le froid qui
s'y engouffrait. Mais en hiver la bise n'en sifflait pas moins
par là très rudement, et, malgré les bourrelets mis aux
portes de la salle, à peine la chaleur s'y maintenait-elle
à un degré convenable. Nanon alla verrouiller la grande
porte, ferma la salle, et détacha dans l'écurie un chien-
loup dont la voix était cassée comme s'il avait une laryn-
gite. Cet animal d'une notable férocité ne connaissait
que Nanon. Ces deux créatures champêtres s'enten-
daient.

Quand Charles vit les murs jaunâtres et enfumés de la
cage où l'escalier à rampe vermoulue tremblait sous le
pas pesant de son oncle, son dégrisement alla *rinforzando*.
Il se croyait dans un juchoir à poules. Sa tante et sa
cousine, vers lesquelles il se retourna pour interroger leurs
figures, étaient si bien façonnées à cet escalier, que, ne
devinant pas la cause de son étonnement, elles le prirent
pour une expression amicale, et y répondirent par un
sourire agréable qui le désespéra. — Que diable mon
père m'envoie-t-il faire ici? se disait-il. Arrivé sur le
premier palier, il aperçut trois portes peintes en rouge
étrusque et sans chambranles, des portes perdues dans
la muraille poudreuse et garnies de bandes en fer boulonnées, apparentes, terminées en façon de flammes
comme l'était à chaque bout la longue entrée de la ser-
rure. Celle de ces portes qui se trouvait en haut de l'escalier et qui donnait entrée dans la pièce située au-dessus de
la cuisine, était évidemment murée. On n'y pénétrait en
effet que par la chambre de Grandet, à qui cette pièce
servait de cabinet. L'unique croisée d'où elle tirait son
jour était défendue sur la cour par d'énormes barreaux
en fer grillagés. Personne, pas même madame Grandet,
n'avait la permission d'y venir, le bonhomme voulait y

rester seul comme un alchimiste à son fourneau. Là,
sans doute, quelque cachette avait été très habilement
pratiquée, là s'emmagasinaient les titres de propriété, là
pendaient les balances à peser les louis, là se faisaient
nuitamment et en secret les quittances, les reçus, les
calculs ; de manière que les gens d'affaires, voyant toujours Grandet prêt à tout, pouvaient imaginer qu'il
avait à ses ordres une fée ou un démon. Là, sans doute,
quand Nanon ronflait à ébranler les planchers, quand le
chien-loup veillait et bâillait dans la cour, quand
madame et mademoiselle Grandet étaient bien endormies,
venait le vieux tonnelier choyer, caresser, couver, cuver,
cercler son or. Les murs étaient épais, les contrevents
discrets. Lui seul avait la clef de ce laboratoire, où, dit-
on, il consultait des plans sur lesquels ses arbres à fruits
étaient désignés et où il chiffrait ses produits à un pro-
vin, à une bourrée près. L'entrée de la chambre d'Eugénie faisait face à cette porte murée. Puis, au bout du
palier, était l'appartement des deux époux qui occupaient tout le devant de la maison. Madame Grandet
avait une chambre contiguë à celle d'Eugénie, chez qui
l'on entrait par une porte vitrée. La chambre du maître
était séparée de celle de sa femme par une cloison, et du
mystérieux cabinet par un gros mur. Le père Grandet
avait logé son neveu au second étage, dans la haute
mansarde située au-dessus de sa chambre, de manière
à pouvoir l'entendre, s'il lui prenait fantaisie d'aller et
de venir. Quand Eugénie et sa mère arrivèrent au milieu
du palier, elles se donnèrent le baiser du soir ; puis,
après avoir dit à Charles quelques mots d'adieu, froids
sur les lèvres, mais certes chaleureux au cœur de la
fille, elles rentrèrent dans leurs chambres.

— Vous voilà chez vous, mon neveu, dit le père
Grandet à Charles en lui ouvrant sa porte. Si vous aviez
besoin de sortir, vous appelleriez Nanon. Sans elle, votre
serviteur ! le chien vous mangerait sans vous dire un seul
mot. Dormez bien. Bonsoir. Ha ! ha ! ces dames vous ont
fait du feu, reprit-il. En ce moment la Grande Nanon
apparut, armée d'une bassinoire. — En voilà bien d'une
autre ! dit monsieur Grandet. Prenez-vous mon neveu
pour une femme en couches ? Veux-tu bien remporter
ta braise, Nanon.

— Mais, monsieur, les draps sont humides, et ce
monsieur est vraiment mignon comme une femme.

— Allons, va, puisque tu l'as dans la tête, dit Grandet

en la poussant par les épaules, mais prends garde de
mettre le feu. Puis l'avare descendit en grommelant de
vagues paroles.

Charles demeura pantois au milieu de ses malles.
Après avoir jeté les yeux sur les murs d'une chambre en
mansarde tendue de ce papier jaune à bouquets de fleurs
qui tapisse les guinguettes, sur une cheminée en pierre de
liais cannelée dont le seul aspect donnait froid, sur des
chaises de bois jaune garnies en canne vernissée et qui
semblaient avoir plus de quatre angles, sur une table de
nuit ouverte dans laquelle aurait pu tenir un petit ser-
gent de voltigeurs, sur le maigre tapis de lisière placé au
bas d'un lit à ciel dont les pentes en drap tremblaient
comme si elles allaient tomber, achevées par les vers, il
regarda sérieusement la Grande Nanon et lui dit :
« Ah çà! ma chère enfant, suis-je bien chez monsieur Grandet, l'ancien maire de Saumur, frère de monsieur Grandet de Paris ? »

— Oui, monsieur, chez un ben aimable, un ben
doux, un ben parfait monsieur. Faut-il que je vous aide
à défaire vos malles ?

— Ma foi, je le veux bien, mon vieux troupier!
N'avez-vous pas servi dans les marins de la garde
impériale ?

— Oh! oh! oh! oh! dit Nanon, quoi que c'est que ça,
les marins de la garde? C'est-y salé? Ça va-t-il sur
l'eau ?

— Tenez, cherchez ma robe de chambre qui est dans
cette valise. En voici la clef.

Nanon fut tout émerveillée de voir une robe de
chambre en soie verte à fleurs d'or et à dessins antiques.

— Vous allez mettre ça pour vous coucher, dit-elle.

— Oui.

— Sainte Vierge! le beau devant d'autel que ça ferait
pour la paroisse. Mais mon cher mignon monsieur,
donnez donc ça à l'église, vous sauverez votre âme, tandis
que ça vous la fera perdre. Oh! que vous êtes donc
gentil comme ça. Je vais appeler mademoiselle pour
qu'elle vous regarde.

— Allons, Nanon, puisque Nanon y a, voulez-vous
vous taire! Laissez-moi coucher, j'arrangerai mes affaires
demain ; et si ma robe vous plaît tant, vous sauverez
votre âme. Je suis trop bon chrétien pour vous la refu-
ser en m'en allant, et vous pourrez en faire ce que vous
voudrez.

Nanon resta plantée sur ses pieds, contemplant Charles, sans pouvoir ajouter foi à ses paroles.

— Me donner ce bel atour! dit-elle en s'en allant. Il rêve déjà ce monsieur. Bonsoir.

— Bonsoir, Nanon.

— Qu'est-ce que je suis venu faire ici? se dit Charles en s'endormant. Mon père n'est pas un niais, mon voyage doit avoir un but. Psch! à demain les affaires sérieuses, disait je ne sais quelle ganache grecque.

— Sainte Vierge! qu'il est gentil, mon cousin, se dit Eugénie en interrompant ses prières, qui ce soir-là ne furent pas finies.

Madame Grandet n'eut aucune pensée en se couchant. Elle entendait, par la porte de communication qui se trouvait au milieu de la cloison, l'avare se promenant de long en long dans sa chambre. Semblable à toutes les femmes timides, elle avait étudié le caractère de son seigneur. De même que la mouette prévoit l'orage, elle avait, à d'imperceptibles signes, pressenti la tempête intérieure qui agitait Grandet, et, pour employer l'expression dont elle se servait, elle faisait alors la morte. Grandet regardait la porte intérieurement doublée en tôle qu'il avait fait mettre à son cabinet, et se disait : « Quelle idée bizarre a eue mon frère de me léguer son enfant? Jolie succession! Je n'ai pas vingt écus à donner. Mais qu'est-ce que vingt écus pour ce mirliflor qui lorgnait mon baromètre comme s'il avait voulu en faire du feu? »

En songeant aux conséquences de ce testament de douleur, Grandet était peut-être plus agité que ne l'était son frère au moment où il le traça.

— J'aurais cette robe d'or?... disait Nanon qui s'endormit habillée de son devant d'autel, rêvant de fleurs, de tapis, de damas, pour la première fois de sa vie, comme Eugénie rêva d'amour.

Dans la pure et monotone vie des jeunes filles, il vient une heure délicieuse où le soleil leur épanche ses rayons dans l'âme, où la fleur leur exprime des pensées, où les palpitations du cœur communiquent au cerveau leur chaude fécondance, et fondent les idées en un vague désir; jour d'innocente mélancolie et de suaves joyeusetés! Quand les enfants commencent à voir, ils sourient; quand une fille entrevoit le sentiment de la nature, elle sourit comme elle souriait enfant. Si la lumière est le premier amour de la vie, l'amour n'est-il pas la lumière du cœur?

Le moment de voir clair aux choses d'ici-bas était arrivé pour Eugénie. Matinale comme toutes les filles de province, elle se leva de bonne heure, fit sa prière, et commença l'œuvre de sa toilette, occupation qui désormais allait avoir un sens. Elle lissa d'abord ses cheveux châtains, tordit leurs grosses nattes au-dessus de sa tête avec le plus grand soin, en évitant que les cheveux ne s'échappassent de leurs tresses, et introduisit dans sa coiffure une symétrie qui rehaussa la timide candeur de son visage, en accordant la simplicité des accessoires à la naïveté des lignes. En se lavant plusieurs fois les mains dans de l'eau pure qui lui durcissait et rougissait la peau, elle regarda ses beaux bras ronds, et se demanda ce que faisait son cousin pour avoir les mains si mollement blanches, les ongles si bien façonnés. Elle mit des bas neufs et ses plus jolis souliers. Elle se laça droit, sans passer d'œillets. Enfin souhaitant, pour la première fois de sa vie, de paraître à son avantage, elle connut le bonheur d'avoir une robe fraîche, bien faite, et qui la rendait attrayante. Quand sa toilette fut achevée, elle entendit sonner l'horloge de la paroisse, et s'étonna de ne compter que sept heures. Le désir d'avoir tout le temps nécessaire pour se bien habiller l'avait fait lever trop tôt. Ignorant l'art de remanier dix fois une boucle de cheveux et d'en étudier l'effet, Eugénie se croisa bonnement les bras, s'assit à sa fenêtre, contempla la cour, le jardin étroit et les hautes terrasses qui le dominaient; vue mélancolique, bornée, mais qui n'était pas dépourvue des mystérieuses beautés particulières aux endroits solitaires ou à la nature inculte. Auprès de la cuisine se trouvait un puits entouré d'une margelle, et à poulie maintenue dans une branche de fer courbée, qu'embrassait une vigne aux pampres flétris, rougis, brouis par la saison. De là, le tortueux sarment gagnait le mur, s'y attachait, courait le long de la maison et finissait sur un bûcher où le bois était rangé avec autant d'exactitude que peuvent l'être les livres d'un bibliophile. Le pavé de la cour offrait ces teintes noirâtres produites avec le temps par les mousses, par les herbes, par le défaut de mouvement. Les murs épais présentaient leur chemise verte, ondée de longues traces brunes. Enfin les huit marches qui régnaient au fond de la cour et menaient à la porte du jardin, étaient disjointes et ensevelies sous de hautes plantes comme le tombeau d'un chevalier enterré par sa veuve au temps des croi-

sades. Au-dessus d'une assise de pierres toutes rongées
s'élevait une grille de bois pourri, à moitié tombée de
vétusté, mais à laquelle se mariaient à leur gré des
plantes grimpantes. De chaque côté de la porte à claire-
voie s'avançaient les rameaux tortus de deux pommiers
rabougris. Trois allées parallèles, sablées et séparées par
des carrés dont les terres étaient maintenues au moyen
d'une bordure en buis, composaient ce jardin que ter-
minait, au bas de la terrasse, un couvert de tilleuls. A
un bout, des framboisiers ; à l'autre, un immense noyer
qui inclinait ses branches jusque sur le cabinet du tonnelier. Un jour pur et le beau soleil des automnes naturels aux rives de la Loire commençaient à dissiper le
glacis imprimé par la nuit aux pittoresques objets, aux
murs, aux plantes qui meublaient ce jardin et la cour.
Eugénie trouva des charmes tout nouveaux dans l'aspect
de ces choses, auparavant si ordinaires pour elle. Mille
pensées confuses naissaient dans son âme, et y croissaient
à mesure que croissaient au dehors les rayons du soleil.
Elle eut enfin ce mouvement de plaisir vague, inexpli-
cable, qui enveloppe l'être moral, comme un nuage
envelopperait l'être physique. Ses réflexions s'accordaient avec les détails de ce singulier paysage, et les harmonies de son cœur firent alliance avec les harmonies de
la nature. Quand le soleil atteignit un pan de mur, d'où
tombaient des cheveux de Vénus aux feuilles épaisses à
couleurs changeantes comme la gorge des pigeons, de
célestes rayons d'espérance illuminèrent l'avenir pour
Eugénie, qui désormais se plut à regarder ce pan de mur,
ses fleurs pâles, ses clochettes bleues et ses herbes fanées,
auxquelles se mêla un souvenir gracieux comme ceux de
l'enfance. Le bruit que chaque feuille produisait dans
cette cour sonore, en se détachant de son rameau, donnait une réponse aux secrètes interrogations de la jeune
fille, qui serait restée là, pendant toute la journée, sans
s'apercevoir de la fuite des heures. Puis vinrent de
tumultueux mouvements d'âme. Elle se leva fréquem-
ment, se mit devant son miroir, et s'y regarda comme un
auteur de bonne foi contemple son œuvre pour se cri-
tiquer, et se dire des injures à lui-même.

— Je ne suis pas assez belle pour lui. Telle était la
pensée d'Eugénie, pensée humble et fertile en souffrances.
La pauvre fille ne se rendait pas justice ; mais la modestie,
ou mieux la crainte, est une des premières vertus de
l'amour. Eugénie appartenait bien à ce type d'enfants

fortement constitués, comme ils le sont dans la petite
bourgeoisie, et dont les beautés paraissent vulgaires;
mais, si elle ressemblait à Vénus de Milo, ses formes
étaient ennoblies par cette suavité du sentiment chrétien
qui purifie la femme et lui donne une distinction inconnue aux sculpteurs anciens. Elle avait une tête énorme,
le front masculin mais délicat du Jupiter de Phidias,
et des yeux gris auxquels sa chaste vie, en s'y portant
tout entière, imprimait une lumière jaillissante. Les traits
de son visage rond, jadis frais et rose, avaient été grossis
par une petite vérole assez clémente pour n'y point
laisser de traces, mais qui avait détruit le velouté de la
peau, néanmoins si douce et si fine encore que le pur
baiser de sa mère y traçait passagèrement une marque
rouge. Son nez était un peu trop fort, mais il s'harmo-
nisait avec une bouche d'un rouge de minium, dont
les lèvres à mille raies étaient pleines d'amour et de
bonté. Le col avait une rondeur parfaite. Le corsage
bombé, soigneusement voilé, attirait le regard et faisait
rêver; il manquait sans doute un peu de la grâce due à la
toilette; mais, pour les connaisseurs, la non-flexibilité de
cette haute taille devait être un charme. Eugénie, grande
et forte, n'avait donc rien du joli qui plaît aux masses;
mais elle était belle de cette beauté si facile à reconnaître,
et dont s'éprennent seulement les artistes. Le peintre qui
cherche ici-bas un type à la céleste pureté de Marie, qui
demande à toute la nature féminine ces yeux modestement fiers devinés par Raphaël, ces lignes vierges
souvent dues aux hasards de la conception, mais qu'une
vie chrétienne et pudique peut seule conserver ou faire
acquérir; ce peintre, amoureux d'un si rare modèle,
eût trouvé tout à coup dans le visage d'Eugénie la noblesse
innée qui s'ignore; il eût vu sous un front calme un
monde d'amour; et, dans la coupe des yeux, dans l'habitude des paupières, le je ne sais quoi divin. Ses traits,
les contours de sa tête que l'expression du plaisir n'avait
jamais ni altérés ni fatigués, ressemblaient aux lignes
d'horizon si doucement tranchées dans le lointain des
lacs tranquilles. Cette physionomie calme, colorée, bordée de lueur comme une jolie fleur éclose, reposait l'âme,
communiquait le charme de la conscience qui s'y reflétait, et commandait le regard. Eugénie était encore sur
la rive de la vie où fleurissent les illusions enfantines, où
se cueillent les marguerites avec des délices plus tard
inconnues. Aussi se dit-elle en se mirant, sans savoir

encore ce qu'était l'amour : « Je suis trop laide, il ne fera pas attention à moi ».

Puis elle ouvrit la porte de sa chambre qui donnait sur l'escalier, et tendit le cou pour écouter les bruits de la maison. — Il ne se lève pas, pensa-t-elle en entendant la tousserie matinale de Nanon, et la bonne fille allant, venant, balayant la salle, allumant son feu, enchaînant le chien et parlant à ses bêtes dans l'écurie. Aussitôt Eugénie descendit et courut à Nanon qui trayait la vache.

— Nanon, ma bonne Nanon, fais donc de la crème pour le café de mon cousin.

— Mais, mademoiselle, il aurait fallu s'y prendre hier, dit Nanon qui partit d'un gros éclat de rire. Je ne peux pas faire de la crème. Votre cousin est mignon, mignon, mais vraiment mignon. Vous ne l'avez pas vu dans sa chambrelouque de soie et d'or. Je l'ai vu, moi. Il porte du linge fin comme celui du surplis à monsieur le curé.

— Nanon, fais-nous donc de la galette.

— Et qui me donnera du bois pour le four, et de la farine, et du beurre ? dit Nanon, laquelle en sa qualité de premier ministre de Grandet prenait parfois une importance énorme aux yeux d'Eugénie et de sa mère. Faut-il pas le voler, cet homme, pour fêter votre cousin ? Demandez-lui du beurre, de la farine, du bois, il est votre père, il peut vous en donner. Tenez, le voilà qui descend pour voir aux provisions...

Eugénie se sauva dans le jardin, tout épouvantée en entendant trembler l'escalier sous le pas de son père. Elle éprouvait déjà les effets de cette profonde pudeur et de cette conscience particulière de notre bonheur qui nous fait croire, non sans raison peut-être, que nos pensées sont gravées sur notre front et sautent aux yeux d'autrui. En s'apercevant enfin du froid dénuement de la maison paternelle, la pauvre fille concevait une sorte de dépit de ne pouvoir la mettre en harmonie avec l'élégance de son cousin. Elle éprouva un besoin passionné de faire quelque chose pour lui : quoi ? elle n'en savait rien. Naïve et vraie, elle se laissait aller à sa nature angélique sans se défier ni de ses impressions, ni de ses sentiments. Le seul aspect de son cousin avait éveillé chez elle les penchants naturels de la femme, et ils durent se déployer d'autant plus vivement, qu'ayant atteint sa vingt-troisième année, elle se trouvait dans la plénitude de son intelligence et de ses désirs. Pour la première fois, elle eut dans le cœur de la terreur à l'aspect de son père, vit en lui le maître de son sort, et se crut coupable d'une faute en lui taisant quelques pensées. Elle se mit à marcher à pas précipités en s'étonnant de respirer un air plus pur, de sentir les rayons du soleil plus vivifiants, et d'y puiser une chaleur morale, une vie nouvelle. Pendant qu'elle cherchait un artifice pour obtenir la galette, il s'élevait entre la Grande Nanon et Grandet une de ces querelles aussi rares entre eux que le sont les hirondelles en hiver. Muni de ses clefs, le bonhomme était venu pour mesurer les vivres nécessaires à la consommation de la journée.

— Reste-t-il du pain d'hier ? dit-il à Nanon.

— Pas une miette, monsieur.

Grandet prit un gros pain rond, bien enfariné, moulé dans un de ces paniers plats qui servent à boulanger en Anjou, et il allait le couper, quand Nanon lui dit : « Nous sommes cinq aujourd'hui, monsieur ».

— C'est vrai, répondit Grandet, mais ton pain pèse six livres, il en restera. D'ailleurs, ces jeunes gens de Paris, tu verras que ça ne mange point de pain.

— Ça mangera donc de la *frippe*, dit Nanon.

En Anjou, la frippe, mot du lexique populaire, exprime l'accompagnement du pain, depuis le beurre étendu sur la tartine, frippe vulgaire, jusqu'aux confitures d'halleberge, la plus distinguée des frippes ; et tous ceux qui, dans leur enfance, ont léché la frippe et laissé le pain, comprendront la portée de cette locution.

— Non, répondit Grandet, ça ne mange ni frippe, ni pain. Ils sont quasiment comme des filles à marier.

Enfin, après avoir parcimonieusement ordonné le menu quotidien, le bonhomme allait se diriger vers son fruitier, en fermant néanmoins les armoires de sa *Dépense*, lorsque Nanon l'arrêta pour lui dire : Monsieur, donnez-moi donc alors de la farine et du beurre, je ferai une galette aux enfants.

— Ne vas-tu pas mettre la maison au pillage à cause de mon neveu ?

— Je ne pensais pas plus à votre neveu qu'à votre chien, pas plus que vous n'y pensez vous-même. Ne voilà-t-il pas que vous ne m'avez *aveint* que six morceaux de sucre, m'en faut huit.

— Ha ! çà, Nanon, je ne t'ai jamais vue comme ça. Qu'est-ce qui te passe donc par la tête ? Es-tu la maîtresse ici ? Tu n'auras que six morceaux de sucre.

— Eh! bien, votre neveu, avec quoi donc qu'il sucrera
son café? — Avec deux morceaux, je m'en passerai, moi.

— Vous vous passerez de sucre, à votre âge! J'aimerais mieux vous en acheter de ma poche.

— Mêle-toi de ce qui te regarde.

Malgré la baisse du prix, le sucre était toujours, aux
yeux du tonnelier, la plus précieuse des denrées colo-
niales, il valait toujours six francs la livre, pour lui. L'obligation de le ménager, prise sous l'Empire, était devenue
la plus indélébile de ses habitudes. Toutes les femmes,
même la plus niaise, savent ruser pour arriver à leurs
fins, Nanon abandonna la question du sucre pour obtenir
la galette.

— Mademoiselle, cria-t-elle par la croisée, est-ce pas
que vous voulez de la galette?

— Non, non, répondit Eugénie.

— Allons, Nanon, dit Grandet en entendant la voix
de sa fille, tiens. Il ouvrit la *mette* où était la farine, lui en
donna une mesure, et ajouta quelques onces de beurre au
morceau qu'il avait déjà coupé.

— Il faudra du bois pour chauffer le four, dit l'impla-
cable Nanon.

— Eh! bien, tu en prendras à ta suffisance, répondit-il
mélancoliquement, mais alors tu nous feras une tarte aux
fruits, et tu nous cuiras au four tout le dîner; par ainsi,
tu n'allumeras pas deux feux.

— Quien! s'écria Nanon, vous n'avez pas besoin de
me le dire. Grandet jeta sur son fidèle ministre un coup
d'œil presque paternel. — Mademoiselle, cria la cuisinière, nous aurons une galette. Le père Grandet revint
chargé de ses fruits, et en rangea une première assiettée
sur la table de la cuisine. — Voyez donc, monsieur, lui
dit Nanon, les jolies bottes qu'a votre neveu. Quel cuir,
et qui sent bon. Avec quoi que ça se nettoie donc? Faut-il
y mettre de votre cirage à l'œuf?

— Nanon, je crois que l'œuf gâterait ce cuir-là. D'ailleurs, dis-lui que tu ne connais point la manière de cirer
le maroquin, oui, c'est du maroquin, il achètera lui-même
à Saumur et t'apportera de quoi illustrer ses bottes.
J'ai entendu dire qu'on fourre du sucre dans leur cirage
pour le rendre brillant.

— C'est donc bon à manger, dit la servante en portant
les bottes à son nez. Tiens, tiens, elles sentent l'eau de
Cologne de madame. Ah! c'est-il drôle.

— Drôle! dit le maître, tu trouves drôle de mettre à des bottes plus d'argent que n'en vaut celui qui les porte.

— Monsieur, dit-elle au second voyage de son maître qui avait fermé le fruitier, est-ce que vous ne mettrez pas une ou deux fois le pot-au-feu par semaine à cause de votre... ?

— Oui.

— Faudra que j'aille à la boucherie.

— Pas du tout; tu nous feras du bouillon de volaille, les fermiers ne t'en laisseront pas chômer. Mais je vais dire à Cornoiller de me tuer des corbeaux. Ce gibier-là donne le meilleur bouillon de la terre.

— C'est-y vrai, monsieur, que ça mange les morts?

— Tu es bête, Nanon! ils mangent, comme tout le monde, ce qu'ils trouvent. Est-ce que nous ne vivons pas de morts? Qu'est-ce donc que les successions? Le père Grandet n'ayant plus d'ordre à donner, tira sa montre; et, voyant qu'il pouvait encore disposer d'une demi-heure avant le déjeuner, il prit son chapeau, vint embrasser sa fille, et lui dit : « Veux-tu te promener au bord de la Loire sur mes prairies? j'ai quelque chose à y faire. »

Eugénie alla mettre son chapeau de paille cousue, doublé de taffetas rose; puis, le père et la fille descendirent la rue tortueuse jusqu'à la place.

— Où dévalez-vous donc si matin? dit le notaire Cruchot qui rencontra Grandet.

— Voir quelque chose, répondit le bonhomme sans être la dupe de la promenade matinale de son ami.

Quand le père Grandet allait voir quelque chose, le notaire savait par expérience qu'il y avait toujours quelque chose à gagner avec lui. Donc il l'accompagna.

— Venez, Cruchot? dit Grandet au notaire. Vous êtes de mes amis, je vais vous démontrer comme quoi c'est une bêtise de planter des peupliers dans de bonnes terres...

— Vous comptez donc pour rien les soixante mille francs que vous avez palpés pour ceux qui étaient dans vos prairies de la Loire, dit maître Cruchot en ouvrant des yeux hébétés. Avez-vous eu du bonheur?... Couper vos arbres au moment où l'on manquait de bois blanc à Nantes, et les vendre trente francs!

Eugénie écoutait sans savoir qu'elle touchait au moment le plus solennel de sa vie, et que le notaire allait faire prononcer sur elle un arrêt paternel et souverain. Grandet était arrivé aux magnifiques prairies qu'il possédait au bord de la Loire, et où trente ouvriers s'occupaient à

déblayer, combler, niveler les emplacements autrefois
pris par les peupliers.

— Maître Cruchot, voyez ce qu'un peuplier prend de
terrain, dit-il au notaire. Jean, cria-t-il à un ouvrier, me...
me... mesure avec ta toise dans tou... tou... tous les sens ?

— Quatre fois huit pieds, répondit l'ouvrier après
avoir fini.

— Trente-deux pieds de perte, dit Grandet à Cruchot.
J'avais sur cette ligne trois cents peupliers, pas vrai ? Or...
trois ce... ce... ce... cent fois trende-d... eux pie... pieds
me man... man... mangeaient cinq... inq cents de foin;
ajoutez deux fois autant sur les côtés, quinze cents; les
rangées du milieu autant. Alors, mé... mé... mettons mille
bottes de foin.

— Eh! bien, dit Cruchot pour aider son ami, mille
bottes de ce foin-là valent environ six cents francs.

— Di... di... dites dou... ou... ouze cents à cause des
trois à quatre cents francs de regain. Eh! bien, ca... ca...
ca... calculez ce que que que dou... ouze cents francs par
an pen... pen... pendant quarante ans do... donnent a...
a... avec les in... in... intérêts com... com... composés
que que que vouous saaavez.

— Va pour soixante mille francs, dit le notaire.

— Je le veux bien! ça ne ne ne fera que que que
soixante mille francs. Eh! bien, reprit le vigneron sans
bégayer, deux mille peupliers de quarante ans ne me
donneraient pas cinquante mille francs. Il y a perte. J'ai
trouvé ça, moi, dit Grandet en se dressant sur ses ergots.
Jean, reprit-il, tu combleras les trous, excepté du côté de
la Loire, où tu planteras les peupliers que j'ai achetés. En
les mettant dans la rivière, ils se nourriront aux frais du
gouvernement, ajouta-t-il en se tournant vers Cruchot et
imprimant à la loupe de son nez un léger mouvement qui
valait le plus ironique des sourires.

— Cela est clair : les peupliers ne doivent se planter
que sur les terres maigres, dit Cruchot stupéfait par les
calculs de Grandet.

— O-u-i, monsieur, répondit ironiquement le tonnelier.

Eugénie, qui regardait le sublime paysage de la Loire
sans écouter les calculs de son père, prêta bientôt l'oreille
aux discours de Cruchot en l'entendant dire à son client :
« Hé! bien, vous avez fait venir un gendre de Paris, il
n'est question que de votre neveu dans tout Saumur.
Je vais bientôt avoir un contrat à dresser, père Grandet. »

— Vous... ou... vous êtes so... so... orti de bo...

bonne heure pooour me dire ça, reprit Grandet en accompagnant cette réflexion d'un mouvement de sa loupe. Hé! bien, mon vieux camaaaarade, je serai franc, et je vous dirai ce que vooous voooulez sa... savoir. J'aimerais mieux, voyez-vooous, je... jeter ma fi... fi... fille dans la Loire que de la doooonner à son cououousin : vous pou... pou... ouvez aaannoncer ça. Mais non, laissez jaaser le mon... onde.

Cette réponse causa des éblouissements à Eugénie. Les lointaines espérances qui pour elle commençaient à poindre dans son cœur fleurirent soudain, se réalisèrent et formèrent un faisceau de fleurs qu'elle se vit coupées et gisant à terre. Depuis la veille, elle s'attachait à Charles par tous les liens de bonheur qui unissent les âmes ; désormais la souffrance allait donc les corroborer. N'est-il pas dans la noble destinée de la femme d'être plus touchée des pompes de la misère que des splendeurs de la fortune ? Comment le sentiment paternel avait-il pu s'éteindre au fond du cœur de son père ? de quel crime Charles était-il donc coupable ? Questions mystérieuses ! Déjà son amour naissant, mystère si profond, s'enveloppait de mystères. Elle revint tremblant sur ses jambes, et en arrivant à la vieille rue sombre, si joyeuse pour elle, elle la trouva d'un aspect triste, elle y respira la mélancolie que les temps et les choses y avaient imprimée. Aucun des enseignements de l'amour ne lui manquait. A quelques pas du logis, elle devança son père et l'attendit à la porte après y avoir frappé. Mais Grandet, qui voyait dans la main du notaire un journal encore sous bande, lui avait dit : « Où en sont les fonds ? »

— Vous ne voulez pas m'écouter, Grandet, lui répondit Cruchot. Achetez-en vite, il y a encore vingt pour cent à gagner en deux ans, outre les intérêts à un excellent taux, cinq mille livres de rente pour quatre-vingt mille francs. Les fonds sont à quatre-vingts francs cinquante centimes.

— Nous verrons cela, répondit Grandet en se frottant le menton.

— Mon Dieu ! dit le notaire.

— Eh ! bien, quoi ? s'écria Grandet au moment où Cruchot lui mettait le journal sous les yeux en lui disant :

— Lisez cet article.

Monsieur Grandet, l'un des négociants les plus estimés de Paris, s'est brûlé la cervelle hier, après avoir fait son appari-

*tion accoutumée à la Bourse. Il avait envoyé au président de
la Chambre des Députés sa démission, et s'était également
démis de ses fonctions de juge au tribunal de commerce.
Les faillites de messieurs Roguin et Souchet, son agent de
change et son notaire, l'ont ruiné. La considération dont
jouissait monsieur Grandet et son crédit étaient néanmoins
tels qu'il eût sans doute trouvé des secours sur la place de
Paris. Il est à regretter que cet homme honorable ait cédé
à un premier moment de désespoir, etc.*

— Je le savais, dit le vieux vigneron au notaire.

Ce mot glaça maître Cruchot, qui, malgré son impassi-
bilité de notaire, se sentit froid dans le dos en pensant que
le Grandet de Paris avait peut-être imploré vainement les
millions du Grandet de Saumur.

— Et son fils, si joyeux hier...

— Il ne sait rien encore, répondit Grandet avec le
même calme.

— Adieu, monsieur Grandet, dit Cruchot, qui comprit tout et alla rassurer le président de Bonfons.

En entrant, Grandet trouva le déjeuner prêt.
Madame Grandet, au cou de laquelle Eugénie sauta pour
l'embrasser avec cette vive effusion de cœur que nous
cause un chagrin secret, était déjà sur son siège à patins,
et se tricotait des manches pour l'hiver.

— Vous pouvez manger, dit Nanon qui descendit les
escaliers quatre à quatre, l'enfant dort comme un chéru-
bin. Qu'il est gentil les yeux fermés! Je suis entrée, je
l'ai appelé. Ah bien oui! personne.

— Laisse-le dormir, dit Grandet, il s'éveillera toujours
assez tôt aujourd'hui pour apprendre de mauvaises
nouvelles.

— Qu'y a-t-il donc? demanda Eugénie en mettant
dans son café les deux petits morceaux de sucre pesant on
ne sait combien de grammes que le bonhomme s'amusait
à couper lui-même à ses heures perdues. Madame Grandet, qui n'avait pas osé faire cette question, regarda son
mari.

— Son père s'est brûlé la cervelle.

— Mon oncle?... dit Eugénie.

— Le pauvre jeune homme! s'écria madame Grandet.

— Oui, pauvre, reprit Grandet, il ne possède pas un
sou.

— Hé! ben, il dort comme s'il était le roi de la terre,
dit Nanon d'un accent doux.

Eugénie cessa de manger. Son cœur se serra, comme il se serre quand, pour la première fois, la compassion, excitée par le malheur de celui qu'elle aime, s'épanche dans le corps entier d'une femme. La pauvre fille pleura.

— Tu ne connaissais pas ton oncle, pourquoi pleures-tu ? lui dit son père en lui lançant un de ses regards de tigre affamé qu'il jetait sans doute à ses tas d'or.

— Mais, monsieur, dit la servante, qui ne se sentirait pas de pitié pour ce pauvre jeune homme qui dort comme un sabot sans savoir son sort ?

— Je ne te parle pas, Nanon! tiens ta langue.

Eugénie apprit en ce moment que la femme qui aime doit toujours dissimuler ses sentiments. Elle ne répondit pas.

— Jusqu'à mon retour vous ne lui parlerez de rien, j'espère, m'ame Grandet, dit le vieillard en continuant. Je suis obligé d'aller faire aligner le fossé de mes prés sur la route. Je serai revenu à midi pour le second déjeuner, et je causerai avec mon neveu de ses affaires. Quant à toi, mademoiselle Eugénie, si c'est pour ce mirliflor que tu pleures, assez comme cela, mon enfant. Il partira, d'arre, d'arre, pour les grandes Indes. Tu ne le verras plus...

Le père prit ses gants au bord de son chapeau, les mit avec son calme habituel, les assujettit en s'emmortaisant les doigts les uns dans les autres, et sortit.

— Ah ! maman, j'étouffe, s'écria Eugénie quand elle fut seule avec sa mère. Je n'ai jamais souffert ainsi. Madame Grandet, voyant sa fille pâlir, ouvrit la croisée et lui fit respirer le grand air. — Je suis mieux, dit Eugénie après un moment.

Cette émotion nerveuse chez une nature jusqu'alors en apparence calme et froide réagit sur madame Grandet, qui regarda sa fille avec cette intuition sympathique dont sont douées les mères pour l'objet de leur tendresse, et devina tout. Mais à la vérité, la vie des célèbres sœurs hongroises, attachées l'une à l'autre par une erreur de la nature, n'avait pas été plus intime que ne l'était celle d'Eugénie et de sa mère, toujours ensemble dans cette embrasure de croisée, ensemble à l'église, et dormant ensemble dans le même air.

— Ma pauvre enfant ! dit madame Grandet en prenant la tête d'Eugénie pour l'appuyer contre son sein.

A ces mots, la jeune fille releva la tête, interrogea sa mère par un regard, en scruta les secrètes pensées, et lui dit : « Pourquoi l'envoyer aux Indes ? S'il est malheureux, ne doit-il pas rester ici, n'est-il pas notre plus proche parent ? »

— Oui, mon enfant, ce serait bien naturel; mais ton père a ses raisons, nous devons les respecter.

La mère et la fille s'assirent en silence, l'une sur sa chaise à patins, l'autre sur son petit fauteuil; et, toutes deux, elles reprirent leur ouvrage. Oppressée de reconnaissance pour l'admirable entente de cœur que lui avait témoignée sa mère, Eugénie lui baisa la main en disant : « Combien tu es bonne, ma chère maman! » Ces paroles firent rayonner le vieux visage maternel, flétri par de longues douleurs. — Le trouves-tu bien ? demanda Eugénie.

Madame Grandet ne répondit que par un sourire; puis, après un moment de silence, elle dit à voix basse : « L'aimerais-tu donc déjà ? ce serait mal. »

— Mal, reprit Eugénie, pourquoi ? Il te plaît, il plaît à Nanon, pourquoi ne me plairait-il pas ? Tiens, maman, mettons la table pour son déjeuner. Elle jeta son ouvrage, la mère en fit autant en lui disant : « Tu es folle! » Mais elle se plut à justifier la folie de sa fille en la partageant. Eugénie appela Nanon.

— Quoi que vous voulez encore, mademoiselle ?

— Nanon, tu auras bien de la crème pour midi.

— Ah! pour midi, oui, répondit la vieille servante.

— Hé! bien, donne-lui du café bien fort, j'ai entendu dire à M. des Grassins que le café se faisait bien fort à Paris. Mets-en beaucoup.

— Et où voulez-vous que j'en prenne ?

— Achètes-en.

— Et si monsieur me rencontre ?

— Il est à ses prés.

Je cours. Mais monsieur Fessard m'a déjà demandé si les trois Mages étaient chez nous, en me donnant de la bougie. Toute la ville va savoir nos déportements.

— Si ton père s'aperçoit de quelque chose, dit madame Grandet, il est capable de nous battre.

— Eh! bien, il nous battra, nous recevrons ses coups à genoux.

Madame Grandet leva les yeux au ciel, pour toute réponse, Nanon mit sa coiffe et sortit. Eugénie donna du linge, elle alla chercher quelques-unes des grappes de raisin qu'elle s'était amusée à étendre sur des cordes dans le grenier; elle marcha légèrement le long du corridor

pour ne point éveiller son cousin, et ne put s'empêcher
d'écouter à sa porte la respiration qui s'échappait en
temps égaux de ses lèvres. — Le malheur veille pendant
qu'il dort, se dit-elle. Elle prit les plus vertes feuilles de
la vigne, arrangea son raisin aussi coquettement que
l'aurait pu dresser un vieux chef d'office, et l'apporta
triomphalement sur la table. Elle fit main basse, dans la
cuisine, sur les poires comptées par son père, et les disposa
en pyramide parmi des feuilles. Elle allait, venait, trottait,
sautait. Elle aurait bien voulu mettre à sac toute la maison
de son père; mais il avait les clefs de tout. Nanon revint
avec deux œufs frais. En voyant les œufs, Eugénie eut
l'envie de lui sauter au cou.

— Le fermier de la Lande en avait dans son panier,
je les lui ai demandés, et il me les a donnés pour m'être
agréable, le mignon.

Après deux heures de soins, pendant lesquelles Eugénie
quitta vingt fois son ouvrage pour aller voir bouillir
le café, pour aller écouter le bruit que faisait son cousin
en se levant, elle réussit à préparer un déjeuner très
simple, peu coûteux, mais qui dérogeait terriblement
aux habitudes invétérées de la maison. Le déjeuner de
midi s'y faisait debout. Chacun prenait un peu de pain,
un fruit ou du beurre, et un verre de vin. En voyant la
table placée auprès du feu, l'un des fauteuils mis devant
le couvert de son cousin, en voyant les deux assiettées de
fruits, le coquetier, la bouteille de vin blanc, le pain, et
le sucre amoncelé dans une soucoupe, Eugénie trembla
de tous ses membres en songeant seulement alors aux
regards que lui lancerait son père, s'il venait à entrer en
ce moment. Aussi regardait-elle souvent la pendule, afin
de calculer si son cousin pourrait déjeuner avant le retour
du bonhomme.

— Sois tranquille, Eugénie, si ton père vient, je
prendrai tout sur moi, dit madame Grandet.

Eugénie ne put retenir une larme.

— Oh! ma bonne mère, s'écria-t-elle, je ne t'ai pas
assez aimée!

Charles, après avoir fait mille tours dans sa chambre en
chanteronnant, descendit enfin. Heureusement, il n'était
encore que onze heures. Le Parisien! il avait mis autant
de coquetterie à sa toilette que s'il se fût trouvé au
château de la noble dame qui voyageait en Écosse. Il entra
de cet air affable et riant qui sied si bien à la jeunesse, et
qui causa une joie triste à Eugénie. Il avait pris en plai-

santerie le désastre de ses châteaux en Anjou, et aborda
sa tante fort gaiement.

— Avez-vous bien passé la nuit, ma chère tante ? et
vous, ma cousine ?

— Bien, Monsieur, mais vous ? dit madame Grandet.

— Moi, parfaitement.

— Vous devez avoir faim, mon cousin, dit Eugénie;
mettez-vous à table.

— Mais je ne déjeune jamais avant midi, le moment
où je me lève. Cependant, j'ai si mal vécu en route, que
je me laisserai faire. D'ailleurs... Il tira la plus délicieuse
montre plate que Bréguet ait faite. Tiens, mais il est
onze heures, j'ai été matinal.

— Matinal ?... dit madame Grandet.

— Oui, mais je voulais ranger mes affaires. Eh ! bien,
je mangerais volontiers quelque chose, un rien, une
volaille, un perdreau.

— Sainte Vierge ! cria Nanon en entendant ces paroles.

— Un perdreau, se disait Eugénie, qui aurait voulu
payer un perdreau de tout son pécule.

— Venez vous asseoir, lui dit sa tante.

Le dandy se laissa aller sur le fauteuil comme une jolie
femme qui se pose sur un divan. Eugénie et sa mère
prirent des chaises et se mirent près de lui devant
le feu.

— Vous vivez toujours ici ? leur dit Charles en trouvant
la salle encore plus laide au jour qu'elle ne l'était aux
lumières.

— Toujours, répondit Eugénie en le regardant, excepté
pendant les vendanges. Nous allons alors aider Nanon,
et logeons tous à l'abbaye de Noyers.

— Vous ne vous promenez jamais ?

— Quelquefois le dimanche après vêpres, quand il
fait beau, dit madame Grandet, nous allons sur le pont,
ou voir les foins quand on les fauche.

— Avez-vous un théâtre ?

— Aller au spectacle, s'écria madame Grandet, voir
des comédiens ! Mais, monsieur, ne savez-vous pas que
c'est un péché mortel ?

— Tenez, mon cher monsieur, dit Nanon en apportant
les œufs, nous vous donnerons les poulets à la coque.

— Oh ! des œufs frais, dit Charles, qui, semblable
aux gens habitués au luxe, ne pensait déjà plus à son
perdreau. Mais c'est délicieux, si vous aviez du beurre ?
Hein, ma chère enfant.

— Ah! du beurre! Vous n'aurez donc pas de galette, dit la servante.

— Mais, donne du beurre, Nanon? s'écria Eugénie.

La jeune fille examinait son cousin coupant ses mouillettes et y prenait plaisir, autant que la plus sensible grisette de Paris en prend à voir jouer un mélodrame où triomphe l'innocence. Il est vrai que Charles, élevé par une mère gracieuse, perfectionné par une femme à la mode, avait des mouvements coquets, élégants, menus, comme le sont ceux d'une petite-maîtresse. La compatissance et la tendresse d'une jeune fille possèdent une influence vraiment magnétique. Aussi Charles, en se voyant l'objet des attentions de sa cousine et de sa tante, ne put-il se soustraire à l'influence des sentiments qui se dirigeaient vers lui en l'inondant pour ainsi dire. Il jeta sur Eugénie un de ces regards brillants de bonté, de caresses, un regard qui semblait sourire. Il s'aperçut, en contemplant Eugénie, de l'exquise harmonie des traits de ce pur visage, de son innocente attitude, de la clarté magique de ses yeux, où scintillaient de jeunes pensées d'amour, et où le désir ignorait la volupté.

— Ma foi, ma chère cousine, si vous étiez en grande loge et en grande toilette à l'Opéra, je vous garantis que ma tante aurait bien raison, vous y feriez faire bien des péchés d'envie aux hommes et de jalousie aux femmes.

Ce compliment étreignit le cœur d'Eugénie, et le fit palpiter de joie, quoiqu'elle n'y comprît rien.

— Oh! mon cousin, vous voulez vous moquer d'une pauvre petite provinciale.

— Si vous me connaissiez, ma cousine, vous sauriez que j'abhorre la raillerie, elle flétrit le cœur, froisse tous les sentiments... Et il goba fort agréablement sa mouillette beurrée. Non, je n'ai probablement pas assez d'esprit pour me moquer des autres, et ce défaut me fait beaucoup de tort. A Paris, on trouve moyen de vous assassiner un homme en disant : « Il a bon cœur ». Cette phrase veut dire : « Le pauvre garçon est bête comme un rhinocéros ». Mais comme je suis riche et connu pour abattre une poupée du premier coup à trente pas avec toute espèce de pistolet et en plein champ, la raillerie me respecte.

— Ce que vous dites, mon neveu, annonce un bon cœur.

— Vous avez une bien jolie bague, dit Eugénie, est-ce mal de vous demander à la voir?

Charles tendit la main en défaisant son anneau; et
Eugénie rougit en effleurant du bout de ses doigts les
ongles roses de son cousin.

— Voyez, ma mère, le beau travail.

— Oh! il y a gros d'or, dit Nanon en apportant le
café.

— Qu'est-ce que c'est que cela? demanda Charles en
riant.

Et il montra un pot oblong, en terre brune, verni,
faïencé à l'intérieur, bordé d'une frange de cendre, et au
fond duquel tombait le café en revenant à la surface du
liquide bouillonnant.

— C'est du café boullu, dit Nanon.

— Ah! ma chère tante, je laisserai du moins quelque
trace bienfaisante de mon passage ici. Vous êtes bien
arriérés! Je vous apprendrai à faire du bon café dans
une cafetière à la Chaptal.

Il tenta d'expliquer le système de la cafetière à la
Chaptal.

— Ah! bien, s'il y a tant d'affaires que ça, dit Nanon,
il faudrait bien y passer sa vie. Jamais je ne ferai de café
comme ça. Ah! bien, oui. Et qui est-ce qui ferait de l'herbe
pour notre vache pendant que je ferais le café?

— C'est moi qui le ferai, dit Eugénie.

— Enfant, dit madame Grandet en regardant sa fille.

A ce mot, qui rappelait le chagrin près de fondre sur
ce malheureux jeune homme, les trois femmes se turent
et le contemplèrent d'un air de commisération qui le
frappa.

— Qu'avez-vous donc, ma cousine?

— Chut! dit madame Grandet à Eugénie, qui allait
parler. Tu sais, ma fille, que ton père s'est chargé de
parler à monsieur...

— Dites Charles, dit le jeune Grandet.

— Ah! vous vous nommez Charles? C'est un beau
nom, s'écria Eugénie.

Les malheurs pressentis arrivent presque toujours. Là,
Nanon, madame Grandet et Eugénie, qui ne pensaient
pas sans frisson au retour du vieux tonnelier, entendirent
un coup de marteau dont le retentissement leur était bien
connu.

— Voilà papa, dit Eugénie.

Elle ôta la soucoupe au sucre, en en laissant quelques
morceaux sur la nappe. Nanon emporta l'assiette aux
œufs. Madame Grandet se dressa comme une biche

effrayée. Ce fut une peur panique de laquelle Charles
s'étonna, sans pouvoir se l'expliquer.

— Eh! bien, qu'avez-vous donc? leur demanda-t-il.

— Mais voilà mon père, dit Eugénie.

— Eh! bien?...

Monsieur Grandet entra, jeta son regard clair sur la
table, sur Charles, il vit tout.

— Ah! ah! vous avez fait fête à votre neveu, c'est bien,
très bien, c'est fort bien! dit-il sans bégayer. Quand le
chat court sur les toits, les souris dansent sur les planchers.

— Fête?... se dit Charles, incapable de soupçonner
le régime et les mœurs de cette maison.

— Donne-moi mon verre, Nanon? dit le bonhomme.

Eugénie apporta le verre. Grandet tira de son gousset
un couteau de corne à grosse lame, coupa une tartine,
prit un peu de beurre, l'étendit soigneusement et se mit
à manger debout. En ce moment, Charles sucrait son
café. Le père Grandet aperçut les morceaux de sucre,
examina sa femme qui pâlit, et fit trois pas; il se pencha
vers l'oreille de la pauvre vieille, et lui dit : « Où donc
avez-vous pris tout ce sucre? »

— Nanon est allée en chercher chez Fessard, il n'y
en avait pas.

Il est impossible de se figurer l'intérêt profond que
cette scène muette offrait à ces trois femmes : Nanon
avait quitté sa cuisine et regardait dans la salle pour
voir comment les choses s'y passeraient. Charles, ayant
goûté son café, le trouva trop amer, et chercha le sucre
que Grandet avait déjà serré.

— Que voulez-vous, mon neveu? lui dit le bonhomme.

— Le sucre.

— Mettez du lait, répondit le maître de la maison,
votre café s'adoucira.

Eugénie reprit la soucoupe au sucre que Grandet avait
déjà serrée, et la mit sur la table en contemplant son père
d'un air calme. Certes, la Parisienne qui, pour faciliter
la fuite de son amant, soutient de ses faibles bras une
échelle de soie, ne montre pas plus de courage que n'en
déployait Eugénie en remettant le sucre sur la table.
L'amant récompensera sa Parisienne qui lui fera voir
orgueilleusement un beau bras meurtri dont chaque
veine flétrie sera baignée de larmes, de baisers, et guérie
par le plaisir; tandis que Charles ne devait jamais être
dans le secret des profondes agitations qui brisaient le

cœur de sa cousine, alors foudroyée par le regard du
vieux tonnelier.

— Tu ne manges pas, ma femme?

La pauvre ilote s'avança, coupa piteusement un morceau de pain, et prit une poire. Eugénie offrit audacieuse-
ment à son père du raisin, en lui disant : « Goûte donc
à ma conserve, papa! Mon cousin, vous en mangerez,
n'est-ce pas? Je suis allée chercher ces jolies grappes-là
pour vous. »

— Oh! si on ne les arrête, elles mettront Saumur
au pillage pour vous, mon neveu. Quand vous aurez
fini, nous irons ensemble dans le jardin, j'ai à vous dire
des choses qui ne sont pas sucrées.

Eugénie et sa mère lancèrent un regard sur Charles,
à l'expression duquel le jeune homme ne put se tromper.

— Qu'est-ce que ces mots signifient, mon oncle?
Depuis la mort de ma pauvre mère... (à ces deux mots,
sa voix mollit) il n'y a pas de malheur possible pour
moi...

— Mon neveu, qui peut connaître les afflictions par
lesquelles Dieu veut nous éprouver? lui dit sa tante.

— Ta! ta! ta! ta! dit Grandet, voilà les bêtises qui
commencent. Je vois avec peine, mon neveu, vos jolies
mains blanches. Il lui montra les espèces d'épaules de
mouton que la nature lui avait mises au bout des bras.
Voilà des mains faites pour ramasser des écus! Vous avez
été élevé à mettre vos pieds dans la peau avec laquelle se
fabriquent les portefeuilles où nous serrons les billets de
commerce. Mauvais! mauvais!

— Que voulez-vous dire, mon oncle, je veux être
pendu si je comprends un seul mot.

— Venez, dit Grandet.

L'avare fit claquer la lame de son couteau, but le
reste de son vin blanc et ouvrit la porte.

— Mon cousin, ayez du courage!

L'accent de la jeune fille avait glacé Charles, qui suivit
son terrible parent en proie à de mortelles inquiétudes.
Eugénie, sa mère et Nanon vinrent dans la cuisine, exci-
tées par une invincible curiosité à épier les deux acteurs
de la scène qui allait se passer dans le petit jardin humide,
où l'oncle marcha d'abord silencieusement avec le neveu.
Grandet n'était pas embarrassé pour apprendre à
Charles la mort de son père, mais il éprouvait une sorte
de compassion en le sachant sans un sou, et il cherchait
des formules pour adoucir l'expression de cette cruelle

vérité. « Vous avez perdu votre père! » ce n'était rien à dire. Les pères meurent avant les enfants. Mais : « Vous êtes sans aucune espèce de fortune! » tous les malheurs de la terre étaient réunis dans ces paroles. Et le bonhomme de faire, pour la troisième fois, le tour de l'allée du milieu, dont le sable craquait sous ses pieds. Dans les grandes circonstances de la vie, notre âme s'attache fortement aux lieux où les plaisirs et les chagrins fondent sur nous. Aussi Charles examinait-il avec une attention particulière les buis de ce petit jardin, les feuilles pâles qui tombaient, les dégradations des murs, les bizarreries des arbres fruitiers, détails pittoresques qui devaient rester gravés dans son souvenir, éternellement mêlés à cette heure suprême, par une mnémotechnie particulière aux passions.

— Il fait bien chaud, bien beau, dit Grandet en aspirant une forte partie d'air.

— Oui, mon oncle, mais pourquoi...

— Eh! bien, mon garçon, reprit l'oncle, j'ai de mauvaises nouvelles à t'apprendre. Ton père est bien mal...

— Pourquoi suis-je ici? dit Charles. Nanon! cria-t-il, des chevaux de poste. Je trouverai bien une voiture dans le pays, ajouta-t-il en se tournant vers son oncle qui demeurait immobile.

— Les chevaux et la voiture sont inutiles, répondit Grandet en regardant Charles qui resta muet et dont les yeux devinrent fixes. — Oui, mon pauvre garçon, tu devines. Il est mort. Mais ce n'est rien, il y a quelque chose de plus grave, il s'est brûlé la cervelle...

— Mon père?

— Oui. Mais ce n'est rien. Les journaux glosent de cela comme s'ils en avaient le droit. Tiens, lis.

Grandet, qui avait emprunté le journal de Cruchot, mit le fatal article sous les yeux de Charles. En ce moment le pauvre jeune homme, encore enfant, encore dans l'âge où les sentiments se produisent avec naïveté, fondit en larmes.

— Allons, bien, se dit Grandet. Ses yeux m'effrayaient. Il pleure, le voilà sauvé. Ce n'est encore rien, mon pauvre neveu, reprit Grandet à haute voix, sans savoir si Charles l'écoutait, ce n'est rien, tu te consoleras; mais...

— Jamais! jamais! mon père! mon père!

— Il t'a ruiné, tu es sans argent.

— Qu'est-ce que cela me fait! Où est mon père, mon père?

Les pleurs et les sanglots retentissaient entre ces murailles d'une horrible façon, et se répercutaient dans les échos. Les trois femmes, saisies de pitié, pleuraient : les larmes sont aussi contagieuses que peut l'être le rire. Charles, sans écouter son oncle, se sauva dans la cour, trouva l'escalier, monta dans sa chambre, et se jeta en travers sur son lit en se mettant la face dans les draps pour pleurer à son aise loin de ses parents.

— Il faut laisser passer la première averse, dit Grandet en rentrant dans la salle, où Eugénie et sa mère avaient brusquement repris leurs places, et travaillaient d'une main tremblante après s'être essuyé les yeux. Mais ce jeune homme n'est bon à rien, il s'occupe plus des morts que de l'argent.

Eugénie frissonna en entendant son père s'exprimant ainsi sur la plus sainte des douleurs. Dès ce moment, elle commença à juger son père. Quoique assourdis, les sanglots de Charles retentissaient dans cette sonore maison; et sa plainte profonde, qui semblait sortir de dessous terre, ne cessa que vers le soir, après s'être graduellement affaiblie.

— Pauvre jeune homme! dit madame Grandet.

Fatale exclamation! Le père Grandet regarda sa femme, Eugénie et le sucrier; il se souvint du déjeuner extraordinaire apprêté pour le parent malheureux, et se posa au milieu de la salle.

— Ah! çà, j'espère, dit-il avec son calme habituel, que vous n'allez pas continuer vos prodigalités, madame Grandet. Je ne vous donne pas MON argent pour embucquer de sucre ce jeune drôle.

— Ma mère n'y est pour rien, dit Eugénie. C'est moi qui...

— Est-ce parce que tu es majeure, reprit Grandet en interrompant sa fille, que tu voudrais me contrarier? Songe, Eugénie...

— Mon père, le fils de votre frère ne devrait pas manquer chez vous de...

— Ta, ta, ta, ta, dit le tonnelier sur quatre tons chromatiques, le fils de mon frère par-ci, mon neveu par-là. Charles ne nous est de rien, il n'a ni sou ni maille; son père a fait faillite; et, quand ce mirliflor aura pleuré son soûl, il décampera d'ici; je ne veux pas qu'il révolutionne ma maison.

— Qu'est-ce que c'est, mon père, que de faire faillite ?
demanda Eugénie.

— Faire faillite, reprit le père, c'est commettre l'action la plus déshonorante entre toutes celles qui peuvent
déshonorer l'homme.

— Ce doit être un bien grand péché, dit madame Grandet, et notre frère serait damné.

— Allons, voilà tes litanies, dit-il à sa femme en haussant les épaules. Faire faillite, Eugénie, reprit-il, est un
vol que la loi prend malheureusement sous sa protection.
Des gens ont donné leurs denrées à Guillaume Grandet
sur sa réputation d'honneur et de probité, puis il a tout
pris, et ne leur laisse que les yeux pour pleurer. Le
voleur de grand chemin est préférable au banqueroutier :
celui-là vous attaque, vous pouvez vous défendre, il risque
sa tête ; mais l'autre... Enfin Charles est déshonoré.

Ces mots retentirent dans le cœur de la pauvre fille
et y pesèrent de tout leur poids. Probe autant qu'une
fleur née au fond d'une forêt est délicate, elle ne connaissait ni les maximes du monde, ni ses raisonnements
captieux, ni ses sophismes : elle accepta donc l'atroce
explication que son père lui donnait à dessein de la
faillite, sans lui faire connaître la distinction qui existe
entre une faillite involontaire et une faillite calculée.

— Eh ! bien, mon père, vous n'avez donc pu empêcher ce malheur ?

— Mon frère ne m'a pas consulté ; d'ailleurs, il doit
quatre millions.

— Qu'est-ce que c'est donc qu'un million, mon père ?
demanda-t-elle avec la naïveté d'un enfant qui croit
pouvoir trouver promptement ce qu'il désire.

— Deux millions ? dit Grandet, mais c'est deux millions de pièces de vingt sous, et il faut cinq pièces de
vingt sous pour faire cinq francs.

— Mon Dieu ! mon Dieu ! s'écria Eugénie, comment
mon oncle avait-il eu à lui quatre millions ? Y a-t-il
quelque autre personne en France qui puisse avoir
autant de millions ? (Le père Grandet se caressait le
menton, souriait, et sa loupe semblait se dilater.) —
Mais que va devenir mon cousin Charles ?

— Il va partir pour les Grandes-Indes, où, selon le
vœu de son père, il tâchera de faire fortune.

— Mais a-t-il de l'argent pour aller là ?

— Je lui paierai son voyage... jusqu'à... oui, jusqu'à
Nantes.

Eugénie sauta d'un bond au cou de son père.

— Ah! mon père, vous êtes bon, vous!

Elle l'embrassait de manière à rendre presque honteux
Grandet, que sa conscience harcelait un peu.

— Faut-il beaucoup de temps pour amasser un million? lui demanda-t-elle.

— Dame! dit le tonnelier, tu sais ce que c'est qu'un
napoléon. Eh! bien, il en faut cinquante mille pour faire
un million.

— Maman, nous dirons des neuvaines pour lui.

— J'y pensais, répondit la mère.

— C'est cela : toujours dépenser de l'argent, s'écria le
père. Ah! çà, croyez-vous donc qu'il y ait des mille et
des cents ici?

En ce moment une plainte sourde, plus lugubre que
toutes les autres, retentit dans les greniers et glaça de
terreur Eugénie et sa mère.

— Nanon, va voir là-haut s'il ne se tue pas, dit Grandet. Ha! çà, reprit-il en se tournant vers sa femme et sa
fille, que son mot avait rendues pâles, pas de bêtises,
vous deux. Je vous laisse. Je vais tourner autour de nos
Hollandais, qui s'en vont aujourd'hui. Puis j'irai voir
Cruchot, et causer avec lui de tout ça.

Il partit. Quand Grandet eut tiré la porte, Eugénie
et sa mère respirèrent à leur aise. Avant cette matinée,
jamais la fille n'avait senti de contrainte en présence de
son père; mais, depuis quelques heures, elle changeait à
tous moments et de sentiments et d'idées.

— Maman, pour combien de louis vend-on une pièce
de vin?

— Ton père vend les siennes entre cent et cent cinquante francs, quelquefois deux cents, à ce que j'ai
entendu dire.

— Quand il récolte quatorze cents pièces de vin...

— Ma foi, mon enfant, je ne sais pas ce que cela fait;
ton père ne me dit jamais ses affaires.

— Mais alors papa doit être riche.

— Peut-être. Mais monsieur Cruchot m'a dit qu'il
avait acheté Froidfond il y a deux ans. Ça l'aura
gêné.

Eugénie, ne comprenant plus rien à la fortune de son
père, en resta là de ses calculs.

— Il ne m'a tant seulement point vue, le mignon!
dit Nanon en revenant. Il est étendu comme un veau sur
son lit, et pleure comme une Madeleine, que c'est une

vraie bénédiction! Quel chagrin a donc ce pauvre gentil jeune homme?

— Allons donc le consoler bien vite, maman; et, si l'on frappe, nous descendrons.

Madame Grandet fut sans défense contre les harmonies de la voix de sa fille. Eugénie était sublime, elle était femme. Toutes deux, le cœur palpitant, montèrent à la chambre de Charles. La porte était ouverte. Le jeune homme ne voyait ni n'entendait rien. Plongé dans les larmes, il poussait des plaintes inarticulées.

— Comme il aime son père! dit Eugénie à voix basse.

Il était impossible de méconnaître dans l'accent de ces paroles les espérances d'un cœur à son insu passionné. Aussi madame Grandet jeta-t-elle à sa fille un regard empreint de maternité, puis tout bas à l'oreille : « Prends garde, tu l'aimerais », dit-elle.

— L'aimer! reprit Eugénie. Ah! si tu savais ce que mon père a dit!

Charles se retourna, aperçut sa tante et sa cousine.

— J'ai perdu mon père, mon pauvre père! S'il m'avait confié le secret de son malheur, nous aurions travaillé tous deux à le réparer. Mon Dieu! mon bon père! je comptais si bien le revoir que je l'ai, je crois, froidement embrassé.

Les sanglots lui coupèrent la parole.

— Nous prierons bien pour lui, dit madame Grandet. Résignez-vous à la volonté de Dieu.

— Mon cousin, dit Eugénie, prenez courage! Votre perte est irréparable : ainsi songez maintenant à sauver votre honneur...

Avec cet instinct, cette finesse de la femme qui a de l'esprit en toute chose, même quand elle console, Eugénie voulait tromper la douleur de son cousin en l'occupant de lui-même.

— Mon honneur?... cria le jeune homme en chassant ses cheveux par un mouvement brusque, et il s'assit sur son lit en se croisant les bras. — Ah! c'est vrai. Mon père, disait mon oncle, a fait faillite. Il poussa un cri déchirant et se cacha le visage dans ses mains. — Laissez-moi, ma cousine, laissez-moi! Mon Dieu! mon Dieu! pardonnez à mon père, il a dû bien souffrir.

Il y avait quelque chose d'horriblement attachant à voir l'expression de cette douleur jeune, vraie, sans calcul, sans arrière-pensée. C'était une pudique douleur que les cœurs simples d'Eugénie et de sa mère comprirent

quand Charles fit un geste pour leur demander de l'abandonner à lui-même. Elles descendirent, reprirent en
silence leurs places près de la croisée, et travaillèrent
pendant une heure environ sans se dire un mot. Eugénie
avait aperçu, par le regard furtif qu'elle jeta sur le ménage
du jeune homme, ce regard des jeunes filles qui voient
tout en un clin d'œil, les jolies bagatelles de sa toilette,
ses ciseaux, ses rasoirs enrichis d'or. Cette échappée
d'un luxe vu à travers la douleur lui rendit Charles encore
plus intéressant, par contraste peut-être. Jamais un
événement si grave, jamais un spectacle si dramatique
n'avait frappé l'imagination de ces deux créatures
incessamment plongées dans le calme et la solitude.

— Maman, dit Eugénie, nous porterons le deuil de
mon oncle.

— Ton père décidera de cela, répondit madame
Grandet.

Elles restèrent de nouveau silencieuses. Eugénie tirait
ses points avec une régularité de mouvement qui eût
dévoilé à un observateur les fécondes pensées de sa
méditation. Le premier désir de cette adorable fille était
de partager le deuil de son cousin. Vers quatre heures,
un coup de marteau brusque retentit au cœur de
madame Grandet.

— Qu'a donc ton père ? dit-elle à sa fille.

Le vigneron entra joyeux. Après avoir ôté ses gants, il
se frotta les mains à s'en emporter la peau, si l'épiderme
n'en eût pas été tanné comme du cuir de Russie, sauf
l'odeur des mélèzes et de l'encens. Il se promenait, il
regardait le temps. Enfin son secret lui échappa.

— Ma femme, dit-il sans bégayer, je les ai tous
attrapés. Notre vin est vendu ! Les Hollandais et les
Belges partaient ce matin, je me suis promené sur la
place, devant leur auberge, en ayant l'air de bêtiser.
Chose, que tu connais, est venu à moi. Les propriétaires
de tous les bons vignobles gardent leur récolte et veulent
attendre, je ne les en ai pas empêchés. Notre Belge était
désespéré. J'ai vu cela. Affaire faite, il prend notre
récolte à deux cents francs la pièce, moitié comptant. Je
suis payé en or. Les billets sont faits, voilà six louis pour
toi. Dans trois mois, les vins baisseront.

Ces derniers mots furent prononcés d'un ton calme,
mais si profondément ironique, que les gens de Saumur,
groupés en ce moment sur la place, et anéantis par la
nouvelle de la vente que venait de faire Grandet, en

auraient frémi s'ils les eussent entendus. Une peur
panique eût fait tomber les vins de cinquante pour
cent.

— Vous avez mille pièces cette année, mon père? dit
Eugénie.

— Oui, *fifille*.

Ce mot était l'expression superlative de la joie du
vieux tonnelier.

— Cela fait deux cent mille pièces de vingt sous.

— Oui, mademoiselle Grandet.

— Eh! bien, mon père, vous pouvez facilement
secourir Charles.

L'étonnement, la colère, la stupéfaction de Balthazar
en apercevant le *Mane-Tekel-Pharès* ne sauraient se
comparer au froid courroux de Grandet qui, ne pensant
plus à son neveu, le retrouvait logé au cœur et dans les
calculs de sa fille.

— Ah! çà, depuis que ce mirliflor a mis le pied dans
ma maison, tout y va de travers. Vous vous donnez des
airs d'acheter des dragées, de faire des noces et des
festins. Je ne veux pas de ces choses-là. Je sais, à mon
âge, comment je dois me conduire, peut-être! D'ailleurs je n'ai de leçons à prendre ni de ma fille ni de
personne. Je ferai pour mon neveu ce qu'il sera convenable de faire, vous n'avez pas à y fourrer le nez. Quant
à toi, Eugénie, ajouta-t-il en se tournant vers elle, ne
m'en parle plus, sinon je t'envoie à l'abbaye de Noyers
avec Nanon voir si j'y suis; et pas plus tard que demain,
si tu bronches. Où est-il donc, ce garçon, est-il descendu?

— Non, mon ami, répondit madame Grandet.

— Eh! bien, que fait-il donc?

— Il pleure son père, répondit Eugénie.

Grandet regarda sa fille sans trouver un mot à dire. Il
était un peu père, lui. Après avoir fait un ou deux tours
dans la salle, il monta promptement à son cabinet pour y
méditer un placement dans les fonds publics. Ses deux
mille arpents de forêts coupés à blanc lui avaient donné
six cent mille francs; en joignant à cette somme l'argent
de ses peupliers, ses revenus de l'année dernière et de
l'année courante, outre les deux cent mille francs du
marché qu'il venait de conclure, il pouvait faire une
masse de neuf cent mille francs. Les vingt pour cent
à gagner en peu de temps sur les rentes, qui étaient à
70 francs, le tentaient. Il chiffra sa spéculation sur le
journal où la mort de son frère était annoncée, en enten-

dant, sans les écouter, les gémissements de son neveu.
Nanon vint cogner au mur pour inviter son maître à
descendre, le dîner était servi. Sous la voûte et à la dernière marche de l'escalier, Grandet disait en lui-même :
« Puisque je toucherai mes intérêts à huit, je ferai cette
affaire. En deux ans, j'aurai quinze cent mille francs que
je retirerai de Paris en bon or ».

— Eh ! bien, où donc est mon neveu ?

— Il dit qu'il ne veut pas manger, répondit Nanon.
Ça n'est pas sain.

— Autant d'économisé, lui répliqua son maître.

— Dame, *voui*, dit-elle.

— Bah ! il ne pleurera pas toujours. La faim chasse le
loup hors du bois.

Le dîner fut étrangement silencieux.

— Mon bon ami, dit madame Grandet lorsque la
nappe fut ôtée, il faut que nous prenions le deuil.

— En vérité, madame Grandet, vous ne savez quoi
vous inventer pour dépenser de l'argent. Le deuil est
dans le cœur et non dans les habits.

— Mais le deuil d'un frère est indispensable, et
l'Église nous ordonne de...

— Achetez votre deuil sur vos six louis. Vous me don-
nerez un crêpe, cela me suffira.

Eugénie leva les yeux au ciel sans mot dire. Pour la
première fois dans sa vie, ses généreux penchants endormis, comprimés, mais subitement éveillés, étaient à tout
moment froissés. Cette soirée fut semblable en apparence
à mille soirées de leur existence monotone, mais ce fut
certes la plus horrible. Eugénie travailla sans lever la
tête, et ne se servit point du nécessaire que Charles avait
dédaigné la veille. Madame Grandet tricota ses manches.
Grandet tourna ses pouces pendant quatre heures, abîmé
dans des calculs dont les résultats devaient, le lendemain,
étonner Saumur. Personne ne vint ce jour-là visiter la
famille. En ce moment, la ville entière retentissait du tour
de force de Grandet, de la faillite de son frère et de
l'arrivée de son neveu. Pour obéir au besoin de bavarder
sur leurs intérêts communs, tous les propriétaires de
vignobles des hautes et moyennes sociétés de Saumur
étaient chez monsieur des Grassins, où se fulminèrent
de terribles imprécations contre l'ancien maire. Nanon
filait, et le bruit de son rouet fut la seule voix qui se fît
entendre sous les planchers grisâtres de la salle.

— Nous n'usons point nos langues, dit-elle en montrant ses dents blanches et grosses comme des amandes pelées.

— Ne faut rien user, répondit Grandet en se réveillant de ses méditations. Il se voyait en perspective huit millions dans trois ans, il voguait sur cette longue nappe d'or. — Couchons-nous. J'irai dire bonsoir à mon neveu pour tout le monde, et voir s'il veut prendre quelque chose.

Madame Grandet resta sur le palier du premier étage pour entendre la conversation qui allait avoir lieu entre Charles et le bonhomme. Eugénie, plus hardie que sa mère, monta deux marches.

— Hé! bien, mon neveu, vous avez du chagrin. Oui, pleurez, c'est naturel. Un père est un père. Mais faut prendre notre mal en patience. Je m'occupe de vous pendant que vous pleurez. Je suis un bon parent, voyez-vous. Allons, du courage. Voulez-vous boire un petit verre de vin? Le vin ne coûte rien à Saumur, on y offre du vin comme dans les Indes une tasse de thé. — Mais, dit Grandet en continuant, vous êtes sans lumière. Mauvais, mauvais! faut voir clair à ce que l'on fait. Grandet marcha vers la cheminée. — Tiens! s'écria-t-il, voilà de la bougie. Où diable a-t-on pêché de la bougie? Les garces démoliraient le plancher de ma maison pour cuire des œufs à ce garçon-là.

En entendant ces mots, la mère et la fille rentrèrent dans leurs chambres et se fourrèrent dans leurs lits avec la célérité de souris effrayées qui rentrent dans leurs trous.

— Madame Grandet, vous avez donc un trésor? dit l'homme en entrant dans la chambre de sa femme.

— Mon ami, je fais mes prières, attendez, répondit d'une voix altérée la pauvre mère.

— Que le diable emporte ton bon dieu! répliqua Grandet en grommelant.

Les avares ne croient pas à une vie à venir, le présent est tout pour eux. Cette réflexion jette une horrible clarté sur l'époque actuelle, où, plus qu'en aucun autre temps, l'argent domine les lois, la politique et les mœurs. Institutions, livres, hommes et doctrines, tout conspire à miner la croyance d'une vie future sur laquelle l'édifice social est appuyé depuis dix-huit cents ans. Maintenant le cercueil est une transition peu redoutée. L'avenir, qui nous attendait par delà le requiem, a été transposé dans le présent. Arriver *per fas et nefas* au paradis terrestre du luxe et des jouissances vaniteuses, pétrifier son cœur et se macérer le corps en vue de possessions passagères, comme on souffrait jadis le martyre de la vie en vue de biens éternels, est la pensée générale! pensée d'ailleurs écrite partout, jusque dans les lois, qui demandent au législateur : « Que paies-tu ? » au lieu de lui dire : « Que penses-tu ? » Quand cette doctrine aura passé de la bourgeoisie au peuple, que deviendra le pays ?

— Madame Grandet, as-tu fini ? dit le vieux tonnelier.

— Mon ami, je prie pour toi.

— Très bien! bonsoir. Demain matin, nous causerons.

La pauvre femme s'endormit comme l'écolier qui, n'ayant pas appris ses leçons, craint de trouver à son réveil le visage irrité du maître. Au moment où, par frayeur, elle se roulait dans ses draps pour ne rien entendre, Eugénie se coula près d'elle, en chemise, pieds nus, et vint la baiser au front.

— Oh! bonne mère, dit-elle, demain je lui dirai que c'est moi.

— Non, il t'enverrait à Noyers. Laisse-moi faire, il ne me mangera pas.

— Entends-tu, maman ?

— Quoi ?

— Hé! bien, *il* pleure toujours.

— Va donc te coucher, ma fille. Tu gagneras froid aux pieds. Le carreau est humide.

Ainsi se passa la journée solennelle qui devait peser sur toute la vie de la riche et pauvre héritière dont le sommeil ne fut plus aussi complet ni aussi pur qu'il l'avait été jusqu'alors. Assez souvent certaines actions de la vie humaine paraissent, littérairement parlant, invraisemblables, quoique vraies. Mais ne serait-ce pas qu'on omet presque toujours de répandre sur nos déterminations spontanées une sorte de lumière psychologique, en n'expliquant pas les raisons mystérieusement conçues qui les ont nécessitées ? Peut-être la profonde passion d'Eugénie devrait-elle être analysée dans ses fibrilles les plus délicates ; car elle devint, diraient quelques railleurs, une maladie, et influença toute son existence. Beaucoup de gens aiment mieux nier les dénouements, que de mesurer la force des liens, des nœuds, des attaches qui soudent secrètement un fait à un autre dans l'ordre moral. Ici donc le passé d'Eugénie servira, pour les observateurs de la

nature humaine, de garantie à la naïveté de son irréflexion
et à la soudaineté des effusions de son âme. Plus sa vie
avait été tranquille, plus vivement la pitié féminine, le
plus ingénieux des sentiments, se déploya dans son âme.
Aussi, troublée par les événements de la journée, s'éveilla-
t-elle, à plusieurs reprises, pour écouter son cousin,
croyant en avoir entendu les soupirs qui depuis la veille
lui retentissaient au cœur : tantôt elle le voyait expirant
de chagrin, tantôt elle le rêvait mourant de faim. Vers le
matin, elle entendit certainement une terrible exclamation.
Aussitôt elle se vêtit, et accourut au petit jour, d'un pied
léger, auprès de son cousin qui avait laissé sa porte ouverte.
La bougie avait brûlé dans la bobèche du flambeau.
Charles, vaincu par la nature, dormait habillé, assis dans
un fauteuil la tête renversée sur le lit ; il rêvait comme
rêvent les gens qui ont l'estomac vide. Eugénie put pleurer
à son aise ; elle put admirer ce jeune et beau visage,
marbré par la douleur, ces yeux gonflés par les larmes,
et qui tout endormis semblaient encore verser des pleurs.
Charles devina sympathiquement la présence d'Eugénie,
il ouvrit les yeux, et la vit attendrie.

— Pardon, ma cousine, dit-il, ne sachant évidemment
ni l'heure qu'il était, ni le lieu où il se trouvait.

— Il y a des cœurs qui vous entendent ici, mon cousin,
et *nous* avons cru que vous aviez besoin de quelque
chose. Vous devriez vous coucher, vous vous fatiguez en
restant ainsi.

— Cela est vrai.

— Hé ! bien, adieu.

Elle se sauva, honteuse et heureuse d'être venue.
L'innocence ose seule de telles hardiesses. Instruite, la
Vertu calcule aussi bien que le Vice. Eugénie qui, près
de son cousin, n'avait pas tremblé, put à peine se tenir
sur ses jambes quand elle fut dans sa chambre. Son
ignorante vie avait cessé tout à coup, elle raisonna, se fit
mille reproches. « Quelle idée va-t-il prendre de moi ? Il
croira que je l'aime. » C'était précisément ce qu'elle désirait
le plus de lui voir croire. L'amour franc a sa prescience
et sait que l'amour excite l'amour. Quel événement pour
cette jeune fille solitaire, d'être ainsi entrée furtivement
chez un jeune homme ! N'y a-t-il pas des pensées, des
actions qui, en amour, équivalent, pour certaines âmes,
à de saintes fiançailles ! Une heure après, elle entra chez
sa mère, et l'habilla suivant son habitude. Puis elles
vinrent s'asseoir à leurs places devant la fenêtre, et atten-

dirent Grandet avec cette anxiété qui glace le cœur ou
l'échauffe, le serre ou le dilate suivant les caractères, alors
que l'on redoute une scène, une punition; sentiment
d'ailleurs si naturel, que les animaux domestiques
l'éprouvent au point de crier pour le faible mal d'une
correction, eux qui se taisent quand ils se blessent par
inadvertance. Le bonhomme descendit, mais il parla
d'un air distrait à sa femme, embrassa Eugénie, et se
mit à table sans paraître penser à ses menaces de la
veille.

— Que devient mon neveu? l'enfant n'est pas gênant.

— Monsieur, il dort, répondit Nanon.

— Tant mieux, il n'a pas besoin de bougie, dit Grandet
d'un ton goguenard.

Cette clémence insolite, cette amère gaieté frappèrent
madame Grandet, qui regarda son mari fort attentivement. Le bonhomme... Ici peut-être est-il convenable de
faire observer qu'en Touraine, en Anjou, en Poitou, dans
la Bretagne, le mot bonhomme, déjà souvent employé
pour désigner Grandet, est décerné aux hommes les plus
cruels comme aux plus bonasses, aussitôt qu'ils sont
arrivés à un certain âge. Ce titre ne préjuge rien sur la
mansuétude individuelle. Le bonhomme, donc, prit son
chapeau, ses gants, et dit : « Je vais muser sur la place
pour rencontrer nos Cruchot ».

— Eugénie, ton père a décidément quelque chose.

En effet, peu dormeur, Grandet employait la moitié
de ses nuits aux calculs préliminaires qui donnaient à
ses vues, à ses observations, à ses plans, leur étonnante
justesse et leur assuraient cette constante réussite de
laquelle s'émerveillaient les Saumurois. Tout pouvoir
humain est un composé de patience et de temps. Les gens
puissants veulent et veillent. La vie de l'avare est un
constant exercice de la puissance humaine mise au service
de la personnalité. Il ne s'appuie que sur deux sentiments :
l'amour-propre et l'intérêt; mais l'intérêt étant en quelque
sorte l'amour-propre solide et bien entendu, l'attestation
continue d'une supériorité réelle, l'amour-propre et
l'intérêt sont deux parties d'un même tout, l'égoïsme. De
là vient peut-être la prodigieuse curiosité qu'excitent les
avares habilement mis en scène. Chacun tient par un
fil à ces personnages qui s'attaquent à tous les sentiments
humains, en les résumant tous. Où est l'homme sans
désir, et quel désir social se résoudra sans argent? Grandet avait bien réellement quelque chose, suivant l'expres-

sion de sa femme. Il se rencontrait en lui, comme chez tous les avares, un persistant besoin de jouer une partie avec les autres hommes, de leur gagner légalement leurs écus. Imposer autrui, n'est-ce pas faire acte de pouvoir, se donner perpétuellement le droit de mépriser ceux qui, trop faibles, se laissent ici-bas dévorer ? Oh ! qui a bien compris l'agneau paisiblement couché aux pieds de Dieu, le plus touchant emblème de toutes les victimes terrestres, celui de leur avenir, enfin la Souffrance et la Faiblesse glorifiées ? Cet agneau, l'avare le laisse s'engraisser, il le parque, le tue, le cuit, le mange et le méprise. La pâture des avares se compose d'argent et de dédain. Pendant la nuit, les idées du bonhomme avaient pris un autre cours : de là, sa clémence. Il avait ourdi une trame pour se moquer des Parisiens, pour les tordre, les rouler, les pétrir, les faire aller, venir, suer, espérer, pâlir ; pour s'amuser d'eux, lui, ancien tonnelier, au fond de sa salle grise, en montant l'escalier vermoulu de sa maison de Saumur. Son neveu l'avait occupé. Il voulait sauver l'honneur de son frère mort, sans qu'il en coûtât un sou ni à son neveu ni à lui. Ses fonds allaient être placés pour trois ans, il n'avait plus qu'à gérer ses biens ; il fallait donc un aliment à son activité malicieuse, et il l'avait trouvé dans la faillite de son frère. Ne se sentant rien entre les pattes à pressurer, il voulait concasser les Parisiens au profit de Charles, et se montrer excellent frère à bon marché. L'honneur de la famille entrait pour si peu de chose dans son projet, que sa bonne volonté doit être comparée au besoin qu'éprouvent les joueurs de voir bien jouer une partie dans laquelle ils n'ont pas d'enjeu. Et les Cruchot lui étaient nécessaires, et il ne voulait pas les aller chercher, et il avait décidé de les faire arriver chez lui, et d'y commencer ce soir même la comédie dont le plan venait d'être conçu, afin d'être le lendemain, sans qu'il lui en coûtât un denier, l'objet de l'admiration de sa ville. En l'absence de son père, Eugénie eut le bonheur de pouvoir s'occuper ouvertement de son bien-aimé cousin, d'épancher sur lui sans crainte les trésors de sa pitié, l'une des sublimes supériorités de la femme, la seule qu'elle veuille faire sentir, la seule qu'elle pardonne à l'homme de lui laisser prendre sur lui. Trois ou quatre fois, Eugénie alla écouter la respiration de son cousin ; savoir s'il dormait, s'il se réveillait ; puis, quand il se leva, la crème, le café, les œufs, les fruits, les assiettes, le verre, tout ce qui faisait partie du déjeuner, fut pour elle l'objet de quelque

soin. Elle grimpa lestement dans le vieil escalier pour
écouter le bruit que faisait son cousin. S'habillait-il ? pleu-
rait-il encore ? Elle vint jusqu'à la porte.

— Mon cousin ?

— Ma cousine.

— Voulez-vous déjeuner dans la salle ou dans votre
chambre ?

— Où vous voudrez.

— Comment vous trouvez-vous ?

— Ma chère cousine, j'ai honte d'avoir faim.

Cette conversation à travers la porte était pour Eugénie
tout un épisode de roman.

— Eh ! bien, nous vous apporterons à déjeuner dans
votre chambre, afin de ne pas contrarier mon père. Elle
descendit dans la cuisine avec la légèreté d'un oiseau. —
Nanon, va donc faire sa chambre.

Cet escalier si souvent monté, descendu, où retentissait le moindre bruit, semblait à Eugénie avoir perdu son
caractère de vétusté ; elle le voyait lumineux, il parlait, il
était jeune comme elle, jeune comme son amour auquel
il servait. Enfin sa mère, sa bonne et indulgente mère,
voulut bien se prêter aux fantaisies de son amour, et
lorsque la chambre de Charles fut faite, elles allèrent
toutes deux tenir compagnie au malheureux : la charité
chrétienne n'ordonnait-elle pas de le consoler ? Ces deux
femmes puisèrent dans la religion bon nombre de petits
sophismes pour se justifier leurs déportements. Charles
Grandet se vit donc l'objet des soins les plus affectueux
et les plus tendres. Son cœur endolori sentit vivement la
douceur de cette amitié veloutée, de cette exquise sym-
pathie, que ces deux âmes toujours contraintes surent
déployer en se trouvant libres un moment dans la région
des souffrances, leur sphère naturelle. Autorisée par la
parenté, Eugénie se mit à ranger le linge, les objets de
toilette que son cousin avait apportés, et put s'émerveiller
à son aise de chaque luxueuse babiole, des colifichets
d'argent, d'or travaillé qui lui tombaient sous la main, et
qu'elle tenait longtemps sous prétexte de les examiner.
Charles ne vit pas sans un attendrissement profond
l'intérêt généreux que lui portaient sa tante et sa cousine,
il connaissait assez la société de Paris pour savoir que dans
sa position il n'y eût trouvé que des cœurs indifférents ou
froids, Eugénie lui apparut dans toute la splendeur de sa
beauté spéciale, et il admira dès lors l'innocence de ces
mœurs dont il se moquait la veille. Aussi, quand Eugénie

prit des mains de Nanon le bol de faïence plein de café à
la crème pour le servir à son cousin avec toute l'ingénuité
du sentiment, en lui jetant un bon regard, les yeux du
Parisien se mouillèrent-ils de larmes, il lui prit la main et
la baisa.

— Hé! bien, qu'avez-vous encore? demanda-t-elle.

— Oh! ce sont des larmes de reconnaissance, répondit-il.

Eugénie se tourna brusquement vers la cheminée pour
prendre les flambeaux.

— Nanon, tenez, emportez, dit-elle.

Quand elle regarda son cousin, elle était bien rouge
encore, mais au moins ses regards purent mentir et ne
pas peindre la joie excessive qui lui inondait le cœur;
mais leurs yeux exprimèrent un même sentiment, comme
leurs âmes se fondirent dans une même pensée : l'avenir
était à eux. Cette douce émotion fut d'autant plus délicieuse pour Charles au milieu de son immense chagrin,
qu'elle était moins attendue. Un coup de marteau rappela
les deux femmes à leurs places. Par bonheur, elles purent
redescendre assez rapidement l'escalier pour se trouver à
l'ouvrage quand Grandet entra; s'il les eût rencontrées
sous la voûte, il n'en aurait pas fallu davantage pour
exciter ses soupçons. Après le déjeuner, que le bonhomme
fit sur le pouce, le garde, auquel l'indemnité promise
n'avait pas encore été donnée, arriva de Froidfond, d'où
il apportait un lièvre, des perdreaux tués dans le parc,
des anguilles et deux brochets dus par les meuniers.

— Eh! eh! ce pauvre Cornoiller, il vient comme
marée en carême. Est-ce bon à manger, ça?

— Oui, mon cher généreux monsieur, c'est tué depuis
deux jours.

— Allons, Nanon, haut le pied, dit le bonhomme.
Prends-moi cela, ce sera pour le dîner; je régale deux
Cruchot.

Nanon ouvrit des yeux bêtes et regarda tout le monde.

— Eh! bien, dit-elle, où que je trouverai du lard et
des épices?

— Ma femme, dit Grandet, donne six francs à Nanon,
et fais-moi souvenir d'aller à la cave chercher du bon
vin.

— Eh! bien donc, monsieur Grandet, reprit le garde
qui avait préparé sa harangue afin de faire décider la
question de ses appointements, monsieur Grandet...

— Ta, ta, ta, ta, dit Grandet, je sais ce que tu veux

dire, tu es un bon diable, nous verrons cela demain, je suis trop pressé aujourd'hui. — Ma femme, donne-lui cent sous, dit-il à madame Grandet.

Il décampa. La pauvre femme fut trop heureuse d'acheter la paix pour onze francs. Elle savait que Grandet se taisait pendant quinze jours, après avoir ainsi repris, pièce à pièce, l'argent qu'il avait donné.

— Tiens, Cornoiller, dit-elle en lui glissant dix francs dans la main, quelque jour nous reconnaîtrons tes services.

Cornoiller n'eut rien à dire. Il partit.

— Madame, dit Nanon, qui avait mis sa coiffe noire et pris son panier, je n'ai besoin que de trois francs, gardez le reste. Allez, ça ira tout de même.

— Fais un bon dîner, Nanon, mon cousin descendra, dit Eugénie.

— Décidément il se passe ici quelque chose d'extraordinaire, dit madame Grandet. Voici la troisième fois que, depuis notre mariage, ton père donne à dîner.

Vers quatre heures, au moment où Eugénie et sa mère avaient fini de mettre un couvert pour six personnes, et où le maître du logis avait monté quelques bouteilles de ces vins exquis que conservent les provinciaux avec amour, Charles vint dans la salle. Le jeune homme était pâle. Ses gestes, sa contenance, ses regards et le son de sa voix eurent une tristesse pleine de grâce. Il ne jouait pas la douleur, il souffrait véritablement, et le voile étendu sur ses traits par la peine lui donnait cet air intéressant qui plaît tant aux femmes. Eugénie l'en aima bien davantage. Peut-être aussi le malheur l'avait-il rapproché d'elle. Charles n'était plus ce riche et beau jeune homme placé dans une sphère inabordable pour elle; mais un parent plongé dans une effroyable misère. La misère enfante l'égalité. La femme a cela de commun avec l'ange que les êtres souffrants lui appartiennent. Charles et Eugénie s'entendirent et se parlèrent des yeux seulement; car le pauvre dandy déchu, l'orphelin se mit dans un coin, s'y tint muet, calme et fier; mais, de moment en moment, le regard doux et caressant de sa cousine venait luire sur lui, le contraignait à quitter ses tristes pensées, à s'élancer avec elle dans les champs de l'Espérance et de l'Avenir où elle aimait à s'engager avec lui. En ce moment, la ville de Saumur était plus émue du dîner offert par Grandet aux Cruchot qu'elle ne l'avait été la veille par la vente de sa récolte qui constituait un crime de haute trahison envers le vignoble. Si le politique vigneron eût donné son dîner dans la même pensée qui coûta la queue au chien d'Alcibiade, il aurait été peut-être un grand homme; mais, trop supérieur à une ville de laquelle il se jouait sans cesse, il ne faisait aucun cas de Saumur. Les des Grassins apprirent bientôt la mort violente et la faillite probable du père de Charles, ils résolurent d'aller dès le soir même chez leur client, afin de prendre part à son malheur et lui donner des signes d'amitié, tout en s'informant des motifs qui pouvaient l'avoir déterminé à inviter, en semblable occurrence, les Cruchot à dîner. A cinq heures précises, le président C. de Bonfons et son oncle le notaire arrivèrent endimanchés jusqu'aux dents. Les convives se mirent à table et commencèrent par manger notablement bien. Grandet était grave, Charles silencieux, Eugénie muette, madame Grandet ne parla pas plus que de coutume, en sorte que ce dîner fut un véritable repas de condoléance. Quand on se leva de table, Charles dit à sa tante et à son oncle : « Permettez-moi de me retirer. Je suis obligé de m'occuper d'une longue et triste correspondance. »

— Faites, mon neveu.

Lorsque, après son départ, le bonhomme put présumer que Charles ne pouvait rien entendre, et devait être plongé dans ses écritures, il regarda sournoisement sa femme.

— Madame Grandet, ce que nous avons à dire serait du latin pour vous; il est sept heures et demie, vous devriez aller vous serrer dans votre portefeuille. Bonne nuit, ma fille.

Il embrassa Eugénie, et les deux femmes sortirent. Là commença la scène où le père Grandet, plus qu'en aucun autre moment de sa vie, employa l'adresse qu'il avait acquise dans le commerce des hommes, et qui lui valait souvent, de la part de ceux dont il mordait un peu trop rudement la peau, le surnom de *vieux chien*. Si le maire de Saumur eût porté son ambition plus haut, si d'heureuses circonstances, en le faisant arriver vers les sphères supérieures de la société, l'eussent envoyé dans les congrès où se traitaient les affaires des nations, et qu'il s'y fût servi du génie dont l'avait doté son intérêt personnel, nul doute qu'il n'y eût été glorieusement utile à la France. Néanmoins, peut-être aussi serait-il également probable que, sorti de Saumur, le bonhomme n'aurait fait qu'une pauvre figure. Peut-être en est-il des esprits comme de certains animaux, qui n'engendrent plus transplantés hors des climats où ils naissent.

— Mon... on... on... on... sieur le pré... pré... pré... président, vouoouous di... di... di... disiiieeez que la faaaiiillite...

Le bredouillement affecté depuis si longtemps par le bonhomme et qui passait pour naturel, aussi bien que la surdité dont il se plaignait par les temps de pluie, devint, en cette conjoncture, si fatigant pour les deux Cruchot, qu'en écoutant le vigneron ils grimaçaient à leur insu, en faisant des efforts comme s'ils voulaient achever les mots dans lesquels il s'empêtrait à plaisir. Ici, peut-être, devient-il nécessaire de donner l'histoire du bégayement et de la surdité de Grandet. Personne, dans l'Anjou, n'entendait mieux et ne pouvait prononcer plus nettement le français angevin que le rusé vigneron. Jadis, malgré toute sa finesse, il avait été dupé par un Israélite qui, dans la discussion, appliquait sa main à son oreille en guise de cornet, sous prétexte de mieux entendre, et baragouinait si bien en cherchant ses mots, que Grandet, victime de son humanité, se crut obligé de suggérer à ce malin Juif les mots et les idées que paraissait chercher le Juif, d'achever lui-même les raisonnements dudit Juif, de parler comme devait parler le damné Juif, d'être enfin le Juif et non Grandet. Le tonnelier sortit de ce combat bizarre, ayant conclu le seul marché dont il ait eu à se plaindre pendant le cours de sa vie commerciale. Mais s'il y perdit pécuniairement parlant, il y gagna moralement une bonne leçon, et, plus tard, il en recueillit les fruits. Aussi le bonhomme finit-il par bénir le Juif qui lui avait appris l'art d'impatienter son adversaire commercial, et en l'occupant à exprimer sa pensée, de lui faire constamment perdre de vue la sienne. Or, aucune affaire n'exigea, plus que celle dont il s'agissait, l'emploi de la surdité, du bredouillement, et des ambages incompréhensibles dans lesquels Grandet enveloppait ses idées. D'abord, il ne voulait pas endosser la responsabilité de ses idées ; puis, il voulait rester maître de sa parole, et laisser en doute ses véritables intentions.

— Monsieur de Bon... Bon... Bonfons... Pour la seconde fois, depuis trois ans, Grandet nommait Cruchot neveu monsieur de Bonfons. Le président put se croire choisi pour gendre par l'artificieux bonhomme. — Vooooouous di... di... di... disiez donc que les faiiiillites peu... peu... peu... peuvent, dan... dans ce... ertains cas, être empê... pê... pê... chées pa... par...

— Par les tribunaux de commerce eux-mêmes. Cela

se voit tous les jours, dit monsieur C. de Bonfons, enfour-
chant l'idée du père Grandet ou croyant la deviner et
voulant affectueusement la lui expliquer. Écoutez ?

— J'écoucoute, répondit humblement le bonhomme
en prenant la malicieuse contenance d'un enfant qui rit
intérieurement de son professeur tout en paraissant lui
prêter la plus grande attention.

— Quand un homme considérable et considéré, comme
l'était, par exemple, défunt monsieur votre frère à Paris...

— Mon... on frère, oui.

— Est menacé d'une déconfiture.

— Çaaa s'aappelle dé... dé... déconfiture ?

— Oui. Que sa faillite devienne imminente, le tribunal
de commerce, dont il est justiciable (suivez bien), a la
faculté, par un jugement, de nommer, à sa maison de
commerce, des liquidateurs, Liquider n'est pas faire
faillite, comprenez-vous ? En faisant faillite, un homme est
déshonoré ; mais en liquidant, il reste honnête homme.

— C'est bien di... di... di... différent, si çaâââ ne
coû... ou... ou... ou... oûte pas... pas... pas plus cher,
dit Grandet.

— Mais une liquidation peut encore se faire, même
sans le secours du tribunal de commerce. Car, dit le président en humant sa prise de tabac, comment se déclare
une faillite ?

— Oui, je n'y ai jamais pen... pen... pen... pensé,
répondit Grandet.

— Premièrement, reprit le magistrat, par le dépôt du
bilan au greffe du tribunal, que fait le négociant lui-même
ou son fondé de pouvoir, dûment enregistré. Deuxiè-
mement, à la requête des créanciers. Or, si le négociant
ne dépose pas de bilan, si aucun créancier ne requiert du
tribunal un jugement qui déclare le susdit négociant en
faillite, qu'arriverait-il ?

— Oui... i... i..., voy... voy... ons.

— Alors la famille du décédé, ses représentants, son
hoirie ; ou le négociant, s'il n'est pas mort ; ou ses amis,
s'il est caché, liquident. Peut-être voulez-vous liquider les
affaires de votre frère ? demanda le président.

— Ah ! Grandet, s'écria le notaire, ce serait bien. Il y
a de l'honneur au fond de nos provinces. Si vous sauviez
votre nom, car c'est votre nom, vous seriez un homme...

— Sublime, dit le président en interrompant son oncle.

— Ceertainement, répliqua le vieux vigneron, mon,
mon fffr, frè, frère se no, no, no, no noommait Grandet

tou... out comme moi. Cé, cé, c'es, c'est sûr et certain. Je,
je, je ne, ne dis pa, pas non. Et, et, et, cette li, li, li, liquidation pou, pou, pourrait dans tooous llles cas, être sooous
tous llles ra, ra, rapports très avanvantatageuse aux in, in,
in, intérêts de mon ne, ne, neveu, que j'ai, j'ai, j'aime.
Mais faut voir. Je ne co, co, co, connais pas *llles malins* de
Paris. Je... suis à Sau, au, aumur, moi, voyez-vous ! Mes
prooovins ! mes fooossés, et en, enfin, j'ai mes aaaffaires.
Je n'ai jamais fait de bi, bi, billets. Qu'est-ce qu'un billet ?
J'en, j'en, j'en ai beau, beaucoup reçu, je n'en ai jamais
si, si, signé. Ça, aaa se ssse touche, ça s'essscooompte.
Voilllà tooout ce qu, qu, que je sais. J'ai en, en, en, entendu di, di, dire qu'onooon pou, ou, ouvait racheche-
cheter les bi, bi, bi...
— Oui, dit le président. L'on peut acquérir les billets
sur la place, moyennant tant pour cent. Comprenez-vous ?
Grandet se fit un cornet de sa main, l'appliqua sur son
oreille, et le président lui répéta sa phrase.
— Mais, répondit le vigneron, il y a ddddonc à boire
et à manger dan, dans tout cela. Je, je, je ne sais rien, à
mon âââge, de toooutes ce, ce, ces choooses-là. Je doi,
dois re, ester i, i, ici pour ve, ve, veiller au grain. Le
grain s'aama, masse, et c'e, c'e, c'est aaavec le grain qu'on
pai, paie. Aavant tout, faut ve, ve, veiller aux, aux ré,
ré, récoltes. J'ai des aaafaires ma, ma, majeures à Froifond
et des inté, té, téressantes. Je ne puis pas a, a, abandonner
ma, ma, ma maison poooour des *em, em, embrrrrououilll-
lami gentes* de, de, de tooous les di, diaâbles, où je ne
cooompre, prends rien. Voous dites que, que je devrais,
pour li, li, li, liquider, pour arrêter la déclaration de
faillite, être à Paris. On ne peut pas se trooou, ouver à
la fois en, en, en deux endroits, à moins d'être pe, pe, pe,
petit oiseau... Et...
— Et je vous entends, s'écria le notaire. Eh ! bien, mon
vieil ami, vous avez des amis, de vieux amis, capables de
dévouement pour vous.
— Allons donc, pensait en lui-même le vigneron,
décidez-vous donc !
— Et si quelqu'un partait pour Paris, y cherchait le
plus fort créancier de votre frère Guillaume, lui disait...
— Mi, min, minute, ici, reprit le bonhomme, lui
disait. Quoi ? Quelque, que cho, choo, chose co, co,
comme ça : « Monsieur Grandet de Saumur pa, pa, par
ci, monsieur Grandet, det, det de Saumur par là. Il aime
son frère, il aime son ne, ne, neveu. Grandet est un bon

pa, pa, parent, et il a de très bonnes intentions. Il a bien vendu sa ré, ré, récolte. Ne déclarez pas la fa, fa, fâ, fâ, faillite, aaassemblez-vous, no, no, nommez des li, li, liqui-dateurs. Aaalors Grandet ve, éé, erra. Voous au, au, au-rez ez bien davantage en liquidant qu'en lai, lai, laissant les gens de justice y mettre le né, né, nez... » Hein! pas vrai ?

— Juste! dit le président.

— Parce que, voyez-vous, monsieur de Bon, Bon, Bon, fons, faut voir avant de se dé, décider. Qui ne, ne, ne peut, ne, ne peut. En toute af, af, affaire ooonéné-reuse, poour ne pas se ru, ru, rui, ruiner, il faut connaître les ressources et les charges. Hein! pas vrai ?

— Certainement, dit le président. Je suis d'avis, moi, qu'en quelques mois de temps, l'on pourra racheter les créances pour une somme de, et payer intégralement par arrangement. Ha! ha! l'on mène les chiens bien loin en leur montrant un morceau de lard. Quand il n'y a pas eu de déclaration de faillite et que vous tenez les titres de créances, vous devenez blanc comme neige.

— Comme né, né, neige, répéta Grandet en refaisant un cornet de sa main. Je ne comprends pas la né, né, neige.

— Mais, cria le président, écoutez-moi donc, alors.

— J'é, j'é, j'écoute.

— Un effet est une marchandise qui peut avoir sa hausse et sa baisse. Ceci est une déduction du principe de Jérémie Bentham sur l'usure. Ce publiciste a prouvé que le préjugé qui frappait de réprobation les usuriers était une sottise.

— Ouais! fit le bonhomme.

— Attendu qu'en principe, selon Bentham, l'argent est une marchandise, et que ce qui représente l'argent devient également marchandise, reprit le président; attendu qu'il est notoire que, soumise aux variations habituelles qui régissent les choses commerciales, la marchandise-billet, portant telle ou telle signature, comme tel ou tel article, abonde ou manque sur la place, qu'elle est chère ou tombe à rien, le tribunal ordonne... (tiens! que je suis bête, pardon), je suis d'avis que vous pourrez racheter votre frère pour vingt-cinq du cent.

— Vooous le no, no, no, nommez Jé, Jé, Jé, Jérémie Ben...

— Bentham, un Anglais.

— Ce Jérémie-là nous fera éviter bien des lamenta-tions dans les affaires, dit le notaire en riant.

— Ces Anglais ont qué, qué, quelque fois du bon, on sens, dit Grandet. Ainsi, se, se, se, selon Ben, Ben, Ben, Bentham, si les effets de mon frère... va, va, va, va, valent... ne valent pas. Si. Je, je, je dis bien, n'est-ce pas? Cela me paraît clair... Les créanciers seraient... Non, ne seraient pas. Je m'een entends.

— Laissez-moi vous expliquer tout ceci, dit le président. En Droit, si vous possédez les titres de toutes les créances dues par la maison Grandet, votre frère ou ses hoirs ne doivent rien à personne. Bien.

— Bien, répéta le bonhomme.

— En équité, si les effets de votre frère se négocient (négocient, entendez-vous bien ce terme?) sur la place à tant pour cent de perte; si l'un de vos amis a passé par là, s'il les a rachetés, les créanciers n'ayant été contraints par aucune violence à les donner, la succession de feu Grandet de Paris se trouve loyalement quitte.

— C'est vrai, les a, a, a, affaires sont les affaires, dit le tonnelier. Cela poooooosé... Mais, néanmoins, vous compre, ne, ne, ne, nez, que c'est di, di, di, difficile. Je, je, je n'ai pas d'aaargent, ni, ni, ni le temps, ni le temps, ni...

— Oui, vous ne pouvez pas vous déranger. Hé! bien, je vous offre d'aller à Paris (vous me tiendriez compte du voyage, c'est une misère). J'y vois les créanciers, je leur parle, j'atermoie, et tout s'arrange avec un supplément de paiement que vous ajoutez aux valeurs de la liquidation, afin de rentrer dans les titres de créances.

— Mais nooouous verrons cela, je ne, ne, ne peux pas, je, je, je ne veux pas m'en, en, en, engager sans, sans que... Qui, qui, qui, ne, ne peut, ne peut. Vooous comprenez?

— Cela est juste.

— J'ai la tête ca, ca, cassée de ce que, que vooous, vous m'a, a, a, avez dé, dé, décliqué là. Voilà la, la, la première fois de ma vie que je, je suis fooorcé de son, songer à de...

— Oui, vous n'êtes pas jurisconsulte.

— Je, je suis un pau, pau, pauvre vigneron, et ne sais rien de ce que vou, vou, vous venez de dire; il fau, fau, faut que j'é, j'é, j'étudie çççâ.

— Hé! bien, reprit le président en se posant comme pour résumer la discussion.

— Mon neveu?... fit le notaire d'un ton de reproche en l'interrompant.

— Hé! bien, mon oncle, répondit le président.

— Laisse donc monsieur Grandet t'expliquer ses intentions. Il s'agit en ce moment d'un mandat important. Notre cher ami doit le définir congrûm...

Un coup de marteau qui annonça l'arrivée de la famille des Grassins, leur entrée et leurs salutations empêchèrent Cruchot d'achever sa phrase. Le notaire fut content de cette interruption; déjà Grandet le regardait de travers, et sa loupe indiquait un orage intérieur. Mais d'abord le prudent notaire ne trouvait pas convenable à un président de tribunal de première instance d'aller à Paris pour y faire capituler des créanciers et y prêter les mains à un tripotage qui froissait les lois de la stricte probité; puis, n'ayant pas encore entendu le père Grandet exprimant la moindre velléité de payer quoi que ce fût, il tremblait instinctivement de voir son neveu engagé dans cette affaire. Il profita donc du moment où les des Grassins entraient pour prendre le président par le bras et l'attirer dans l'embrasure de la fenêtre.

— Tu t'es bien suffisamment montré, mon neveu; mais assez de dévouement comme ça. L'envie d'avoir la fille t'aveugle. Diable! il n'y faut pas aller comme une corneille qui abat des noix. Laisse-moi maintenant conduire la barque, aide seulement à la manœuvre. Est-ce bien ton rôle de compromettre ta dignité de magistrat dans une pareille...

Il n'acheva pas; il entendait monsieur des Grassins disant au vieux tonnelier en lui tendant la main : « Grandet, nous avons appris l'affreux malheur arrivé dans votre famille, le désastre de la maison Guillaume Grandet et la mort de votre frère; nous venons vous exprimer toute la part que nous prenons à ce triste événement. »

— Il n'y a d'autre malheur, dit le notaire en interrompant le banquier, que la mort de monsieur Grandet junior. Encore ne se serait-il pas tué s'il avait eu l'idée d'appeler son frère à son secours. Notre vieil ami, qui a de l'honneur jusqu'au bout des ongles, compte liquider les dettes de la maison Grandet de Paris. Mon neveu le président, pour lui éviter les tracas d'une affaire toute judiciaire, lui offre de partir sur-le-champ pour Paris, afin de transiger avec les créanciers et les satisfaire convenablement.

Ces paroles, confirmées par l'attitude du vigneron, qui se caressait le menton, surprirent étrangement les trois des Grassins, qui pendant le chemin avaient médit tout à loisir de l'avarice de Grandet en l'accusant presque d'un fratricide.

— Ah! je le savais bien, s'écria le banquier en regardant sa femme. Que te disais-je en route, madame des Grassins? Grandet a de l'honneur jusqu'au bout des cheveux, et ne souffrira pas que son nom reçoive la plus légère atteinte! L'argent sans l'honneur est une maladie. Il y a de l'honneur dans nos provinces! Cela est bien, très bien, Grandet. Je suis un vieux militaire, je ne sais pas déguiser ma pensée; je la dis rudement : cela est, mille tonnerres! sublime.

— Aaalors llle su... su... sub... sublime est bi... bi... bien cher, répondit le bonhomme pendant que le banquier lui secouait chaleureusement la main.

— Mais ceci, mon brave Grandet, n'en déplaise à monsieur le président, reprit des Grassins, est une affaire purement commerciale, et veut un négociant consommé. Ne faut-il pas se connaître aux comptes de retour, débours, calculs d'intérêts? Je dois aller à Paris pour mes affaires, et je pourrais alors me charger de...

— Nous verrions donc à tâ... tâ... tâcher de nous aaaarranger tou... tous deux dans les po... po... po... possibilités relatives et sans m'en... m'en... m'engager à quelque chose que je... je... je... ne vooou... oudrais pas faire, dit Grandet en bégayant. Parce que, voyez-vous, monsieur le président me demandait naturellement les frais du voyage.

Le bonhomme ne bredouilla plus ces derniers mots.

— Eh! dit Mme des Grassins, mais c'est un plaisir que d'être à Paris. Je paierais volontiers pour y aller, moi.

Et elle fit un signe à son mari comme pour l'encourager à souffler cette commission à leurs adversaires coûte que coûte; puis elle regarda fort ironiquement les deux Cruchot, qui prirent une mine piteuse. Grandet saisit alors le banquier par un des boutons de son habit et l'attira dans un coin.

— J'aurais bien plus de confiance en vous que dans le président, lui dit-il. Puis il y a des anguilles sous roche, ajouta-t-il en remuant sa loupe. Je veux me mettre dans la rente; j'ai quelques milliers de francs de rente à faire acheter, et je ne veux placer qu'à quatre-vingts francs. Cette mécanique baisse, dit-on, à la fin des mois. Vous vous connaissez à ça, pas vrai?

— Pardieu! Eh! bien, j'aurais donc quelque mille livres de rente à lever pour vous?

— Pas grand-chose pour commencer. *Motus!* Je veux jouer ce jeu-là sans qu'on n'en sache rien. Vous me concluriez un marché pour la fin du mois; mais n'en dites rien aux Cruchot, ça les taquinerait. Puisque vous allez à Paris, nous y verrons en même temps, pour mon pauvre neveu, de quelle couleur sont les atouts.

— Voilà qui est entendu. Je partirai demain en poste, dit à haute voix des Grassins, et je viendrai prendre vos dernières instructions à... à quelle heure?

— A cinq heures, avant le dîner, dit le vigneron en se frottant les mains.

Les deux partis restèrent encore quelques instants en présence. Des Grassins dit après une pause en frappant sur l'épaule de Grandet : « Il fait bon avoir de bons parents comme ça... »

— Oui, oui, sans que ça paraisse, répondit Grandet, je suis un bon pa... parent. J'aimais mon frère, et je le prouverai bien si si ça ne ne coûte pas...

— Nous allons vous quitter, Grandet, lui dit le banquier en l'interrompant heureusement avant qu'il achevât sa phrase. Si j'avance mon départ, il faut mettre en ordre quelques affaires.

— Bien, bien. Moi-même, raa... apport à ce que vou-vous savez, je je vais me rereretirer dans ma cham... ambre des dédélibérations, comme dit le le président Cruchot.

— Peste! je ne suis plus monsieur de Bonfons, pensa tristement le magistrat, dont la figure prit l'expression de celle d'un juge ennuyé par une plaidoirie.

Les chefs des deux familles rivales s'en allèrent ensemble. Ni les uns ni les autres ne songeaient plus à la trahison dont s'était rendu coupable Grandet le matin envers le pays vignoble, et se sondèrent mutuellement, mais en vain, pour connaître ce qu'ils pensaient sur les intentions réelles du bonhomme en cette nouvelle affaire.

— Venez-vous chez madame d'Orsonval avec nous? dit des Grassins au notaire.

— Nous irons plus tard, répondit le président. Si mon oncle le permet, j'ai promis à mademoiselle de Gribeaucourt de lui dire un petit bonsoir, et nous nous y rendrons d'abord.

— Au revoir donc, messieurs, dit madame des Grassins. Et, quand les des Grassins furent à quelques pas des deux Cruchot, Adolphe dit à son père : « Ils fument joliment, hein? »

— Tais-toi donc, mon fils, lui répliqua sa mère, ils peuvent encore nous entendre. D'ailleurs, ce que tu dis n'est pas de bon goût et sent l'École de Droit.

— Eh! bien, mon oncle, s'écria le magistrat quand il vit les des Grassins éloignés, j'ai commencé par être le président de Bonfons, et j'ai fini par être tout simplement un Cruchot.

— J'ai bien vu que ça te contrariait; mais le vent était aux des Grassins. Es-tu bête, avec tout ton esprit?... Laisse-les s'embarquer sur un *nous verrons* du père Grandet, et tiens-toi tranquille, mon petit : Eugénie n'en sera pas moins ta femme.

En quelques instants la nouvelle de la magnanime résolution de Grandet se répandit dans trois maisons à la fois, et il ne fut plus question dans toute la ville que de ce dévouement fraternel. Chacun pardonnait à Grandet sa vente faite au mépris de la foi jurée entre les propriétaires, en admirant son honneur, en vantant une générosité dont on ne le croyait pas capable. Il est dans le caractère français de s'enthousiasmer, de se colérer, de se passionner pour le météore du moment, pour les bâtons flottants de l'actualité. Les êtres collectifs, les peuples, seraient-ils donc sans mémoire?

Quand le père Grandet eut fermé sa porte, il appela Nanon.

— Ne lâche pas le chien et ne dors pas, nous avons à travailler ensemble. A onze heures, Cornoiller doit se trouver à ma porte avec le berlingot de Froidfond. Écoute-le venir afin de l'empêcher de cogner, et dis-lui d'entrer tout bellement. Les lois de police défendent le tapage nocturne. D'ailleurs le quartier n'a pas besoin de savoir que je vais me mettre en route.

Ayant dit, Grandet remonta dans son laboratoire, où Nanon l'entendit remuant, fouillant, allant, venant, mais avec précaution. Il ne voulait évidemment réveiller ni sa femme, ni sa fille, et surtout ne point exciter l'attention de son neveu, qu'il avait commencé par maudire en apercevant de la lumière dans sa chambre. Au milieu de la nuit, Eugénie, préoccupée de son cousin, crut avoir entendu la plainte d'un mourant, et pour elle ce mourant était Charles : elle l'avait quitté si pâle, si désespéré! peut-être s'était-il tué. Soudain elle s'enveloppa d'une coiffe, espèce de pelisse à capuchon, et voulut sortir. D'abord une vive lumière qui passait par les fentes de sa porte lui donna peur du feu; puis elle se rassura bientôt

en entendant les pas pesants de Nanon et sa voix mêlée
au hennissement de plusieurs chevaux.

— Mon père enlèverait-il mon cousin? se dit-elle en
entrouvrant sa porte avec assez de précaution pour
l'empêcher de crier, mais de manière à voir ce qui se
passait dans le corridor.

Tout à coup son œil rencontra celui de son père, dont
le regard, quelque vague et insouciant qu'il fût, la glaça
de terreur. Le bonhomme et Nanon étaient accouplés par
un gros gourdin dont chaque bout reposait sur leur
épaule droite et soutenait un câble auquel était attaché
un barillet semblable à ceux que le père Grandet s'amusait à faire dans son fournil à ses moments perdus.

— Sainte Vierge! monsieur, ça pèse-t-i! dit à voix
basse la Nanon.

— Quel malheur que ce ne soit que des gros sous!
répondit le bonhomme. Prends garde de heurter le chandelier.

Cette scène était éclairée par une seule chandelle
placée entre deux barreaux de la rampe.

— Cornoiller, dit Grandet à son garde *in partibus*,
as-tu pris tes pistolets?

— Non, monsieur. Pardé! quoi qu'il y a donc à
craindre pour vos gros sous?...

— Oh! rien, dit le père Grandet.

— D'ailleurs nous irons vite, reprit le garde, vos fermiers ont choisi pour vous leurs meilleurs chevaux.

— Bien, bien. Tu ne leur as pas dit où j'allais?

— Je ne le savais point.

— Bien. La voiture est solide?

— Ça, notre maître? ah! ben, ça porterait trois mille.
Qu'est-ce que ça pèse donc vos méchants barils?

— Tiens, dit Nanon! je le savons bien! Y a ben près
de dix-huit cents.

— Veux-tu te taire, Nanon! Tu diras à ma femme
que je suis allé à la campagne. Je serai revenu pour
dîner. Va bon train, Cornoiller, faut être à Angers avant
neuf heures.

La voiture partit. Nanon verrouilla là grande porte,
lâcha le chien, se coucha l'épaule meurtrie, et personne
dans le quartier ne soupçonna ni le départ de Grandet
ni l'objet de son voyage. La discrétion du bonhomme
était complète. Personne ne voyait jamais un sou dans
cette maison pleine d'or. Après avoir appris dans la
matinée par les causeries du port que l'or avait doublé

de prix par suite de nombreux armements entrepris à
Nantes, et que des spéculateurs étaient arrivés à Angers
pour en acheter, le vieux vigneron, par un simple
emprunt de chevaux fait à ses fermiers, se mit en mesure
d'aller y vendre le sien et d'en rapporter en valeurs du
receveur-général sur le trésor la somme nécessaire à
l'achat de ses rentes après l'avoir grossie de l'agio.

— Mon père s'en va, dit Eugénie, qui du haut de
l'escalier avait tout entendu. Le silence était rétabli
dans la maison, et le lointain roulement de la voiture,
qui cessa par degrés, ne retentissait déjà plus dans
Saumur endormi. En ce moment, Eugénie entendit en
son cœur, avant de l'écouter par l'oreille, une plainte qui
perça les cloisons, et qui venait de la chambre de son
cousin. Une bande lumineuse, fine autant que le tran-
chant d'un sabre, passait par la fente de la porte et coupait horizontalement les balustres du vieil escalier. — Il
souffre, dit-elle en grimpant deux marches. Un second
gémissement la fit arriver sur le palier de la chambre.
La porte était entrouverte, elle la poussa. Charles
dormait la tête penchée en dehors du vieux fauteuil,
sa main avait laissé tomber la plume et touchait presque
à terre. La respiration saccadée que nécessitait la pos-
ture du jeune homme effraya soudain Eugénie, qui entra
promptement. — Il doit être bien fatigué, se dit-elle en
regardant une dizaine de lettres cachetées, elle en lut
les adresses : A MM. Farry, Breilman et Cie, carrossiers.
— A M. Buisson, tailleur, etc. — Il a sans doute arrangé
toutes ses affaires pour pouvoir bientôt quitter la France,
pensa-t-elle. Ses yeux tombèrent sur deux lettres
ouvertes. Ces mots qui en commençaient une : « Ma
chère Annette... » lui causèrent un éblouissement. Son
cœur palpita, ses pieds se clouèrent sur le carreau. Sa
chère Annette, il aime, il est aimé! Plus d'espoir! Que
lui dit-il? Ces idées lui traversèrent la tête et le cœur.
Elle lisait ces mots partout, même sur les carreaux, en
traits de flammes. — Déjà renoncer à lui! Non, je ne lirai
pas cette lettre. Je dois m'en aller. Si je la lisais, cependant? Elle regarda Charles, lui prit doucement la tête, la
posa sur le dos du fauteuil, et il se laissa faire comme un
enfant qui, même en dormant, connaît encore sa mère
et reçoit, sans s'éveiller, ses soins et ses baisers. Comme
une mère, Eugénie releva la main pendante, et, comme
une mère, elle baisa doucement les cheveux. « Chère
Annette! » Un démon lui criait ces deux mots aux

oreilles. — Je sais que je fais peut-être mal, mais je lirai
la lettre, dit-elle. Eugénie détourna la tête, car sa noble
probité gronda. Pour la première fois de sa vie, le bien
et le mal étaient en présence dans son cœur. Jusque-là
elle n'avait eu à rougir d'aucune action. La passion, la
curiosité l'emportèrent. A chaque phrase, son cœur se
gonfla davantage et l'ardeur piquante qui anima sa vie
pendant cette lecture lui rendit encore plus friands les
plaisirs du premier amour.

« Ma chère Annette, rien ne devait nous séparer, si ce
n'est le malheur qui m'accable et qu'aucune prudence
humaine n'aurait su prévoir. Mon père s'est tué, sa
fortune et la mienne sont entièrement perdues. Je
suis orphelin à un âge où, par la nature de mon éducation, je puis passer pour un enfant; et je dois néanmoins
me relever homme de l'abîme où je suis tombé. Je viens
d'employer une partie de cette nuit à faire mes calculs.
Si je veux quitter la France en honnête homme, et ce
n'est pas un doute, je n'ai pas cent francs à moi pour
aller tenter le sort aux Indes ou en Amérique. Oui,
ma pauvre Anna, j'irai chercher la fortune sous les
climats les plus meurtriers. Sous de tels cieux, elle est
sûre et prompte, m'a-t-on dit. Quant à rester à Paris,
je ne saurais. Ni mon âme ni mon visage ne sont faits à
supporter les affronts, la froideur, le dédain qui attendent
l'homme ruiné, le fils du failli! Bon Dieu! devoir deux
millions?... J'y serais tué en duel dans la première
semaine. Aussi n'y retournerai-je point. Ton amour, le
plus tendre et le plus dévoué qui jamais ait ennobli le
cœur d'un homme, ne saurait m'y attirer. Hélas! ma
bien-aimée, je n'ai point assez d'argent pour aller là où
tu es, donner, recevoir un dernier baiser, un baiser où je
puiserais la force nécessaire à mon entreprise. »

— Pauvre Charles, j'ai bien fait de lire! J'ai de l'or,
je le lui donnerai, dit Eugénie.
Elle reprit sa lecture après avoir essuyé ses pleurs.

« Je n'avais point encore songé aux malheurs de la
misère. Si j'ai les cent louis indispensables au passage,
je n'aurai pas un sou pour me faire une pacotille. Mais
non, je n'aurai ni cent louis ni un louis, je ne connaîtrai
ce qui me restera d'argent qu'après le règlement de mes
dettes à Paris. Si je n'ai rien, j'irai tranquillement à
Nantes, je m'y embarquerai simple matelot, et je com-

mencerai là-bas comme ont commencé les hommes
d'énergie qui, jeunes, n'avaient pas un sou, et sont revenus, riches, des Indes. Depuis ce matin, j'ai froidement
envisagé mon avenir. Il est plus horrible pour moi que
pour tout autre, moi, choyé par une mère qui m'adorait,
chéri par le meilleur des pères, et qui, à mon début dans
le monde, ai rencontré l'amour d'une Anna! Je n'ai
connu que les fleurs de la vie : ce bonheur ne pouvait pas
durer. J'ai néanmoins, ma chère Annette, plus de courage qu'il n'était permis à un insouciant jeune homme
d'en avoir, surtout à un jeune homme habitué aux cajo-
leries de la plus délicieuse femme de Paris, bercé dans
les joies de la famille, à qui tout souriait au logis, et dont
les désirs étaient des lois pour un père... Oh! mon père,
Annette, il est mort... Eh! bien, j'ai réfléchi à ma position, j'ai réfléchi à la tienne aussi. J'ai bien vieilli en
vingt-quatre heures. Chère Anna, si, pour me garder
près de toi, dans Paris, tu sacrifiais toutes les jouissances de ton luxe, ta toilette, ta loge à l'Opéra, nous
n'arriverions pas encore au chiffre des dépenses nécessaires à ma vie dissipée; puis je ne saurais accepter tant
de sacrifices. Nous nous quittons donc aujourd'hui
pour toujours. »

— Il la quitte, Sainte Vierge! Oh! bonheur!...
Eugénie sauta de joie. Charles fit un mouvement, elle
en eut froid de terreur; mais, heureusement pour elle,
il ne s'éveilla pas. Elle reprit :

« Quand reviendrai-je? je ne sais. Le climat des Indes
vieillit promptement un Européen, et surtout un Européen qui travaille. Mettons-nous à dix ans d'ici. Dans
dix ans, ta fille aura dix-huit ans, elle sera ta compagne,
ton espion. Pour toi, le monde sera bien cruel, ta fille le
sera peut-être davantage. Nous avons vu des exemples
de ces jugements mondains et de ces ingratitudes de
jeunes filles; sachons en profiter. Garde au fond de ton
âme comme je le garderai moi-même le souvenir de ces
quatre années de bonheur, et sois fidèle, si tu peux, à
ton pauvre ami. Je ne saurais toutefois l'exiger, parce que,
vois-tu, ma chère Annette, je dois me conformer à ma
position, voir bourgeoisement la vie, et la chiffrer au
plus vrai. Donc je dois penser au mariage, qui devient
une nécessité de ma nouvelle existence; et je t'avouerai
que j'ai trouvé ici, à Saumur, chez mon oncle, une cou-

sine dont les manières, la figure, l'esprit et le cœur te plairaient, et qui, en outre, me paraît avoir... »

— Il devait être bien fatigué, pour avoir cessé de lui écrire, se dit Eugénie en voyant la lettre arrêtée au milieu de cette phrase.

Elle le justifiait! N'était-il pas impossible alors que cette innocente fille s'aperçût de la froideur empreinte dans cette lettre? Aux jeunes filles religieusement élevées, ignorantes et pures, tout est amour dès qu'elles mettent le pied dans les régions enchantées de l'amour. Elles y marchent entourées de la céleste lumière que leur âme projette, et qui rejaillit en rayons sur leur amant; elles le colorent des feux de leur propre sentiment et lui prêtent leurs belles pensées. Les erreurs de la femme viennent presque toujours de sa croyance au bien, ou dans sa confiance dans le vrai. Pour Eugénie, ces mots: « Ma chère Annette, ma bien-aimée », lui résonnaient au cœur comme le plus joli langage de l'amour, et lui caressaient l'âme comme, dans son enfance, les notes divines du *Venite adoremus*, redites par l'orgue, lui caressèrent l'oreille. D'ailleurs, les larmes qui baignaient encore les yeux de Charles lui accusaient toutes les noblesses de cœur par lesquelles une jeune fille doit être séduite. Pouvait-elle savoir que si Charles aimait tant son père et le pleurait si véritablement, cette tendresse venait moins de la bonté de son cœur que des bontés paternelles? Monsieur et madame Guillaume Grandet, en satisfaisant toujours les fantaisies de leur fils, en lui donnant tous les plaisirs de la fortune, l'avaient empêché de faire les horribles calculs dont sont plus ou moins coupables, à Paris, la plupart des enfants quand, en présence des jouissances parisiennes, ils forment des désirs et conçoivent des plans qu'ils voient avec chagrin incessamment ajournés et retardés par la vie de leurs parents. La prodigalité du père alla donc jusqu'à semer dans le cœur de son fils un amour filial vrai, sans arrière-pensée. Néanmoins, Charles était un enfant de Paris, habitué par les mœurs de Paris, par Annette elle-même, à tout calculer, déjà vieillard sous le masque du jeune homme. Il avait reçu l'épouvantable éducation de ce monde où, dans une soirée, il se commet en pensées, en paroles, plus de crimes que la Justice n'en punit aux Cours d'assises, où les bons mots assassinent les plus grandes idées, où l'on ne passe pour fort qu'autant que

l'on voit juste; et là, voir juste, c'est ne croire à rien,
ni aux sentiments, ni aux hommes, ni même aux événements : on y fait de faux événements. Là, pour voir juste,
il faut peser, chaque matin, la bourse d'un ami, savoir se
mettre politiquement au-dessus de tout ce qui arrive;
provisoirement, ne rien admirer, ni les œuvres d'art, ni
les nobles actions, et donner pour mobile à toute chose
l'intérêt personnel. Après mille folies, la grande dame, la
belle Annette, forçait Charles à penser gravement; elle
lui parlait de sa position future, en lui passant dans les
cheveux une main parfumée; en lui refaisant une boucle,
elle lui faisait calculer la vie : elle le féminisait et le maté-
rialisait. Double corruption, mais corruption élégante et
fine, de bon goût.

— Vous êtes niais, Charles, lui disait-elle. J'aurai bien
de la peine à vous apprendre le monde. Vous avez été
très mal pour monsieur des Lupeaulx. Je sais bien que
c'est un homme peu honorable; mais attendez qu'il soit
sans pouvoir, alors vous le mépriserez à votre aise. Savez-
vous ce que madame Campan nous disait? Mes enfants,
tant qu'un homme est au Ministère, adorez-le; tombe-t-il,
aidez à le traîner à la voirie. Puissant, il est une espèce de
dieu; détruit, il est au-dessous de Marat dans son égout,
parce qu'il vit et que Marat était mort. La vie est une
suite de combinaisons, et il faut les étudier, les suivre,
pour arriver à se maintenir toujours en bonne position.

Charles était un homme trop à la mode, il avait été
trop constamment heureux par ses parents, trop adulé
par le monde pour avoir de grands sentiments. Le grain
d'or que sa mère lui avait jeté au cœur s'était étendu dans
la filière parisienne, il l'avait employé en superficie et
devait l'user par le frottement. Mais Charles n'avait
encore que vingt et un ans. A cet âge, la fraîcheur de la
vie semble inséparable de la candeur de l'âme. La voix, le
regard, la figure paraissent en harmonie avec les sentiments. Aussi le juge le plus dur, l'avoué le plus incré-
dule, l'usurier le moins facile hésitent-ils toujours à
croire à la vieillesse du cœur, à la corruption des calculs,
quand les yeux nagent encore dans un fluide pur, et
qu'il n'y a point de rides sur le front. Charles n'avait
jamais eu l'occasion d'appliquer les maximes de la morale
parisienne, et jusqu'à ce jour il était beau d'inexpérience.
Mais, à son insu, l'égoïsme lui avait été inoculé. Les
germes de l'économie politique à l'usage du Parisien,

latents en son cœur, ne devaient pas tarder à y fleurir,
aussitôt que de spectateur oisif il deviendrait acteur dans
le drame de la vie réelle. Presque toutes les jeunes filles
s'abandonnent aux douces promesses de ces dehors;
mais Eugénie eût-elle été prudente et observatrice autant
que le sont certaines filles en province, aurait-elle pu se
défier de son cousin, quand, chez lui, les manières, les
paroles et les actions s'accordaient encore avec les
inspirations du cœur? Un hasard, fatal pour elle, lui fit
essuyer les dernières effusions de sensibilité vraie qui
fût en ce jeune cœur, et entendre, pour ainsi dire, les
derniers soupirs de la conscience. Elle laissa donc cette
lettre pour elle pleine d'amour, et se mit complaisamment à contempler son cousin endormi : les fraîches
illusions de la vie jouaient encore pour elle sur ce visage,
elle se jura d'abord à elle-même de l'aimer toujours.
Puis elle jeta les yeux sur l'autre lettre sans attacher
beaucoup d'importance à cette indiscrétion; et, si elle
commença de la lire, ce fut pour acquérir de nouvelles
preuves des nobles qualités que, semblable à toutes les
femmes, elle prêtait à celui qu'elle choisissait.

« Mon cher Alphonse, au moment où tu liras cette
lettre je n'aurai plus d'amis; mais je t'avoue qu'en dou-
tant de ces gens du monde habitués à prodiguer ce mot,
je n'ai pas douté de ton amitié. Je te charge donc d'arranger mes affaires, et compte sur toi, pour tirer un bon
parti de tout ce que je possède. Tu dois maintenant
connaître ma position. Je n'ai plus rien, et veux partir
pour les Indes. Je viens d'écrire à toutes les personnes
auxquelles je crois devoir quelque argent, et tu en trou-
veras ci-joint la liste aussi exacte qu'il m'est possible
de la donner de mémoire. Ma bibliothèque, mes meubles,
mes voitures, mes chevaux, etc., suffiront, je crois, à
payer mes dettes. Je ne veux me réserver que les babioles
sans valeur qui seront susceptibles de me faire un commencement de pacotille. Mon cher Alphonse, je t'en-
verrai d'ici, pour cette vente, une procuration régulière,
en cas de contestations. Tu m'adresseras toutes mes
armes. Puis tu garderas pour toi Briton. Personne ne
voudrait donner le prix de cette admirable bête, j'aime
mieux te l'offrir, comme la bague d'usage que lègue un
mourant à son exécuteur testamentaire. On m'a fait une
très *comfortable* voiture de voyage chez les Farry, Breilman et Cie, mais ils ne l'ont pas livrée, obtiens d'eux

qu'ils la gardent sans me demander d'indemnité; s'ils
se refusaient à cet arrangement, évite tout ce qui pourrait entacher ma loyauté, dans les circonstances où je
me trouve. Je dois six louis à l'insulaire, perdus au jeu,
ne manque pas de les lui... »

— Cher cousin, dit Eugénie en laissant la lettre, et se
sauvant à petits pas chez elle avec une des bougies allu-
mées. Là ce ne fut pas sans une vive émotion de plaisir
qu'elle ouvrit le tiroir d'un vieux meuble en chêne, l'un
des plus beaux ouvrages de l'époque nommée la *Renais-
sance*, et sur lequel se voyait encore, à demi effacée, la
fameuse Salamandre royale. Elle y prit une grosse bourse
en velours rouge à glands d'or, et bordée de cannetille
usée, provenant de la succession de sa grand-mère. Puis
elle pesa fort orgueilleusement cette bourse, et se plut à
vérifier le compte oublié de son petit pécule. Elle sépara
d'abord vingt portugaises encore neuves, frappées sous
le règne de Jean V, en 1725, valant réellement au change
cinq lisbonines ou chacune cent soixante-huit francs
soixante-quatre centimes, lui disait son père, mais dont la
valeur conventionnelle était de cent quatre-vingts francs,
attendu la rareté, la beauté desdites pièces qui reluisaient
comme des soleils. ITEM, cinq génovines ou pièces de
cent livres de Gênes, autre monnaie rare et valant quatre-
vingt-sept francs au change, mais cent francs pour les
amateurs d'or. Elles lui venaient du vieux monsieur La
Bertellière. ITEM, trois quadruples d'or espagnols de
Philippe V, frappés en 1729, donnés par madame Gentillet, qui, en les lui offrant, lui disait toujours la même
phrase : « Ce cher serin-là, ce petit jaunet, vaut quatre-
vingt-dix-huit livres! Gardez-le bien, ma mignonne, ce
sera la fleur de votre trésor. » ITEM, ce que son père esti-
mait le plus (l'or de ces pièces était à vingt-trois carats et
une fraction), cent ducats de Hollande, fabriqués en l'an
1756, et valant près de treize francs. ITEM, une grande
curiosité!... des espèces de médailles précieuses aux
avares, trois roupies au signe de la Balance, et cinq roupies au signe de la Vierge, toutes d'or pur à vingt-quatre
carats, la magnifique monnaie du Grand-Mogol, et
dont chacune valait trente-sept francs quarante centimes
au poids; mais au moins cinquante francs pour les connaisseurs qui aiment à manier l'or. ITEM, le napoléon de
quarante francs reçu l'avant-veille, et qu'elle avait négligemment mis dans sa bourse rouge. Ce trésor contenait

des pièces neuves et vierges, de véritables morceaux d'art
desquels le père Grandet s'informait parfois, et qu'il
voulait revoir, afin de détailler à sa fille les vertus intrin-
sèques, comme la beauté du cordon, la clarté du plat, la
richesse des lettres dont les vives arêtes n'étaient pas
encore rayées. Mais elle ne pensait ni à ces raretés, ni à
la manie de son père, ni au danger qu'il y avait pour elle
de se démunir d'un trésor si cher à son père; non, elle
songeait à son cousin, et parvint enfin à comprendre, après
quelques fautes de calcul, qu'elle possédait environ
cinq mille huit cents francs en valeurs réelles, qui,
conventionnellement, pouvaient se vendre près de
deux mille écus. A la vue de ses richesses, elle se mit à
applaudir en battant des mains, comme un enfant
forcé de perdre son trop-plein de joie dans les naïfs
mouvements du corps. Ainsi le père et la fille avaient
compté chacun leur fortune : lui, pour aller vendre son
or; Eugénie, pour jeter le sien dans un océan d'affection.
Elle remit les pièces dans la vieille bourse, la prit et
remonta sans hésitation. La misère secrète de son cousin
lui faisait oublier la nuit, les convenances; puis, elle
était forte de sa conscience, de son dévouement, de son
bonheur. Au moment où elle se montra sur le seuil de la
porte, en tenant d'une main la bougie, de l'autre sa bourse,
Charles se réveilla, vit sa cousine et resta béant de surprise. Eugénie s'avança, posa le flambeau sur la table et
dit d'une voix émue : « Mon cousin, j'ai à vous demander
pardon d'une faute grave que j'ai commise envers vous;
mais Dieu me le pardonnera, ce péché, si vous voulez
l'effacer. »

— Qu'est-ce donc? dit Charles en se frottant les yeux.

— J'ai lu ces deux lettres.

Charles rougit.

— Comment cela s'est-il fait? reprit-elle, pourquoi
suis-je montée? En vérité, maintenant je ne le sais plus.
Mais, je suis tentée de ne pas trop me repentir d'avoir
lu ces lettres, puisqu'elles m'ont fait connaître votre
cœur, votre âme et...

— Et quoi? demanda Charles.

— Et vos projets, la nécessité où vous êtes d'avoir
une somme...

— Ma chère cousine...

— Chut, chut, mon cousin, pas si haut, n'éveillons
personne. Voici, dit-elle en ouvrant la bourse, les économies d'une pauvre fille qui n'a besoin de rien. Charles,

acceptez-les. Ce matin, j'ignorais ce qu'était l'argent, vous me l'avez appris, ce n'est qu'un moyen, voilà tout. Un cousin est presque un frère, vous pouvez bien emprunter la bourse de votre sœur.

Eugénie, autant femme que jeune fille, n'avait pas prévu des refus, et son cousin restait muet.

— Eh! bien, vous refuseriez? demanda Eugénie, dont les palpitations retentirent au milieu du profond silence.

L'hésitation de son cousin l'humilia; mais la nécessité dans laquelle il se trouvait se représenta plus vivement à son esprit, et elle plia le genou.

— Je ne me relèverai pas que vous n'ayez pris cet or! dit-elle. Mon cousin, de grâce, une réponse?... que je sache si vous m'honorez, si vous êtes généreux, si...

En entendant le cri d'un noble désespoir, Charles laissa tomber des larmes sur les mains de sa cousine, qu'il saisit afin de l'empêcher de s'agenouiller. En recevant ces larmes chaudes, Eugénie sauta sur la bourse, la lui versa sur la table.

— Eh! bien, oui, n'est-ce pas? dit-elle en pleurant de joie. Ne craignez rien, mon cousin, vous serez riche. Cet or vous portera bonheur; un jour vous me le rendrez; d'ailleurs, nous nous associerons; enfin je passerai par toutes les conditions que vous m'imposerez. Mais vous devriez ne pas donner tant de prix à ce don.

Charles put enfin exprimer ses sentiments.

— Oui, Eugénie, j'aurais l'âme bien petite, si je n'acceptais pas. Cependant, rien pour rien, confiance pour confiance.

— Que voulez-vous? dit-elle effrayée.

— Écoutez, ma chère cousine, j'ai là... Il s'interrompit pour montrer sur la commode une caisse carrée enveloppée d'un surtout de cuir. — Là, voyez-vous, une chose qui m'est aussi précieuse que la vie. Cette boîte est un présent de ma mère. Depuis ce matin je pensais que, si elle pouvait sortir de sa tombe, elle vendrait elle-même l'or que sa tendresse lui a fait prodiguer dans ce nécessaire; mais, accompli par moi, cette action me paraîtrait un sacrilège. Eugénie serra convulsivement la main de son cousin en entendant ces derniers mots. — Non, reprit-il, après une légère pause, pendant laquelle tous deux ils se jetèrent un regard humide, non, je ne veux ni le détruire, ni le risquer dans mes voyages. Chère Eugénie, vous en serez dépositaire. Jamais ami

n'aura confié quelque chose de plus sacré à son ami.
Soyez-en juge. Il alla prendre la boîte, la sortit du four-
reau, l'ouvrit et montra tristement à sa cousine émerveillée un nécessaire où le travail donnait à l'or un prix
bien supérieur à celui de son poids. — Ce que vous
admirez n'est rien, dit-il en poussant un ressort qui fit
partir un double fond. Voilà ce qui, pour moi, vaut la
terre entière. Il tira deux portraits, deux chefs-d'œuvre
de madame de Mirbel, richement entourés de perles.

— Oh! la belle personne, n'est-ce pas cette dame à
qui vous écriv...

— Non, dit-il en souriant. Cette femme est ma mère,
et voici mon père, qui sont votre tante et votre oncle.
Eugénie, je devrais vous supplier à genoux de me garder
ce trésor. Si je périssais en perdant votre petite fortune,
cet or vous dédommagerait; et, à vous seule, je puis laisser les deux portraits, vous êtes digne de les conserver;
mais détruisez-les, afin qu'après vous ils n'aillent pas en
d'autres mains... Eugénie se taisait. — Hé! bien, oui,
n'est-ce pas? ajouta-t-il avec grâce.

En entendant les mots qu'elle venait de dire à son
cousin, elle lui jeta son premier regard de femme aimante,
un de ces regards où il y a presque autant de coquetterie
que de profondeur; il lui prit la main et la baisa.

— Ange de pureté! entre nous, n'est-ce pas?... l'argent ne sera jamais rien. Le sentiment, qui en fait quelque
chose, sera tout désormais.

— Vous ressemblez à votre mère. Avait-elle la voix
aussi douce que la vôtre?

— Oh! bien plus douce...

— Oui, pour vous, dit-elle en abaissant ses paupières.
Allons, Charles, couchez-vous, je le veux, vous êtes
fatigué. A demain.

Elle dégagea doucement sa main d'entre celles de son
cousin, qui la reconduisit en l'éclairant. Quand ils furent
tous deux sur le seuil de la porte :

— Ah! pourquoi suis-je ruiné? dit-il.

— Bah! mon père est riche, je le crois, répondit-
elle.

— Pauvre enfant, reprit Charles en avançant un pied
dans la chambre et s'appuyant le dos au mur, il n'aurait
pas laissé mourir le mien, il ne vous laisserait pas dans ce
dénuement, enfin, il vivrait autrement.

— Mais il a Froidfond?

— Et que vaut Froidfond?

— Je ne sais pas ; mais il a Noyers.

— Quelque mauvaise ferme !

— Il a des vignes et des prés...

— Des misères, dit Charles d'un air dédaigneux. Si votre père avait seulement vingt-quatre mille livres de rente, habiteriez-vous cette chambre froide et nue ? ajouta-t-il en avançant le pied gauche. — Là seront donc mes trésors, dit-il en montrant le vieux bahut pour voiler sa pensée.

— Allez dormir, dit-elle en l'empêchant d'entrer dans une chambre en désordre.

Charles se retira, et ils se dirent bonsoir par un mutuel sourire.

Tous deux ils s'endormirent dans le même rêve, et Charles commença dès lors à jeter quelques roses sur son deuil. Le lendemain matin, madame Grandet trouva sa fille se promenant, avant le déjeuner, en compagnie de Charles. Le jeune homme était encore triste comme devait l'être un malheureux descendu, pour ainsi dire, au fond de ses chagrins, et qui, en mesurant la profondeur de l'abîme où il était tombé, avait senti tout le poids de sa vie future.

— Mon père ne reviendra que pour le dîner, dit Eugénie en voyant l'inquiétude peinte sur le visage de sa mère.

Il était facile de voir dans les manières, sur la figure d'Eugénie et dans la singulière douceur que contracta sa voix, une conformité de pensée entre elle et son cousin. Leurs âmes s'étaient ardemment épousées avant peut-être même d'avoir bien éprouvé la force des sentiments par lesquels ils s'unissaient l'un à l'autre. Charles resta dans la salle, et sa mélancolie y fut respectée. Chacune des trois femmes eut à s'occuper. Grandet ayant oublié ses affaires, il vint un assez grand nombre de personnes. Le couvreur, le plombier, le maçon, les terrassiers, le charpentier, des closiers, des fermiers, les uns pour conclure des marchés relatifs à des réparations, les autres pour payer des fermages ou recevoir de l'argent. Madame Grandet et Eugénie furent donc obligées d'aller et de venir, de répondre aux interminables discours des ouvriers et des gens de la campagne. Nanon encaissait les redevances dans sa cuisine. Elle attendait toujours les ordres de son maître pour savoir ce qui devait être gardé pour la maison ou vendu au marché. L'habitude du bonhomme était, comme celle d'un grand nombre de

gentilshommes campagnards, de boire son mauvais vin
et de manger ses fruits gâtés. Vers cinq heures du soir,
Grandet revint d'Angers, ayant eu quatorze mille francs
de son or, et tenant dans son portefeuille des bons royaux
qui lui portaient intérêt jusqu'au jour où il aurait à
payer ses rentes. Il avait laissé Cornoiller à Angers, pour
y soigner les chevaux à demi fourbus, et les ramener
lentement après les avoir bien fait reposer.

— Je reviens d'Angers, ma femme, dit-il. J'ai faim.

Nanon lui cria de la cuisine :

— Est-ce que vous n'avez rien mangé depuis hier ?

— Rien, répondit le bonhomme.

Nanon apporta la soupe. Des Grassins vint prendre
les ordres de son client au moment où la famille était à
table. Le père Grandet n'avait seulement pas vu son neveu.

— Mangez tranquillement, Grandet, dit le banquier.
Nous causerons. Savez-vous ce que vaut l'or à Angers,
où l'on en est venu chercher pour Nantes ? Je vais en
envoyer.

— N'en envoyez pas, répondit le bonhomme, il y en
a déjà suffisamment. Nous sommes trop bons amis pour
que je ne vous évite pas une perte de temps.

— Mais l'or y vaut treize francs cinquante centimes.

— Dites donc valait.

— D'où diable en serait-il venu ?

— Je suis allé cette nuit à Angers, lui répondit Grandet
à voix basse.

Le banquier tressaillit de surprise. Puis une conversation s'établit entre eux d'oreille à oreille, pendant laquelle
des Grassins et Grandet regardèrent Charles à plusieurs
reprises. Au moment où sans doute l'ancien tonnelier
dit au banquier de lui acheter cent mille livres de rente,
des Grassins laissa derechef échapper un geste d'étonnement.

— Monsieur Grandet, dit-il à Charles, je pars pour
Paris ; et, si vous aviez des commissions à me donner...

— Aucune, monsieur. Je vous remercie, répondit
Charles.

— Remerciez-le mieux que ça, mon neveu. Monsieur
va pour arranger les affaires de la maison Guillaume
Grandet.

— Y aurait-il donc quelque espoir ? demanda Charles.

— Mais, s'écria le tonnelier avec un orgueil bien joué,
n'êtes-vous pas mon neveu ? votre honneur est le nôtre.
Ne vous nommez-vous pas Grandet ?

Charles se leva, saisit le père Grandet, l'embrassa, pâlit et sortit. Eugénie contemplait son père avec admiration.

— Allons, adieu, mon bon des Grassins, tout à vous, et emboisez-moi bien ces gens-là! Les deux diplomates se donnèrent une poignée de main, l'ancien tonnelier reconduisit le banquier jusqu'à la porte; puis, après l'avoir fermée, il revint et dit à Nanon en se plongeant dans son fauteuil : « Donne-moi du cassis! » Mais trop ému pour rester en place, il se leva, regarda le portrait de M. de La Bertellière et se mit à chanter, en faisant ce que Nanon appelait des pas de danse :

> Dans les gardes françaises
> J'avais un bon papa.

Nanon, madame Grandet, Eugénie s'examinèrent mutuellement en silence. La joie du vigneron les épouvantait toujours quand elle arrivait à son apogée. La soirée fut bientôt finie. D'abord le père Grandet voulut se coucher de bonne heure; et, lorsqu'il se couchait, chez lui tout devait dormir, de même que, quand Auguste buvait, la Pologne était ivre. Puis Nanon, Charles et Eugénie n'étaient pas moins las que le maître. Quant à madame Grandet, elle dormait, mangeait, buvait, marchait suivant les désirs de son mari. Néanmoins, pendant les deux heures accordées à la digestion, le tonnelier, plus facétieux qu'il ne l'avait jamais été, dit beaucoup de ses apophthegmes particuliers, dont un seul donnera la mesure de son esprit. Quand il eut avalé son cassis, il regarda le verre.

— On n'a pas plus tôt mis les lèvres à un verre qu'il est déjà vide! Voilà notre histoire. On ne peut pas être et avoir été. Les écus ne peuvent pas rouler et rester dans votre bourse, autrement la vie serait trop belle.

Il fut jovial et clément. Lorsque Nanon vint avec son rouet : « Tu dois être lasse, lui dit-il. Laisse ton chanvre. »

— Ah! ben!... quien, je m'ennuierais, répondit la servante.

— Pauvre Nanon! Veux-tu du cassis?

— Ah! pour du cassis, je ne dis pas non; madame le fait ben mieux que les apothicaires. Celui qu'i vendent est de la drogue.

— Ils y mettent trop de sucre, ça ne sent plus rien, dit le bonhomme.

Le lendemain, la famille, réunie à huit heures pour le

déjeuner, offrit le tableau de la première scène d'une
intimité bien réelle. Le malheur avait promptement mis
en rapport madame Grandet, Eugénie et Charles ; Nanon
elle-même sympathisait avec eux sans le savoir. Tous
quatre commencèrent à faire une même famille. Quant
au vieux vigneron, son avarice satisfaite, et la certitude de
voir bientôt partir le mirliflor sans avoir à lui payer autre
chose que son voyage à Nantes, le rendirent presque
indifférent à sa présence au logis. Il laissa les deux enfants,
ainsi qu'il nomma Charles et Eugénie, libres de se
comporter comme bon leur semblerait sous l'œil de
madame Grandet, en laquelle il avait d'ailleurs une
entière confiance en ce qui concernait la morale publique
et religieuse. L'alignement de ses prés et des fossés
jouxtant la route, ses plantations de peupliers en Loire,
et les travaux d'hiver dans ses clos et à Froidfond l'occu-
pèrent exclusivement. Dès lors commença pour Eugénie
le primevère de l'amour. Depuis la scène de nuit pendant
laquelle la cousine donna son trésor au cousin, son cœur
avait suivi le trésor. Complices tous deux du même secret,
ils se regardaient en s'exprimant une mutuelle intelligence, qui approfondissait leurs sentiments et les leur
rendait mieux communs, plus intimes, en les mettant,
pour ainsi dire, tous deux en dehors de la vie ordinaire.
La parenté n'autorisait-elle pas une certaine douceur
dans l'accent, une tendresse dans les regards : aussi
Eugénie se plut-elle à endormir les souffrances de son
cousin dans les joies enfantines d'un naissant amour.
N'y a-t-il pas de gracieuses similitudes entre les commen-
cements de l'amour et ceux de la vie ? Ne berce-t-on pas
l'enfant par de doux chants et de gentils regards ? Ne lui
dit-on pas de merveilleuses histoires qui lui dorent l'avenir ? Pour lui l'espérance ne déploie-t-elle pas incessamment ses ailes radieuses ? Ne verse-t-il pas tour à tour
des larmes de joie et de douleur ? Ne se querelle-t-il
pas pour des riens, pour des cailloux avec lesquels il
essaie de se bâtir un mobile palais, pour des bouquets
aussitôt oubliés que coupés ? N'est-il pas avide de saisir
le temps, d'avancer dans la vie ? L'amour est notre
seconde transformation. L'enfance et l'amour furent
même chose entre Eugénie et Charles : ce fut la passion
première avec tous ses enfantillages, d'autant plus cares-
sants pour leurs cœurs qu'ils étaient enveloppés de mélancolie. En se débattant à sa naissance sous les crêpes du
deuil, cet amour n'en était d'ailleurs que mieux en har-

monie avec la simplicité provinciale de cette maison en
ruines. En échangeant quelques mots avec sa cousine
au bord du puits, dans cette cour muette; en restant
dans ce jardinet, assis sur un banc moussu jusqu'à l'heure
où le soleil se couchait, occupés à se dire de grands riens
ou recueillis dans le calme qui régnait entre le rempart
et la maison, comme on l'est sous les arcades d'une église,
Charles comprit la sainteté de l'amour; car sa grande
dame, sa chère Annette, ne lui en avait fait connaître que
les troubles orageux. Il quittait en ce moment la passion
parisienne, coquette, vaniteuse, éclatante, pour l'amour
pur et vrai. Il aimait cette maison dont les mœurs ne lui
semblèrent plus si ridicules. Il descendait dès le matin,
afin de pouvoir causer avec Eugénie quelques moments
avant que Grandet ne vînt donner les provisions; et,
quand les pas du bonhomme retentissaient dans les
escaliers, il se sauvait au jardin. La petite criminalité de
ce rendez-vous matinal, secret même pour la mère
d'Eugénie, et que Nanon faisait semblant de ne pas apercevoir, imprimait à l'amour le plus innocent du monde
la vivacité des plaisirs défendus. Puis, quand, après le
déjeuner, le père Grandet était parti pour aller voir ses
propriétés et ses exploitations, Charles demeurait entre
la mère et la fille, éprouvant des délices inconnues à
leur prêter les mains pour dévider du fil, à les voir travailler, à les entendre jaser. La simplicité de cette vie
presque monastique, qui lui révéla les beautés de ces âmes
auxquelles le monde était inconnu, le toucha vivement.
Il avait cru ces mœurs impossibles en France, et n'avait
admis leur existence qu'en Allemagne, encore n'était-ce
que fabuleusement et dans les romans d'Auguste Lafon-
taine. Bientôt pour lui Eugénie fut l'idéal de la Marguerite de Gœthe, moins la faute. Enfin de jour en jour ses
regards, ses paroles ravirent la pauvre fille, qui s'abandonna délicieusement au courant de l'amour; elle saisis-
sait sa félicité comme un nageur saisit la branche de
saule pour se tirer du fleuve et se reposer sur la rive. Les
chagrins d'une prochaine absence n'attristaient-ils pas
déjà les heures les plus joyeuses de ces fuyardes journées ?
Chaque jour un petit événement leur rappelait la prochaine séparation. Ainsi, trois jours après le départ de
des Grassins, Charles fut emmené par Grandet au Tribunal de Première Instance avec la solennité que les gens
de province attachent à de tels actes, pour y signer une
renonciation à la succession de son père. Répudiation

terrible! espèce d'apostasie domestique. Il alla chez maître
Cruchot faire faire deux procurations, l'une pour des
Grassins, l'autre pour l'ami chargé de vendre son mobi-
lier. Puis il fallut remplir les formalités nécessaires pour
obtenir un passeport à l'étranger. Enfin, quand arrivèrent
les simples vêtements de deuil que Charles avait demandés à Paris, il fit venir un tailleur de Saumur et lui vendit
sa garde-robe inutile. Cet acte plut singulièrement au
père Grandet.

— Ah! vous voilà comme un homme qui doit s'embarquer et qui veut faire fortune, lui dit-il en le voyant
vêtu d'une redingote de gros drap noir. Bien, très bien!

— Je vous prie de croire, monsieur, lui répondit
Charles, que je saurai bien avoir l'esprit de ma situation.

— Qu'est-ce que c'est que cela? dit le bonhomme
dont les yeux s'animèrent à la vue d'une poignée d'or que
lui montra Charles.

— Monsieur, j'ai réuni mes boutons, mes anneaux,
toutes les superfluités que je possède et qui pouvaient
avoir quelque valeur; mais, ne connaissant personne à
Saumur, je voulais vous prier ce matin de...

— De vous acheter cela? dit Grandet en l'interrompant.

— Non, mon oncle, de m'indiquer un honnête homme
qui...

— Donnez-moi cela, mon neveu; j'irai vous estimer
cela là-haut, et je reviendrai vous dire ce que cela vaut,
à un centime près. Or de bijou, dit-il en examinant une
longue chaîne, dix-huit à dix-neuf carats.

Le bonhomme tendit sa large main et emporta la
masse d'or.

— Ma cousine, dit Charles, permettez-moi de vous
offrir ces deux boutons, qui pourront vous servir à
attacher des rubans à vos poignets. Cela fait un bracelet
fort à la mode en ce moment.

— J'accepte sans hésiter, mon cousin, dit-elle en lui
jetant un regard d'intelligence.

— Ma tante, voici le dé de ma mère, je le gardais
précieusement dans ma toilette de voyage, dit Charles en
présentant un joli dé d'or à madame Grandet, qui depuis
dix ans en désirait un.

— Il n'y a pas de remerciements possibles, mon neveu,
dit la vieille mère, dont les yeux se mouillèrent de
larmes. Soir et matin dans mes prières j'ajouterai la plus
pressante de toutes pour vous, en disant celle des voya-
geurs. Si je mourais, Eugénie vous conserverait ce bijou.

— Cela vaut neuf cent quatre-vingt-neuf francs soixante-quinze centimes, mon neveu, dit Grandet en ouvrant la porte. Mais, pour vous éviter la peine de vendre cela, je vous en compterai l'argent... en livres.

Le mot en livres signifie sur le littoral de la Loire que les écus de six livres doivent être acceptés pour six francs sans déduction.

— Je n'osais vous le proposer, répondit Charles; mais il me répugnait de brocanter mes bijoux dans la ville que vous habitez. Il faut laver son linge sale en famille, disait Napoléon. Je vous remercie donc de votre complaisance. Grandet se gratta l'oreille, et il y eut un moment de silence.

— Mon cher oncle, reprit Charles en le regardant d'un air inquiet, comme s'il eût craint de blesser sa susceptibilité, ma cousine et ma tante ont bien voulu accepter un faible souvenir de moi; veuillez à votre tour agréer des boutons de manche qui me deviennent inutiles : ils vous rappelleront un pauvre garçon qui, loin de vous, pensera certes à ceux qui désormais seront toute sa famille.

— Mon garçon! mon garçon, faut pas te dénuer comme ça... Qu'as-tu donc, ma femme? dit-il en se tournant avec avidité vers elle, ah! un dé d'or. Et toi, fifille, tiens, des agrafes de diamants. Allons, je prends tes boutons, mon garçon, reprit-il en serrant la main de Charles. Mais... tu me permettras de... te payer... ton, oui... ton passage aux Indes. Oui, je veux te payer ton passage. D'autant, vois-tu, garçon, qu'en estimant tes bijoux, je n'en ai compté que l'or brut, il y a peut-être quelque chose à gagner sur les façons. Ainsi, voilà qui est dit. Je te donnerai quinze cents francs... en livres, que Cruchot me prêtera; car je n'ai pas un rouge liard ici, à moins que Perrotet, qui est en retard de son fermage, ne me le paie. Tiens, tiens, je vais l'aller voir.

Il prit son chapeau, mit ses gants et sortit.

— Vous vous en irez donc, dit Eugénie en lui jetant un regard de tristesse mêlée d'admiration.

— Il le faut, dit-il en baissant la tête.

Depuis quelques jours, le maintien, les manières, les paroles de Charles étaient devenus ceux d'un homme profondément affligé, mais qui, sentant peser sur lui d'immenses obligations, puise un nouveau courage dans son malheur. Il ne soupirait plus, il s'était fait homme. Aussi jamais Eugénie ne présuma-t-elle mieux du caractère de son cousin qu'en le voyant descendre dans ses habits de gros drap noir, qui allaient bien à sa figure

pâlie et à sa sombre contenance. Ce jour-là le deuil fut
pris par les deux femmes, qui assistèrent avec Charles à
un *Requiem* célébré à la paroisse pour l'âme de feu
Guillaume Grandet.

Au second déjeuner, Charles reçut des lettres de Paris,
et les lut.

— Hé! bien, mon cousin, êtes-vous content de vos
affaires? dit Eugénie à voix basse.

— Ne fais donc jamais de ces questions-là, ma fille,
répondit Grandet. Que diable, je ne te dis pas les miennes,
pourquoi fourres-tu le nez dans celles de ton cousin?
Laisse-le donc, ce garçon.

— Oh! je n'ai point de secrets, dit Charles.

— Ta, ta, ta, mon neveu, tu sauras qu'il faut tenir sa
langue en bride dans le commerce.

Quand les deux amants furent seuls dans le jardin,
Charles dit à Eugénie en l'attirant sur le vieux banc où ils
s'assirent sous le noyer : « J'avais bien présumé d'Alphonse, il s'est conduit à merveille. Il a fait mes affaires
avec prudence et loyauté. Je ne dois rien à Paris, tous
mes meubles sont bien vendus, et il m'annonce avoir,
d'après les conseils d'un capitaine au long cours, employé
trois mille francs qui lui restaient en une pacotille composée de curiosités européennes, desquelles on tire un
excellent parti aux Indes. Il a dirigé mes colis sur Nantes,
où se trouve un navire en charge pour Java. Dans cinq
jours, Eugénie, il faudra nous dire adieu pour toujours
peut-être, mais au moins pour longtemps. Ma pacotille
et dix mille francs que m'envoient deux de mes amis sont
un bien petit commencement. Je ne puis songer à mon
retour avant plusieurs années. Ma chère cousine, ne
mettez pas en balance ma vie et la vôtre, je puis périr,
peut-être se présentera-t-il pour vous un riche établisse-
ment...

— Vous m'aimez?... dit-elle.

— Oh! oui, bien, répondit-il avec une profondeur
d'accent qui révélait une égale profondeur dans le sentiment.

— J'attendrai, Charles. Dieu! mon père est à sa
fenêtre, dit-elle en repoussant son cousin, qui s'appro-
chait pour l'embrasser.

Elle se sauva sous la voûte, Charles l'y suivit; en
le voyant, elle se retira au pied de l'escalier et ouvrit la
porte battante; puis, sans trop savoir où elle allait,
Eugénie se trouva près du bouge de Nanon, à l'endroit

le moins clair du couloir; là Charles, qui l'avait accompagnée, lui prit la main, l'attira sur son cœur, la saisit par la taille, et l'appuya doucement sur lui. Eugénie ne résista plus, elle reçut et donna le plus pur, le plus suave, mais aussi le plus entier de tous les baisers.

— Chère Eugénie, un cousin est mieux qu'un frère, il peut t'épouser, lui dit Charles.

— Ainsi soit-il! cria Nanon en ouvrant la porte de son taudis.

Les deux amants, effrayés, se sauvèrent dans la salle, où Eugénie reprit son ouvrage, et où Charles se mit à lire les litanies de la Vierge dans le paroissien de madame Grandet.

— Quien! dit Nanon, nous faisons tous nos prières.

Dès que Charles eut annoncé son départ, Grandet se mit en mouvement pour faire croire qu'il lui portait beaucoup d'intérêt; il se montra libéral de tout ce qui ne coûtait rien, s'occupa de lui trouver un emballeur, et dit que cet homme prétendait vendre ses caisses trop cher; il voulut alors à toute force les faire lui-même, et y employa de vieilles planches; il se leva dès le matin pour raboter, ajuster, planer, clouer ses voliges et en confectionner de très belles caisses, dans lesquelles il emballa tous les effets de Charles; il se chargea de les faire descendre par bateau sur la Loire, de les assurer, et de les expédier en temps utile à Nantes.

Depuis le baiser pris dans le couloir, les heures s'enfuyaient pour Eugénie avec une effrayante rapidité. Parfois elle voulait suivre son cousin. Celui qui a connu la plus attachante des passions, celle dont la durée est chaque jour abrégée par l'âge, par le temps, par une maladie mortelle, par quelques-unes des fatalités humaines, celui-là comprendra les tourments d'Eugénie. Elle pleurait souvent en se promenant dans ce jardin, maintenant trop étroit pour elle, ainsi que la cour, la maison, la ville : elle s'élançait par avance sur la vaste étendue des mers. Enfin la veille du départ arriva. Le matin, en l'absence de Grandet et de Nanon, le précieux coffret où se trouvaient les deux portraits fut solennellement installé dans le seul tiroir du bahut qui fermait à clef, et où était la bourse maintenant vide. Le dépôt de ce trésor n'alla pas sans bon nombre de baisers et de larmes. Quand Eugénie mit la clef dans son sein, elle n'eut pas le courage de défendre à Charles d'y baiser la place.

— Elle ne sortira pas de là, mon ami.

— Eh! bien, mon cœur y sera toujours aussi.

— Ah! Charles, ce n'est pas bien, dit-elle d'un accent peu grondeur.

— Ne sommes-nous pas mariés? répondit-il; j'ai ta parole, prends la mienne.

— A toi, pour jamais! fut dit deux fois de part et d'autre.

Aucune promesse faite sur cette terre ne fut plus pure : la candeur d'Eugénie avait momentanément sanctifié l'amour de Charles. Le lendemain matin le déjeuner fut triste. Malgré la robe d'or et une croix à la Jeannette que lui donna Charles, Nanon elle-même, libre d'exprimer ses sentiments, eut la larme à l'œil.

— Ce pauvre mignon monsieur, qui s'en va sur mer. Que Dieu le conduise.

A dix heures et demie, la famille se mit en route pour accompagner Charles à la diligence de Nantes. Nanon avait lâché le chien, fermé la porte, et voulut porter le sac de nuit de Charles. Tous les marchands de la vieille rue étaient sur le seuil de leurs boutiques pour voir passer ce cortège, auquel se joignit sur la place maître Cruchot.

— Ne va pas pleurer, Eugénie, lui dit sa mère.

— Mon neveu, dit Grandet sous la porte de l'auberge, en embrassant Charles sur les deux joues, partez pauvre, revenez riche, vous trouverez l'honneur de votre père sauf. Je vous en réponds, moi, Grandet; car, alors, il ne tiendra qu'à vous de...

— Ah! mon oncle, vous adoucissez l'amertume de mon départ. N'est-ce pas le plus beau présent que vous puissiez me faire?

Ne comprenant pas les paroles du vieux tonnelier, qu'il avait interrompu, Charles répandit sur le visage tanné de son oncle des larmes de reconnaissance, tandis qu'Eugénie serrait de toutes ses forces la main de son cousin et celle de son père. Le notaire seul souriait en admirant la finesse de Grandet, car lui seul avait bien compris le bonhomme. Les quatre Saumurois, environnés de plusieurs personnes, restèrent devant la voiture jusqu'à ce qu'elle partît; puis, quand elle disparut sur le pont et ne retentit plus que dans le lointain : « Bon voyage! » dit le vigneron. Heureusement maître Cruchot fut le seul qui entendit cette exclamation. Eugénie et sa mère étaient allées à un endroit du quai d'où elles pouvaient encore

voir la diligence, et agitaient leurs mouchoirs blancs,
signe auquel répondit Charles en déployant le sien.

— Ma mère, je voudrais avoir pour un moment la
puissance de Dieu, dit Eugénie au moment où elle ne vit
plus le mouchoir de Charles.

Pour ne point interrompre le cours des événements qui
se passèrent au sein de la famille Grandet, il est nécessaire de jeter par anticipation un coup d'œil sur les opérations que le bonhomme fit à Paris par l'entremise de
des Grassins. Un mois après le départ du banquier, Grandet possédait une inscription de cent mille livres de rente
achetée à quatre-vingt francs net. Les renseignements
donnés à sa mort par son inventaire n'ont jamais fourni
la moindre lumière sur les moyens que sa défiance lui
suggéra pour échanger le prix de l'inscription contre
l'inscription elle-même. Maître Cruchot pensa que Nanon
fut, à son insu, l'intrument fidèle du transport des fonds.
Vers cette époque, la servante fit une absence de cinq
jours, sous prétexte d'aller ranger quelque chose à
Froidfond, comme si le bonhomme était capable de laisser
traîner quelque chose. En ce qui concerne les affaires de
la maison Guillaume Grandet, toutes les prévisions du
tonnelier se réalisèrent.

A la Banque de France se trouvent, comme chacun
sait, les renseignements les plus exacts sur les grandes
fortunes de Paris et des départements. Les noms de des
Grassins et de Félix Grandet de Saumur y étaient connus
et y jouissaient de l'estime accordée aux célébrités finan-
cières qui s'appuient sur d'immenses propriétés terri-
toriales libres d'hypothèques. L'arrivée du banquier de
Saumur, chargé, disait-on, de liquider par honneur la
maison Grandet de Paris, suffit donc pour éviter à l'ombre
du négociant la honte des protêts. La levée des scellés se
fit en présence des créanciers, et le notaire de la famille
se mit à procéder régulièrement à l'inventaire de la succession. Bientôt des Grassins réunit les créanciers, qui,
d'une voix unanime, élurent pour liquidateurs le banquier
de Saumur, conjointement avec François Keller, chef
d'une riche maison, l'un des principaux intéressés, et leur
conférèrent tous les pouvoirs nécessaires pour sauver à la
fois l'honneur de la famille et les créances. Le crédit du
Grandet de Saumur, l'espérance qu'il répandit au cœur
des créanciers par l'organe de des Grassins, facilitèrent
les transactions; il ne se rencontra pas un seul récalci-
trant parmi les créanciers. Personne ne pensait à passer

sa créance au compte de Profits et Pertes, et chacun se disait : « Grandet de Saumur paiera! » Six mois s'écoulèrent. Les Parisiens avaient remboursé les effets en circulation et les conservaient au fond de leurs portefeuilles. Premier résultat que voulait obtenir le tonnelier. Neuf mois après la première assemblée, les deux liquidateurs distribuèrent quarante-sept pour cent à chaque créancier. Cette somme fut produite par la vente des valeurs, possessions, biens et choses généralement quelconques appartenant à feu Guillaume Grandet, et qui fut faite avec une fidélité scrupuleuse. La plus exacte probité présidait à cette liquidation. Les créanciers se plurent à reconnaître l'admirable et incontestable honneur des Grandet. Quand ces louanges eurent circulé convenablement, les créanciers demandèrent le reste de leur argent. Il leur fallut écrire une lettre collective à Grandet.

— Nous y voilà, dit l'ancien tonnelier en jetant la lettre au feu; patience, mes petits amis.

En réponse aux propositions contenues dans cette lettre, Grandet de Saumur demanda le dépôt chez un notaire de tous les titres de créance existants contre la succession de son frère, en les accompagnant d'une quittance des paiements déjà faits, sous prétexte d'apurer les comptes, et de correctement établir l'état de la succession. Ce dépôt souleva mille difficultés. Généralement, le créancier est une sorte de maniaque. Aujourd'hui prêt à conclure, demain il veut tout mettre à feu et à sang; plus tard il se fait ultra-débonnaire. Aujourd'hui sa femme est de bonne humeur, son petit dernier a fait ses dents, tout va bien au logis, il ne veut pas perdre un sou; demain il pleut, il ne peut pas sortir, il est mélancolique, il dit oui à toutes les propositions qui peuvent terminer une affaire; le surlendemain il lui faut des garanties, à la fin du mois il prétend vous exécuter, le bourreau! Le créancier ressemble à ce moineau franc à la queue duquel on engage les petits enfants à tâcher de poser un grain de sel; mais le créancier rétorque cette image contre sa créance, de laquelle il ne peut rien saisir. Grandet avait observé les variations atmosphériques des créanciers, et ceux de son frère obéirent à tous ses calculs. Les uns se fâchèrent et se refusèrent *net* au dépôt. — Bon! ça va bien, disait Grandet en se frottant les mains à la lecture des lettres que lui écrivait à ce sujet des Grassins. Quelques autres ne consentirent audit dépôt que sous la condition de faire bien constater leurs droits, ne renoncer

à aucuns, et se réserver même celui de faire déclarer la
faillite. Nouvelle correspondance, après laquelle Grandet
de Saumur consentit à toutes les réserves demandées.
Moyennant cette concession, les créanciers bénins
firent entendre raison aux créanciers durs. Le dépôt
eut lieu, non sans quelques plaintes. — Ce bonhomme,
dit-on à des Grassins, se moque de vous et de nous.
Vingt-trois mois après la mort de Guillaume Grandet,
beaucoup de commerçants, entraînés par le mouvement
des affaires de Paris, avaient oublié leurs recouvrements
Grandet, ou n'y pensaient que pour se dire : « Je commence à croire que les quarante-sept pour cent sont tout
ce que je tirerai de cela ». Le tonnelier avait calculé sur la
puissance du temps, qui, disait-il, est un bon diable. A la
fin de la troisième année, des Grassins écrivit à Grandet
que, moyennant dix pour cent des deux millions quatre
cent mille francs restant dus par la maison Grandet,
il avait amené les créanciers à lui rendre leurs titres.
Grandet répondit que le notaire et l'agent de change
dont les épouvantables faillites avaient causé la mort
de son frère, vivaient, *eux!* pouvaient être devenus bons,
et qu'il fallait les actionner afin d'en tirer quelque chose
et diminuer le chiffre du déficit. A la fin de la quatrième
année, le déficit fut bien et dûment arrêté à la somme
de douze cent mille francs. Il y eut des pourparlers qui
durèrent six mois entre les liquidateurs et les créanciers,
entre Grandet et les liquidateurs. Bref, vivement pressé
de s'exécuter, Grandet de Saumur répondit aux deux
liquidateurs, vers le neuvième mois de cette année, que
son neveu, qui avait fait fortune aux Indes, lui avait
manifesté l'intention de payer intégralement les dettes
de son père; il ne pouvait pas prendre sur lui de les
solder frauduleusement sans l'avoir consulté; il attendait une réponse. Les créanciers, vers le milieu de la
cinquième année, étaient encore tenus en échec avec le
mot *intégralement*, de temps en temps lâché par le
sublime tonnelier, qui riait dans sa barbe, et ne disait
jamais, sans laisser échapper un fin sourire et un juron,
le mot : « Ces Parisiens! » Mais les créanciers furent
réservés à un sort inouï dans les fastes du commerce.
Ils se retrouveront dans la position où les avait maintenus Grandet au moment où les événements de cette
histoire les obligeront à y reparaître. Quand les rentes
atteignirent à 115, le père Grandet vendit, retira de
Paris environ deux millions quatre cent mille francs en

or, qui rejoignirent dans ses barillets les six cent mille
francs d'intérêts composés que lui avaient donnés ses
inscriptions. Des Grassins demeurait à Paris. Voici
pourquoi. D'abord il fut nommé député; puis il
s'amouracha, lui père de famille, mais ennuyé par
l'ennuyeuse vie saumuroise, de Florine, une des plus
jolies actrices du théâtre de Madame, et il y eut recru-
descence du quartier-maître chez le banquier. Il est
inutile de parler de sa conduite; elle fut jugée à Saumur
profondément immorale. Sa femme se trouva très
heureuse d'être séparée de biens et d'avoir assez de tête
pour mener la maison de Saumur, dont les affaires se
continuèrent sous son nom, afin de réparer les brèches
faites à sa fortune par les folies de monsieur des Grassins.
Les Cruchotins empiraient si bien la situation fausse de
la quasi-veuve, qu'elle maria fort mal sa fille, et dut
renoncer à l'alliance d'Eugénie Grandet pour son fils.
Adolphe rejoignit des Grassins à Paris, et y devint, dit-
on, un fort mauvais sujet. Les Cruchot triomphèrent.

— Votre mari n'a pas de bon sens, disait Grandet en
prêtant une somme à madame des Grassins, moyennant
sûretés. Je vous plains beaucoup, vous êtes une bonne
petite femme.

— Ah! monsieur, répondit la pauvre dame, qui pouvait croire que le jour où il partit de chez vous pour aller
à Paris, il courait à sa ruine.

— Le ciel m'est témoin, madame, que j'ai tout fait
jusqu'au dernier moment pour l'empêcher d'y aller.
Monsieur le président voulait à toute force l'y remplacer;
et, s'il tenait tant à s'y rendre, nous savons maintenant
pourquoi.

Ainsi Grandet n'avait aucune obligation à des Grassins.

En toute situation, les femmes ont plus de causes de
douleur que n'en a l'homme, et souffrent plus que lui.
L'homme a sa force, et l'exercice de sa puissance : il agit,
il va, il s'occupe, il pense, il embrasse l'avenir et y trouve
des consolations. Ainsi faisait Charles. Mais la femme
demeure, elle reste face à face avec le chagrin dont rien
ne la distrait, elle descend jusqu'au fond de l'abîme qu'il
a ouvert, le mesure et souvent le comble de ses vœux et
de ses larmes. Ainsi faisait Eugénie. Elle s'initiait à sa
destinée. Sentir, aimer, souffrir, se dévouer, sera toujours
le texte de la vie des femmes. Eugénie devait être toute
la femme, moins ce qui la console. Son bonheur, amassé

comme les clous semés sur la muraille, suivant la sublime
expression de Bossuet, ne devait pas un jour lui remplir
le creux de la main. Les chagrins ne se font jamais
attendre, et pour elle ils arrivèrent bientôt. Le lendemain
du départ de Charles, la maison Grandet reprit sa physionomie pour tout le monde, excepté pour Eugénie, qui
la trouva tout à coup bien vide. A l'insu de son père, elle
voulut que la chambre de Charles restât dans l'état où il
l'avait laissée. Madame Grandet et Nanon furent volontiers complices de ce *statu quo*.

— Qui sait s'il ne reviendra pas plus tôt que nous ne
le croyons ? dit-elle.

— Ah ! je le voudrais voir ici, répondit Nanon. Je
m'accoutumais ben à lui ! C'était un ben doux, un ben
parfait monsieur, quasiment joli, moutonné comme une
fille. Eugénie regarda Nanon. — Sainte Vierge, mademoiselle, vous avez les yeux à la perdition de votre âme ! Ne
regardez donc pas le monde comme ça.

Depuis ce jour, la beauté de mademoiselle Grandet
prit un nouveau caractère. Les graves pensées d'amour
par lesquelles son âme était lentement envahie, la dignité
de la femme aimée donnèrent à ses traits cette espèce
d'éclat que les peintres figurent par l'auréole. Avant la
venue de son cousin, Eugénie pouvait être comparée à la
Vierge avant la conception ; quand il fut parti elle ressemblait à la Vierge mère : elle avait conçu l'amour. Ces deux
Maries, si différentes et si bien représentées par quelques
peintres espagnols, constituent l'une des plus brillantes
figures qui abondent dans le christianisme. En revenant
de la messe, où elle alla le lendemain du départ de
Charles, et où elle avait fait vœu d'aller tous les jours,
elle prit, chez le libraire de la ville, une mappemonde
qu'elle cloua près de son miroir, afin de suivre son cousin
dans sa route vers les Indes, afin de pouvoir se mettre
un peu, soir et matin, dans le vaisseau qui l'y transpor-
tait, de le voir, de lui adresser mille questions, de lui
dire : « Es-tu bien ? ne souffres-tu pas ? penses-tu bien
à moi, en voyant cette étoile dont tu m'as appris à
connaître les beautés et l'usage ? » Puis, le matin, elle
restait pensive sous le noyer, assise sur le banc de bois
rongé par les vers et garni de mousse grise où ils s'étaient
dit tant de bonnes choses, de niaiseries, où ils avaient
bâti les châteaux en Espagne de leur joli ménage. Elle
pensait à l'avenir en regardant le ciel par le petit espace
que les murs lui permettaient d'embrasser ; puis le vieux

pan de muraille, et le toit sous lequel était la chambre de Charles. Enfin ce fut l'amour solitaire, l'amour vrai qui persiste, qui se glisse dans toutes les pensées, et devient la substance, ou, comme eussent dit nos pères, l'étoffe de la vie. Quand les soi-disant amis du père Grandet venaient faire la partie le soir, elle était gaie, elle dissimulait; mais, pendant toute la matinée, elle causait de Charles avec sa mère et Nanon. Nanon avait compris qu'elle pouvait compatir aux souffrances de sa jeune maîtresse sans manquer à ses devoirs envers son vieux patron, elle qui disait à Eugénie: «Si j'avais eu un homme à moi, je l'aurais... suivi dans l'enfer. Je l'aurais... quoi... Enfin, j'aurais voulu m'exterminer pour lui; mais... rin. Je mourrai sans savoir ce que c'est que la vie. Croiriez-vous, mademoiselle, que ce vieux Cornoiller, qu'est un bon homme tout de même, tourne autour de ma jupe, rapport à mes rentes, tout comme ceux qui viennent ici flairer le magot de monsieur, en vous faisant la cour? Je vois ça, parce que je suis encore fine, quoique je sois grosse comme une tour; hé! bien, mam'zelle, ça me fait plaisir, quoique ça ne soye pas de l'amour.»

Deux mois se passèrent ainsi. Cette vie domestique, jadis si monotone, s'était animée par l'immense intérêt du secret qui liait plus intimement ces trois femmes. Pour elles, sous les planchers grisâtres de cette salle, Charles vivait, allait, venait encore. Soir et matin Eugénie ouvrait la toilette et contemplait le portrait de sa tante. Un dimanche matin elle fut surprise par sa mère au moment où elle était occupée à chercher les traits de Charles dans ceux du portrait. Madame Grandet fut alors initiée au terrible secret de l'échange fait par le voyageur contre le trésor d'Eugénie.

— Tu lui as tout donné, dit la mère épouvantée. Que diras-tu donc à ton père, au jour de l'an, quand il voudra voir ton or?

Les yeux d'Eugénie devinrent fixes, et ces deux femmes demeurèrent dans un effroi mortel pendant la moitié de la matinée. Elles furent assez troublées pour manquer la grand-messe, et n'allèrent qu'à la messe militaire. Dans trois jours l'année 1819 finissait. Dans trois jours devait commencer une terrible action, une tragédie bourgeoise sans poison, ni poignard, ni sang répandu; mais, relativement aux acteurs, plus cruelle que tous les drames accomplis dans l'illustre famille des Atrides.

— Qu'allons-nous devenir ? dit madame Grandet à sa
fille en laissant son tricot sur ses genoux.

La pauvre mère subissait de tels troubles depuis
deux mois que les manches de laine dont elle avait besoin
pour son hiver n'étaient pas encore finies. Ce fait domestique, minime en apparence, eut de tristes résultats pour
elle. Faute de manches, le froid la saisit d'une façon
fâcheuse au milieu d'une sueur causée par une épouvantable colère de son mari.

— Je pensais, ma pauvre enfant, que, si tu m'avais
confié ton secret, nous aurions eu le temps d'écrire à
Paris à monsieur des Grassins. Il aurait pu nous envoyer
des pièces d'or semblables aux tiennes ; et, quoique
Grandet les connaisse bien, peut-être...

— Mais où donc aurions-nous pris tant d'argent ?

— J'aurais engagé mes propres. D'ailleurs monsieur des
Grassins nous eût bien...

— Il n'est plus temps, répondit Eugénie d'une voix
sourde et altérée en interrompant sa mère. Demain matin
ne devons-nous pas aller lui souhaiter la bonne année dans
sa chambre ?

— Mais, ma fille, pourquoi n'irais-je donc pas voir
les Cruchot ?

— Non, non, ce serait me livrer à eux et nous mettre
sous leur dépendance. D'ailleurs j'ai pris mon parti.
J'ai bien fait, je ne me repens de rien. Dieu me proté-
gera. Que sa sainte volonté se fasse. Ah ! si vous aviez lu
sa lettre, vous n'auriez pensé qu'à lui, ma mère.

Le lendemain matin, premier janvier 1820, la terreur
flagrante à laquelle la mère et la fille étaient en proie leur
suggéra la plus naturelle des excuses pour ne pas venir
solennellement dans la chambre de Grandet. L'hiver de
1819 à 1820 fut un des plus rigoureux de l'époque. La
neige encombrait les toits.

Madame Grandet dit à son mari, dès qu'elle l'entendit
se remuant dans sa chambre : Grandet, fais donc allumer par Nanon un peu de feu chez moi ; le froid est si vif
que je gèle sous ma couverture. Je suis arrivée à un âge
où j'ai besoin de ménagements. D'ailleurs, reprit-elle
après une légère pause, Eugénie viendra s'habiller là.
Cette pauvre fille pourrait gagner une maladie à faire
sa toilette chez elle par un temps pareil. Puis nous irons
te souhaiter le bon an près du feu, dans la salle. »

— Ta, ta, ta, ta, quelle langue ! comme tu commences
l'année, madame Grandet ? Tu n'as jamais tant parlé.

Cependant tu n'as pas mangé de pain trempé dans du vin, je pense. Il y eut un moment de silence. Eh! bien, reprit le bonhomme, que sans doute la proposition de sa femme arrangeait, je vais faire ce que vous voulez, madame Grandet. Tu es vraiment une bonne femme, et je ne veux pas qu'il t'arrive malheur à l'échéance de ton âge, quoique en général les La Bertellière soient faits de vieux ciment. Hein! pas vrai? cria-t-il après une pause. Enfin, nous en avons hérité, je leur pardonne. Et il toussa.

— Vous êtes gai ce matin, monsieur, dit gravement la pauvre femme.

— Toujours gai, moi...

> Gai, gai, gai, le tonnelier,
> Raccommodez votre cuvier!

ajouta-t-il en entrant chez sa femme tout habillé. Oui, nom d'un petit bonhomme, il fait solidement froid tout de même. Nous déjeunerons bien, ma femme. Des Grassins m'a envoyé un pâté de foies gras truffés! Je vais aller le chercher à la diligence. Il doit y avoir joint un double napoléon pour Eugénie, vint lui dire le tonnelier à l'oreille. Je n'ai plus d'or, ma femme. J'avais bien encore quelques vieilles pièces, je puis te dire cela à toi; mais il a fallu les lâcher pour les affaires. Et, pour célébrer le premier jour de l'an, il l'embrassa sur le front.

— Eugénie, cria la bonne mère, je ne sais sur quel côté ton père a dormi; mais il est bon homme, ce matin. Bah! nous nous en tirerons.

— Quoi qu'il a donc, notre maître? dit Nanon en entrant chez sa maîtresse pour y allumer du feu. D'abord, il m'a dit : « Bon jour, bon an, grosse bête! Va faire du feu chez ma femme, elle a froid. » Ai-je été sotte quand je l'ai vu me tendant la main pour me donner un écu de six francs qui n'est quasi point rogné du tout! Tenez, madame, regardez-le donc? Oh! le brave homme. C'est un digne homme, tout de même. Il y en a qui, pus y deviennent vieux, pus y durcissent; mais lui, il se fait doux comme votre cassis, et y rabonit. C'est un ben parfait, un ben bon homme...

Le secret de cette joie était dans une entière réussite de la spéculation de Grandet. Monsieur des Grassins, après avoir déduit les sommes que lui devait le tonnelier pour l'escompte des cent cinquante mille francs d'effets hollandais, et pour le surplus qu'il lui avait avancé afin de compléter l'argent nécessaire à l'achat des cent mille

livres de rente, lui envoyait, par la diligence, trente
mille francs en écus, restant sur le semestre de ses
intérêts, et lui avait annoncé la hausse des fonds publics.
Ils étaient alors à 89, les plus célèbres capitalistes en
achetaient, fin janvier, à 92. Grandet gagnait, depuis deux
mois, douze pour cent sur ses capitaux, il avait apuré ses
comptes, et allait désormais toucher cinquante mille
francs tous les six mois sans avoir à payer ni impositions,
ni réparations. Il concevait enfin la rente, placement pour
lequel les gens de province manifestent une répugnance
invincible, et il se voyait, après cinq ans, maître d'un
capital de six millions grossi sans beaucoup de soins, et
qui, joint à la valeur territoriale de ses propriétés, compo-
serait une fortune colossale. Les six francs donnés à
Nanon étaient peut-être le solde d'un immense service
que la servante avait à son insu rendu à son maître.

— Oh! oh! où va donc le père Grandet, qu'il court
dès le matin comme au feu? se dirent les marchands
occupés à ouvrir leurs boutiques. Puis, quand ils le virent
revenant du quai suivi d'un facteur des Messageries
transportant sur une brouette des sacs pleins : « L'eau va
toujours à la rivière, le bonhomme allait à ses écus, disait
l'un. — Il lui en vient de Paris, de Froidfond, de Hollande! disait un autre. — Il finira par acheter Saumur,
s'écriait un troisième. — Il se moque du froid, il est
toujours à son affaire, disait une femme à son mari. — Eh!
eh! monsieur Grandet, si ça vous gênait, lui dit un
marchand de drap, son plus proche voisin, je vous en
débarrasserais.

— Ouin! ce sont des sous, répondit le vigneron.

— D'argent, dit le facteur à voix basse.

— Si tu veux que je te soigne, mets une bride à ta
margoulette, dit le bonhomme au facteur en ouvrant sa
porte.

— Ah! le vieux renard, je le croyais sourd, pensa le
facteur; il paraît que quand il fait froid il entend.

— Voilà vingt sous pour tes étrennes, et *motus!* Détale!
lui dit Grandet. Nanon te reportera ta brouette. — Nanon,
les linottes sont-elles à la messe?

— Oui, monsieur.

— Allons, haut la patte! à l'ouvrage, cria-t-il en la
chargeant de sacs. En un moment les écus furent trans-
portés dans sa chambre où il s'enferma. Quand le déjeuner
sera prêt, tu me cogneras au mur. Reporte la brouette
aux Messageries.

La famille ne déjeuna qu'à dix heures.

— Ici ton père ne demandera pas à voir ton or, dit madame Grandet à sa fille en rentrant de la messe. D'ailleurs tu feras la frileuse. Puis nous aurons le temps de remplir ton trésor pour le jour de ta naissance...

Grandet descendit l'escalier en pensant à métamorphoser promptement ses écus parisiens en bon or et à son admirable spéculation des rentes sur l'État. Il était décidé à placer ainsi ses revenus jusqu'à ce que la rente atteignît le taux de cent francs. Méditation funeste à Eugénie. Aussitôt qu'il entra, les deux femmes lui souhaitèrent une bonne année, sa fille en lui sautant au cou et le câlinant, madame Grandet gravement et avec dignité.

— Ah! ah! mon enfant, dit-il en baisant sa fille sur les joues, je travaille pour toi, vois-tu?... je veux ton bonheur. Il faut de l'argent pour être heureux. Sans argent, bernique. Tiens, voilà un Napoléon tout neuf, je l'ai fait venir de Paris. Nom d'un petit bonhomme, il n'y a pas un grain d'or ici. Il n'y a que toi qui as de l'or. Montre-moi ton or, fifille.

— Bah! il fait trop froid; déjeunons, lui répondit Eugénie.

— Hé! bien, après, hein? Ça nous aidera tous à digérer. Ce gros des Grassins, il nous a envoyé ça tout de même, reprit-il. Ainsi mangez, mes enfants, ça ne nous coûte rien. Il va bien des Grassins, je suis content de lui. Le merluchon rend service à Charles, et gratis encore. Il arrange très bien les affaires de ce pauvre défunt Grandet. — Ououh! ououh! fit-il, la bouche pleine, après une pause, cela est bon! Manges-en donc, ma femme! ça nourrit au moins pour deux jours.

— Je n'ai pas faim. Je suis toute malingre, tu le sais bien.

— Ah! ouin! Tu peux te bourrer sans crainte de faire crever ton coffre; tu es une La Bertellière, une femme solide. Tu es bien un petit brin jaunette, mais j'aime le jaune.

L'attente d'une mort ignominieuse et publique est moins horrible peut-être pour un condamné que ne l'était pour madame Grandet et pour sa fille l'attente des événements qui devaient terminer ce déjeuner de famille. Plus gaiement parlait et mangeait le vieux vigneron, plus le cœur de ces deux femmes se serrait. La fille avait néanmoins un appui dans cette conjoncture : elle puisait de la force en son amour.

— Pour lui, pour lui, se disait-elle, je souffrirais mille
morts.

A cette pensée, elle jetait à sa mère des regards flam-
boyants de courage.

— Ote tout cela, dit Grandet à Nanon quand, vers
onze heures, le déjeuner fut achevé; mais laisse-nous la
table. Nous serons plus à l'aise pour voir ton petit trésor,
dit-il en regardant Eugénie. Petit, ma foi, non. Tu
possèdes, valeur intrinsèque, cinq mille neuf cent cinquante-neuf francs, et quarante de ce matin, cela fait
six mille francs moins un. Eh! bien, je te donnerai,
moi, ce franc pour compléter la somme, parce que, vois-
tu, fifille... Hé! bien, pourquoi nous écoutes-tu? Montre-
moi tes talons, Nanon, et va faire ton ouvrage, dit le bonhomme. Nanon disparut. — Écoute, Eugénie, il faut que
tu me donnes ton or. Tu ne le refuseras pas à ton pépère,
ma petite fifille, hein? Les deux femmes étaient muettes.
— Je n'ai plus d'or, moi. J'en avais, je n'en ai plus. Je te
rendrai six mille francs en livres, et tu vas les placer
comme je vais te le dire. Il ne faut plus penser au douzain.
Quand je te marierai, ce qui sera bientôt, je te trouverai
un futur qui pourra t'offrir le plus beau douzain dont
on aura jamais parlé dans la province. Écoute donc,
fifille. Il se présente une belle occasion : tu peux mettre
tes six mille francs dans le gouvernement, et tu en auras
tous les six mois près de ceux cents francs d'intérêts,
sans impôts, ni réparations, ni grêle, ni gelée, ni marée,
ni rien de ce qui tracasse les revenus. Tu répugnes peut-
être à te séparer de ton or, hein, fifille? Apporte-le-moi
tout de même. Je te ramasserai des pièces d'or, des hol-
landaises, des portugaises, des roupies du Mogol, des
génovines, et, avec celles que je te donnerai à tes fêtes, en
trois ans tu auras rétabli la moitié de ton joli petit trésor
en or. Que dis-tu, fifille? Lève donc le nez. Allons, va le
chercher, le mignon. Tu devrais me baiser sur les yeux
pour te dire ainsi des secrets et des mystères de vie et de
mort pour les écus. Vraiment les écus vivent et grouillent
comme des hommes : ça va, ça vient, ça sue, ça produit.

Eugénie se leva, mais, après avoir fait quelques pas
vers la porte, elle se retourna brusquement, regarda son
père en face et lui dit : « Je n'ai plus *mon* or. »

— Tu n'as plus ton or! s'écria Grandet en se dressant
sur ses jarrets comme un cheval qui entend tirer le canon
à dix pas de lui.

— Non, je ne l'ai plus.

— Tu te trompes, Eugénie.

— Non.

— Par la serpette de mon père!

Quand le tonnelier jurait ainsi, les planchers tremblaient.

— Bon saint bon Dieu! voilà madame qui pâlit, cria Nanon.

— Grandet, ta colère me fera mourir, dit la pauvre femme.

— Ta, ta, ta, ta, vous autres, vous ne mourez jamais dans votre famille! — Eugénie, qu'avez-vous fait de vos pièces? cria-t-il en fondant sur elle.

— Monsieur, dit la fille aux genoux de madame Grandet, ma mère souffre beaucoup. Voyez, ne la tuez pas.

Grandet fut épouvanté de la pâleur répandue sur le teint de sa femme, naguère si jaune.

— Nanon, venez m'aider à me coucher, dit la mère d'une voix faible. Je meurs.

Aussitôt Nanon donna le bras à sa maîtresse, autant en fit Eugénie, et ce ne fut pas sans des peines infinies qu'elles purent la monter chez elle, car elle tombait en défaillance de marche en marche. Grandet resta seul. Néanmoins, quelques moments après, il monta sept ou huit marches, et cria : « Eugénie, quand votre mère sera couchée, vous descendrez ».

— Oui, mon père.

Elle ne tarda pas à venir, après avoir rassuré sa mère.

— Ma fille, lui dit Grandet, vous allez me dire où est votre trésor.

— Mon père, si vous me faites des présents dont je ne sois pas entièrement maîtresse, reprenez-les, répondit froidement Eugénie en cherchant le napoléon sur la cheminée et le lui présentant.

Grandet saisit vivement le napoléon et le coula dans son gousset.

— Je crois bien que je ne te donnerai plus rien. Pas seulement ça! dit-il en faisant claquer l'ongle de son pouce sous sa maîtresse dent. Vous méprisez donc votre père, vous n'avez donc pas confiance en lui, vous ne savez donc pas ce que c'est qu'un père. S'il n'est pas tout pour vous, il n'est rien. Où est votre or?

— Mon père, je vous aime et vous respecte, malgré votre colère; mais je vous ferai fort humblement observer que j'ai vingt-deux ans. Vous m'avez assez souvent dit

que je suis majeure, pour que je le sache. J'ai fait de mon
argent ce qu'il m'a plu d'en faire, et soyez sûr qu'il est
bien placé...

— Où?

— C'est un secret inviolable, dit-elle. N'avez-vous pas
vos secrets?

— Ne suis-je pas le chef de ma famille, ne puis-je
avoir mes affaires?

— C'est aussi mon affaire.

— Cette affaire doit être mauvaise, si vous ne pouvez
pas la dire à votre père, mademoiselle Grandet.

— Elle est excellente, et je ne puis pas la dire à mon
père.

— Au moins quand avez-vous donné votre or? Eugénie
fit un signe de tête négatif. — Vous l'aviez encore le
jour de votre fête, hein? Eugénie, devenue aussi rusée
par amour que son père l'était par avarice, réitéra le même
signe de tête. — Mais l'on n'a jamais vu pareil entêtement,
ni vol pareil, dit Grandet d'une voix qui alla *crescendo* et
qui fit graduellement retentir la maison. Comment! ici,
dans ma propre maison, chez moi, quelqu'un aura pris
ton or! le seul or qu'il y avait! et je ne saurai pas qui?
L'or est une chose chère. Les plus honnêtes filles peuvent
faire des fautes, donner je ne sais quoi, cela se voit chez
les grands seigneurs et même chez les bourgeois, mais
donner de l'or, car vous l'avez donné à quelqu'un, hein?
Eugénie fut impassible. A-t-on vu pareille fille! Est-ce
moi qui suis votre père? Si vous l'avez placé, vous en avez
un reçu...

— Étais-je libre, oui ou non, d'en faire ce que bon me
semblait? Etait-ce à moi?

— Mais tu es un enfant.

— Majeure.

Abasourdi par la logique de sa fille, Grandet pâlit,
trépigna, jura; puis trouvant enfin des paroles, il cria:
« Maudit serpent de fille! ah! mauvaise graine, tu sais
bien que je t'aime, et tu en abuses. Elle égorge son père!
Pardieu, tu auras jeté notre fortune aux pieds de ce va-
nu-pieds qui a des bottes de maroquin. Par la serpette de
mon père, je ne peux pas te déshériter, nom d'un tonneau! mais je te maudis, toi, ton cousin, et tes enfants!
Tu ne verras rien arriver de bon de tout cela, entends-tu?
Si c'était à Charles, que... Mais, non, ce n'est pas possible.
Quoi! ce méchant mirliflor m'aurait dévalisé... » Il regarda
sa fille qui restait muette et froide. — Elle ne bougera

pas, elle ne sourcillera pas, elle est plus Grandet que je
ne suis Grandet. Tu n'as pas donné ton or pour rien, au
moins. Voyons, dis ? Eugénie regarda son père, en lui
jetant un regard ironique qui l'offensa. Eugénie, vous êtes
chez moi, chez votre père. Vous devez, pour y rester,
vous soumettre à ses ordres. Les prêtres vous ordonnent
de m'obéir. Eugénie baissa la tête. Vous m'offensez dans
ce que j'ai de plus cher, reprit-il, je ne veux vous voir
que soumise. Allez dans votre chambre. Vous y demeurerez jusqu'à ce que je vous permette d'en sortir. Nanon
vous y portera du pain et de l'eau. Vous m'avez entendu,
marchez !

Eugénie fondit en larmes et se sauva près de sa mère.
Après avoir fait un certain nombre de fois le tour de son
jardin dans la neige, sans s'apercevoir du froid, Grandet
se douta que sa fille devait être chez sa femme ; et, charmé
de la prendre en contravention à ses ordres, il grimpa les
escaliers avec l'agilité d'un chat, et apparut dans la
chambre de madame Grandet au moment où elle caressait
les cheveux d'Eugénie, dont le visage était plongé dans
le sein maternel.

— Console-toi, ma pauvre enfant, ton père s'apaisera.

— Elle n'a plus de père, dit le tonnelier. Est-ce bien
vous et moi, madame Grandet, qui avons fait une fille
désobéissante comme l'est celle-là ? Jolie éducation, et
religieuse surtout. Hé ! bien, vous n'êtes pas dans votre
chambre. Allons, en prison, en prison, mademoiselle.

— Voulez-vous me priver de ma fille, monsieur ? dit
madame Grandet en montrant un visage rougi par la
fièvre.

— Si vous la voulez garder, emportez-la, videz-moi
toutes deux la maison. Tonnerre, où est l'or, qu'est
devenu l'or ?

Eugénie se leva, lança un regard d'orgueil sur son père,
et rentra dans sa chambre, à laquelle le bonhomme donna
un tour de clef.

— Nanon, cria-t-il, éteins le feu de la salle. Et il vint
s'asseoir sur un fauteuil au coin de la cheminée de sa
femme, en lui disant : « Elle l'a donné sans doute à ce
misérable séducteur de Charles, qui n'en voulait qu'à
notre argent ».

Madame Grandet trouva, dans le danger qui menaçait
sa fille et dans son sentiment pour elle, assez de force
pour demeurer en apparence froide, muette et sourde.

— Je ne savais rien de tout ceci, répondit-elle en se

tournant du côté de la ruelle du lit pour ne pas subir les regards étincelants de son mari. Je souffre tant de votre violence, que si j'en crois mes pressentiments, je ne sortirai d'ici que les pieds en avant. Vous auriez dû m'épargner en ce moment, monsieur, moi qui ne vous ai jamais causé de chagrin, du moins, je le pense. Votre fille vous aime, je la crois innocente autant que l'enfant qui naît; ainsi ne lui faites pas de peine, révoquez votre arrêt. Le froid est bien vif, vous pouvez être cause de quelque grave maladie.

— Je ne la verrai ni ne lui parlerai. Elle restera dans sa chambre au pain et à l'eau jusqu'à ce qu'elle ait satisfait son père. Que diable, un chef de famille doit savoir où va l'or de sa maison. Elle possédait les seules roupies qui fussent en France peut-être, puis des génovines, des ducats de Hollande.

— Monsieur, Eugénie est notre unique enfant et quand même elle les aurait jetés à l'eau...

— A l'eau? cria le bonhomme, à l'eau! Vous êtes folle, madame Grandet. Ce que j'ai dit est dit, vous le savez. Si vous voulez avoir la paix au logis, confessez votre fille, tirez-lui les vers du nez? les femmes s'entendent mieux entre elles à ça que nous autres. Quoi qu'elle ait pu faire, je ne la mangerai point. A-t-elle peur de moi? Quand elle aurait doré son cousin de la tête aux pieds, il est en pleine mer, hein! nous ne pouvons pas courir après...

— Eh! bien, monsieur? Excitée par la crise nerveuse où elle se trouvait, ou par le malheur de sa fille qui développait sa tendresse et son intelligence, la perspicacité de madame Grandet lui fit apercevoir un mouvement terrible dans la loupe de son mari, au moment où elle répondait; elle changea d'idée sans changer de ton. — Eh! bien, monsieur, ai-je plus d'empire sur elle que vous n'en avez? Elle ne m'a rien dit, elle tient de vous.

— Tudieu! comme vous avez la langue pendue ce matin! Ta, ta, ta, vous me narguez, je crois. Vous vous entendez peut-être avec elle.

Il regarda sa femme fixement.

— En vérité, monsieur Grandet, si vous voulez me tuer, vous n'avez qu'à continuer ainsi. Je vous le dis, monsieur, et, dût-il m'en coûter la vie, je vous le répéterais encore : vous avez tort envers votre fille, elle est plus raisonnable que vous ne l'êtes. Cet argent lui appartenait, elle n'a pu qu'en faire un bel usage, et Dieu seul a le droit de connaître nos bonnes œuvres. Monsieur, je vous en supplie, rendez vos bonnes grâces à Eugénie!... Vous amoindrirez ainsi l'effet du coup que m'a porté votre colère, et vous me sauverez peut-être la vie. Ma fille, monsieur, rendez-moi ma fille.

— Je décampe, dit-il. Ma maison n'est pas tenable, la mère et la fille raisonnent et parlent comme si... Brooouh! Pouah! Vous m'avez donné de cruelles étrennes. Eugénie, cria-t-il. Oui, oui, pleurez! Ce que vous faites vous causera des remords, entendez-vous. A quoi donc vous sert de manger le bon Dieu six fois tous les trois mois, si vous donnez l'or de votre père en cachette à un fainéant qui vous dévorera votre cœur quand vous n'aurez plus que ça à lui prêter? Vous verrez ce que vaut votre Charles avec ses bottes de maroquin et son air de n'y pas toucher. Il n'a ni cœur ni âme, puisqu'il ose emporter le trésor d'une pauvre fille sans l'agrément des parents.

Quand la porte de la rue fut fermée, Eugénie sortit de sa chambre et vint près de sa mère.

— Vous avez bien du courage pour votre fille, lui dit-elle.

— Vois-tu, mon enfant, où nous mènent les choses illicites?... tu m'as fait faire un mensonge.

— Oh! je demanderai à Dieu de m'en punir seule.

— C'est-y vrai, dit Nanon effarée en arrivant, que voilà mademoiselle au pain et à l'eau pour le reste des jours?

— Qu'est-ce que cela fait, Nanon? dit tranquillement Eugénie.

— Ah! pus souvent que je mangerai de la fripe quand la fille de la maison mange du pain sec. Non, non.

— Pas un mot de tout ça, Nanon, dit Eugénie.

— J'aurai la goule morte, mais vous verrez.

Grandet dîna seul pour la première fois depuis vingt-quatre ans.

— Vous voilà donc veuf, monsieur, lui dit Nanon. C'est bien désagréable d'être veuf avec deux femmes dans sa maison.

— Je ne te parle pas à toi. Tiens ta margoulette ou je te chasse. Qu'est-ce que tu as dans ta casserole que j'entends bouilloter sur le fourneau?

— C'est des graisses que je fonds...

— Il viendra du monde ce soir, allume le feu.

Les Cruchot, madame des Grassins et son fils arrivèrent à huit heures, et s'étonnèrent de ne voir ni madame Grandet ni sa fille.

— Ma femme est un peu indisposée. Eugénie est
auprès d'elle, répondit le vieux vigneron, dont la figure
ne trahit aucune émotion.

Au bout d'une heure employée en conversations insi-
gnifiantes, madame des Grassins, qui était montée faire sa
visite à madame Grandet, descendit, et chacun lui
demanda : « Comment va madame Grandet ? »

— Mais, pas bien du tout, du tout, dit-elle. L'état de
sa santé me paraît vraiment inquiétant. A son âge, il faut
prendre les plus grandes précautions, papa Grandet.

— Nous verrons cela, répondit le vigneron d'un air
distrait.

Chacun lui souhaita le bonsoir. Quand les Cruchot
furent dans la rue, madame des Grassins leur dit : « Il y a
quelque chose de nouveau chez les Grandet. La mère
est très mal sans seulement qu'elle s'en doute. La fille a
les yeux rouges comme quelqu'un qui a pleuré longtemps.
Voudraient-ils la marier contre son gré ? »

Lorsque le vigneron fut couché, Nanon vint en chaus-
sons à pas muets chez Eugénie, et lui découvrit un pâté
fait à la casserole.

— Tenez, mademoiselle, dit la bonne fille, Cornoiller
m'a donné un lièvre. Vous mangez si peu, que ce pâté
vous durera bien huit jours ; et, par la gelée, il ne risquera
point de se gâter. Au moins, vous ne demeurerez pas au
pain sec. C'est que ça n'est point sain du tout.

— Pauvre Nanon, dit Eugénie en lui serrant la
main.

— Je l'ai fait ben bon, ben délicat, et *il* ne s'en est
point aperçu. J'ai pris le lard, le laurier, tout sur mes six
francs ; j'en suis ben la maîtresse. Puis la servante se sauva,
croyant entendre Grandet.

Pendant quelques mois, le vigneron vint voir constamment sa femme à des heures différentes dans la journée,
sans prononcer le nom de sa fille, sans la voir, ni faire à
elle la moindre allusion. Madame Grandet ne quitta
point sa chambre, et, de jour en jour, son état empira.
Rien ne fit plier le vieux tonnelier. Il restait inébranlable,
âpre et froid comme une pile de granit. Il continua d'aller
et venir selon ses habitudes ; mais il ne bégaya plus, causa
moins, et se montra dans les affaires plus dur qu'il ne
l'avait jamais été. Souvent il lui échappait quelque erreur
dans ses chiffres. — Il s'est passé quelque chose chez les
Grandet, disaient les Cruchotins et les Grassinistes. —
Qu'est-il donc arrivé dans la maison Grandet ? fut une

question convenue que l'on s'adressait généralement dans
toutes les soirées à Saumur. Eugénie allait aux offices sous
la conduite de Nanon. Au sortir de l'église, si madame des
Grassins lui adressait quelques paroles, elle y répondait
d'une manière évasive et sans satisfaire sa curiosité.
Néanmoins il fut impossible au bout de deux mois de
cacher, soit aux trois Cruchot, soit à madame des Grassins, le secret de la réclusion d'Eugénie, il y eut un
moment où les prétextes manquèrent pour justifier sa
perpétuelle absence. Puis, sans qu'il fût possible de
savoir par qui le secret avait été trahi, toute la ville apprit
que depuis le premier jour de l'an mademoiselle Grandet
était, par l'ordre de son père, enfermée dans sa chambre,
au pain et à l'eau, sans feu; que Nanon lui faisait des
friandises, les lui apportait pendant la nuit; et l'on savait
même que la jeune personne ne pouvait voir et soigner sa
mère que pendant le temps où son père était absent du
logis. La conduite de Grandet fut alors jugée très sévèrement. La ville entière le mit pour ainsi dire hors la loi, se
souvint de ses trahisons, de ses duretés, et l'excommunia.
Quand il passait, chacun se le montrait en chuchotant.
Lorsque sa fille descendait la rue tortueuse pour aller à
la messe ou à vêpres, accompagnée de Nanon, tous les
habitants se mettaient aux fenêtres pour examiner avec
curiosité la contenance de la riche héritière et son visage,
où se peignaient une mélancolie et une douceur angé-
liques. Sa réclusion, la disgrâce de son père, n'étaient
rien pour elle. Ne voyait-elle pas la mappemonde, le petit
banc, le jardin, le pan de mur, et ne reprenait-elle pas sur
ses lèvres le miel qu'y avaient laissé les baisers de l'amour?
Elle ignora pendant quelque temps les conversations dont
elle était l'objet en ville, tout aussi bien que les ignorait
son père. Religieuse et pure devant Dieu, sa conscience et
l'amour l'aidaient à patiemment supporter la colère et la
vengeance paternelles. Mais une douleur profonde faisait
taire toutes les autres douleurs. Chaque jour, sa mère,
douce et tendre créature, qui s'embellissait de l'éclat que
jetait son âme en approchant de la tombe, sa mère dépérissait de jour en jour. Souvent Eugénie se reprochait
d'avoir été la cause innocente de la cruelle, de la lente
maladie qui la dévorait. Ces remords, quoique calmés par
sa mère, l'attachaient encore plus étroitement à son
amour. Tous les matins, aussitôt que son père était sorti,
elle venait au chevet du lit de sa mère, et là, Nanon lui
apportait son déjeuner. Mais la pauvre Eugénie, triste et

souffrante des souffrances de sa mère, en montrait le
visage à Nanon par un geste muet, pleurait et n'osait
parler de son cousin. Madame Grandet, la première,
était forcée de lui dire : : « Où est-*il ?* Pourquoi n'écrit-*il*
pas ? »

La mère et la fille ignoraient complètement les dis-
tances.

— Pensons à lui, ma mère, répondait Eugénie, et
n'en parlons pas. Vous souffrez ; vous avant tout.

Tout c'était *lui.*

— Mes enfants, disait madame Grandet, je ne regrette
point la vie. Dieu m'a protégée en me faisant envisager
avec joie le terme de mes misères.

Les paroles de cette femme étaient constamment saintes
et chrétiennes. Quand, au moment de déjeuner près d'elle,
son mari venait se promener dans sa chambre, elle lui dit,
pendant les premiers mois de l'année, les mêmes discours,
répétés avec une douceur angélique, mais avec la fermeté
d'une femme à qui une mort prochaine donnait le
courage qui lui avait manqué pendant sa vie.

— Monsieur, je vous remercie de l'intérêt que vous
prenez à ma santé, lui répondait-elle quand il lui avait fait
la plus banale des demandes ; mais si vous voulez rendre
mes derniers moments moins amers et alléger mes
douleurs, rendez vos bonnes grâces à notre fille ; montrez-
vous chrétien, époux et père.

En entendant ces mots, Grandet s'asseyait près du
lit et agissait comme un homme, qui, voyant venir une
averse, se met tranquillement à l'abri sous une porte
cochère : il écoutait silencieusement sa femme, et ne
répondait rien. Quand les plus touchantes, les plus
tendres, les plus religieuses supplications lui avaient été
adressées, il disait : « Tu es un peu pâlotte aujourd'hui, ma
pauvre femme ». L'oubli le plus complet de sa fille
semblait être gravé sur son front de grès, sur ses lèvres
serrées. Il n'était même pas ému par les larmes que ses
vagues réponses, dont les termes étaient à peine variés,
faisaient couler le long du blanc visage de sa femme.

— Que Dieu vous pardonne, monsieur, disait-elle,
comme je vous pardonne moi-même. Vous aurez un jour
besoin d'indulgence.

Depuis la maladie de sa femme, il n'avait plus osé se
servir de son terrible : ta, ta, ta, ta, ta ! Mais aussi son
despotisme n'était-il pas désarmé par cet ange de douceur,
dont la laideur disparaissait de jour en jour, chassée par

l'expression des qualités morales qui venaient fleurir sur
sa face. Elle était toute âme. Le génie de la prière semblait
purifier, amoindrir les traits les plus grossiers de sa figure,
et la faisait resplendir. Qui n'a pas observé le phénomène
de cette transfiguration sur de saints visages où les habitudes de l'âme finissent par triompher des traits les plus
rudement contournés, en leur imprimant l'animation
particulière due à la noblesse et à la pureté des pensées
élevées! Le spectacle de cette transformation accomplie
par les souffrances qui consumaient les lambeaux de
l'être humain dans cette femme agissait, quoique faible-
ment, sur le vieux tonnelier, dont le caractère resta de
bronze. Si sa parole ne fut plus dédaigneuse, un imper-
turbable silence, qui sauvait sa supériorité de père de
famille, domina sa conduite. Sa fidèle Nanon paraissait-elle
au marché, soudain quelques lazzi, quelques plaintes sur
son maître lui sifflaient aux oreilles; mais, quoique l'opi-
nion publique condamnât hautement le père Grandet, la
servante le défendait par orgueil pour la maison.

— Eh! bien, disait-elle aux détracteurs du bonhomme,
est-ce que nous ne devenons pas tous plus durs en vieil-
lissant? Pourquoi ne voulez-vous pas qu'il se racornisse
un peu, cet homme? Taisez donc vos menteries. Mademoiselle vit comme une reine. Elle est seule, eh! bien,
c'est son goût. D'ailleurs, mes maîtres ont des raisons
majeures.

Enfin, un soir, vers la fin du printemps, madame Grandet, dévorée par le chagrin, encore plus que par la maladie,
n'ayant pas réussi, malgré ses prières, à réconcilier Eugénie
et son père, confia ses peines secrètes aux Cruchot.

— Mettre une fille de vingt-trois ans au pain et à
l'eau?... s'écria le président de Bonfons, et sans motif;
mais cela constitue *des sévices tortionnaires; elle peut pro-
tester contre, et tant dans que sur...*

— Allons, mon neveu, dit le notaire, laissez votre
baragouin de palais. Soyez tranquille, madame, je ferai
finir cette réclusion dès demain.

En entendant parler d'elle, Eugénie sortit de sa
chambre.

— Messieurs, dit-elle en s'avançant par un mouvement plein de fierté, je vous prie de ne pas vous occuper de
cette affaire. Mon père est maître chez lui. Tant que j'ha-
biterai sa maison, je dois lui obéir. Sa conduite ne saurait
être soumise à l'approbation ni à la désapprobation du
monde, il n'en est comptable qu'à Dieu. Je réclame de

votre amitié le plus profond silence à cet égard. Blâmer mon père serait attaquer notre propre considération. Je vous sais gré, messieurs, de l'intérêt que vous me témoignez; mais vous m'obligeriez davantage si vous vouliez faire cesser les bruits offensants qui courent par la ville, et desquels j'ai été instruite par hasard.

— Elle a raison, dit madame Grandet.

— Mademoiselle, la meilleure manière d'empêcher le monde de jaser est de vous faire rendre la liberté, lui répondit respectueusement le vieux notaire, frappé de la beauté que la retraite, la mélancolie et l'amour avaient imprimée à Eugénie.

— Eh! bien, ma fille, laisse à monsieur Cruchot le soin d'arranger cette affaire, puisqu'il répond du succès. Il connaît ton père et sait comment il faut le prendre. Si tu veux me voir heureuse pendant le peu de temps qui me reste à vivre, il faut, à tout prix, que ton père et toi vous soyez réconciliés.

Le lendemain, suivant une habitude prise par Grandet depuis la réclusion d'Eugénie, il vint faire un certain nombre de tours dans son petit jardin. Il avait pris pour cette promenade le moment où Eugénie se peignait. Quand le bonhomme arrivait au gros noyer, il se cachait derrière le tronc de l'arbre, restait pendant quelques instants à contempler les longs cheveux de sa fille, et flottait sans doute entre les pensées que lui suggérait la ténacité de son caractère et le désir d'embrasser son enfant. Souvent il demeurait assis sur le petit banc de bois pourri où Charles et Eugénie s'étaient juré un éternel amour, pendant qu'elle regardait aussi son père à la dérobée ou dans son miroir. S'il se levait et recommençait sa promenade, elle s'asseyait complaisamment à la fenêtre et se mettait à examiner le pan de mur où pendaient les plus jolies fleurs, d'où sortaient, d'entre les crevasses, des cheveux de Vénus, des liserons et une plante grasse, jaune ou blanche, un *Sedum* très abondant dans les vignes à Saumur et à Tours. Maître Cruchot vint de bonne heure et trouva le vieux vigneron assis par un beau jour de juin sur le petit banc, le dos appuyé au mur mitoyen, occupé à voir sa fille.

— Qu'y a-t-il pour votre service, maître Cruchot? dit-il en apercevant le notaire.

— Je viens vous parler d'affaires.

— Ah! ah! avez-vous un peu d'or à me donner contre des écus?

— Non, non, il ne s'agit pas d'argent, mais de votre fille Eugénie. Tout le monde parle d'elle et de vous.

— De quoi se mêle-t-on ? Charbonnier est maître chez lui.

— D'accord, le charbonnier est maître de se tuer aussi, ou, ce qui est pis, de jeter son argent par les fenêtres.

— Comment cela ?

— Eh ! mais votre femme est très malade, mon ami. Vous devriez même consulter monsieur Bergerin, elle est en danger de mort. Si elle venait à mourir sans avoir été soignée comme il faut, vous ne seriez pas tranquille, je le crois.

— Ta ! ta ! ta ! ta ! vous savez ce qu'a ma femme ! Ces médecins, une fois qu'ils ont mis le pied chez vous, ils viennent des cinq à six fois par jour.

— Enfin, Grandet, vous ferez comme vous l'entendrez. Nous sommes de vieux amis ; il n'y a pas, dans tout Saumur, un homme qui prenne plus que moi d'intérêt à ce qui vous concerne ; j'ai donc dû vous dire cela. Maintenant, arrive qui plante, vous êtes majeur, vous savez vous conduire, allez. Ceci n'est d'ailleurs pas l'affaire qui m'amène. Il s'agit de quelque chose de plus grave pour vous, peut-être. Après tout, vous n'avez pas envie de tuer votre femme, elle vous est trop utile. Songez donc à la situation où vous seriez, vis-à-vis votre fille, si madame Grandet mourait. Vous devriez des comptes à Eugénie, puisque vous êtes commun en biens avec votre femme. Votre fille sera en droit de réclamer le partage de votre fortune, de faire vendre Froidfond. Enfin, elle succède à sa mère, de qui vous ne pouvez pas hériter.

Ces paroles furent un coup de foudre pour le bonhomme, qui n'était pas aussi fort en législation qu'il pouvait l'être en commerce. Il n'avait jamais pensé à une licitation.

— Ainsi je vous engage à la traiter avec douceur, dit Cruchot en terminant.

— Mais savez-vous ce qu'elle a fait, Cruchot !

— Quoi ? dit le notaire, curieux de recevoir une confidence du père Grandet et de connaître la cause de la querelle.

— Elle a donné son or.

— Eh ! bien, était-il à elle ? demanda le notaire.

— Ils me disent tous cela ! dit le bonhomme en laissant tomber ses bras par un mouvement tragique.

— Allez-vous, pour une misère, reprit Cruchot, mettre

des entraves aux concessions que vous lui demanderez de vous faire à la mort de sa mère?

— Ah! vous appelez six mille francs d'or une misère?

— Eh! mon vieil ami, savez-vous ce que coûteront l'inventaire et le partage de la succession de votre femme si Eugénie l'exige?

— Quoi?

— Deux, ou trois, quatre cent mille francs peut-être! Ne faudra-t-il pas liciter, et vendre pour connaître la véritable valeur? au lieu qu'en vous entendant...

— Par la serpette de mon père! s'écria le vigneron qui s'assit en pâlissant, nous verrons ça, Cruchot.

Après un moment de silence ou d'agonie, le bonhomme regarda le notaire en lui disant : « La vie est bien dure! Il s'y trouve bien des douleurs. » — Cruchot, reprit-il solennellement, vous ne voulez pas me tromper, jurez-moi sur l'honneur que ce que vous me chantez là est fondé en Droit. Montrez-moi le Code, je veux voir le Code!

— Mon pauvre ami, répondit le notaire, ne sais-je pas mon métier?

— Cela est donc bien vrai. Je serai dépouillé, trahi, tué, dévoré par ma fille.

— Elle hérite de sa mère.

— A quoi servent donc les enfants! Ah! ma femme, je l'aime. Elle est solide heureusement. C'est une La Bertellière.

— Elle n'a pas un mois à vivre.

Le tonnelier se frappa le front, marcha, revint, et, jetant un regard effrayant à Cruchot : « Comment faire? » lui dit-il.

— Eugénie pourra renoncer purement et simplement à la succession de sa mère. Vous ne voulez pas la déshériter, n'est-ce pas? Mais, pour obtenir un partage de ce genre, ne la rudoyez pas. Ce que je vous dis là, mon vieux, est contre mon intérêt. Qu'ai-je à faire, moi?... des liquidations, des inventaires, des ventes, des partages...

— Nous verrons, nous verrons. Ne parlons plus de cela, Cruchot. Vous me tribouillez les entrailles. Avez-vous reçu de l'or?

— Non; mais j'ai quelques vieux louis, une dizaine, je vous les donnerai. Mon bon ami, faites la paix avec Eugénie. Voyez-vous, tout Saumur vous jette la pierre.

— Les drôles!

— Allons, les rentes sont à 99. Soyez donc content une fois dans la vie.

— A 99, Cruchot ?

— Oui.

— Eh ! eh ! 99 ! dit le bonhomme en reconduisant le vieux notaire jusqu'à la porte de la rue. Puis, trop agité par ce qu'il venait d'entendre pour rester au logis, il monta chez sa femme et lui dit : « Allons, la mère, tu peux passer la journée avec ta fille, je vas à Froidfond. Soyez gentilles toutes deux. C'est le jour de notre mariage, ma bonne femme : tiens, voilà dix écus pour ton reposoir de la Fête-Dieu. Il y a assez longtemps que tu veux en faire un, régale-toi ! Amusez-vous, soyez joyeuses, portez-vous bien. Vive la joie ! » Il jeta dix écus de six francs sur le lit de sa femme et lui prit la tête pour la baiser au front. — Bonne femme, tu vas mieux, n'est-ce pas ?

— Comment pouvez-vous penser à recevoir dans votre maison le Dieu qui pardonne en tenant votre fille exilée de votre cœur ? dit-elle avec émotion.

— Ta, ta, ta, ta, ta, dit le père d'une voix caressante, nous verrons cela.

— Bonté du ciel ! Eugénie, cria la mère en rougissant de joie, viens embrasser ton père ! il te pardonne !

Mais le bonhomme avait disparu. Il se sauvait à toutes jambes vers ses closeries en tâchant de mettre en ordre ses idées renversées. Grandet commençait alors sa soixante-seizième année. Depuis deux ans principalement, son avarice s'était accrue comme s'accroissent toutes les passions persistantes de l'homme. Suivant une observation faite sur les avares, sur les ambitieux, sur tous les gens dont la vie a été consacrée à une idée dominante, son sentiment avait affectionné plus particulièrement un symbole de sa passion. La vue de l'or, la possession de l'or était devenue sa monomanie. Son esprit de despotisme avait grandi en proportion de son avarice, et abandonner la direction de la moindre partie de ses biens à la mort de sa femme lui paraissait une chose *contre nature*. Déclarer sa fortune à sa fille, inventorier l'universalité de ses biens meubles et immeubles pour les liciter ?... — Ce serait à se couper la gorge, dit-il tout haut au milieu d'un clos en examinant les ceps. Enfin il prit son parti, revint à Saumur à l'heure du dîner, résolu de plier devant Eugénie, de la cajoler, de l'amadouer afin de pouvoir mourir royalement en tenant jusqu'au dernier soupir les rênes de ses millions. Au moment où le bonhomme, qui par hasard avait pris son passe-partout, montait l'escalier à pas de loup pour venir chez sa femme, Eugénie avait apporté sur le lit de sa mère le beau nécessaire. Toutes deux, en l'absence de Grandet, se donnaient le plaisir de voir le portrait de Charles, en examinant celui de sa mère.

— C'est tout à fait son front et sa bouche! disait Eugénie au moment où le vigneron ouvrit la porte. Au regard que jeta son mari sur l'or, madame Grandet cria : « Mon Dieu, ayez pitié de nous! »

Le bonhomme sauta sur le nécessaire comme un tigre fond sur un enfant endormi. — Qu'est-ce que c'est que cela? dit-il en emportant le trésor et allant se placer à la fenêtre. — Du bon or! de l'or! s'écria-t-il. Beaucoup d'or! ça pèse deux livres. Ah! ah! Charles t'a donné cela contre tes belles pièces. Hein! pourquoi ne me l'avoir pas dit? C'est une bonne affaire, fifille! Tu es ma fille, je te reconnais. Eugénie tremblait de tous ses membres. — N'est-ce pas, ceci est à Charles? reprit le bonhomme.

— Oui, mon père, ce n'est pas à moi. Ce meuble est un dépôt sacré.

— Ta! ta! ta! il a pris ta fortune, faut te rétablir ton petit trésor.

— Mon père?...

Le bonhomme voulut prendre son couteau pour faire sauter une plaque d'or, et fut obligé de poser le nécessaire sur une chaise. Eugénie s'élança pour le ressaisir; mais le tonnelier, qui avait tout à la fois l'œil à sa fille et au coffret, la repoussa si violemment en étendant le bras qu'elle alla tomber sur le lit de sa mère.

— Monsieur, monsieur, cria la mère en se dressant sur son lit.

Grandet avait tiré son couteau et s'apprêtait à soulever l'or.

— Mon père, cria Eugénie en se jetant à genoux et marchant ainsi pour arriver plus près du bonhomme et lever les mains vers lui, mon père, au nom de tous les Saints et de la Vierge, au nom du Christ, qui est mort sur la croix; au nom de votre salut éternel, mon père, au nom de ma vie, ne touchez pas à ceci! Cette toilette n'est ni à vous ni à moi; elle est à un malheureux parent qui me l'a confiée, et je dois la lui rendre intacte.

— Pourquoi la regardais-tu, si c'est un dépôt? Voir, c'est pis que toucher.

— Mon père, ne la détruisez pas, ou vous me déshonorez. Mon père, entendez-vous?

— Monsieur, grâce! dit la mère.

— Mon père, cria Eugénie d'une voix si éclatante que

Nanon effrayée monta. Eugénie sauta sur un couteau qui était à sa portée et s'en arma.

— Eh! bien? lui dit froidement Grandet en souriant à froid.

— Monsieur, monsieur, vous m'assassinez! dit la mère.

— Mon père, si votre couteau entame seulement une parcelle de cet or, je me perce de celui-ci. Vous avez déjà rendu ma mère mortellement malade, vous tuerez encore votre fille. Allez maintenant, blessure pour blessure.

Grandet tint son couteau sur le nécessaire, et regarda sa fille en hésitant.

— En serais-tu donc capable, Eugénie? dit-il.

— Oui, monsieur, dit la mère.

— Elle le ferait comme elle le dit, cria Nanon. Soyez donc raisonnable, monsieur, une fois dans votre vie. Le tonnelier regarda l'or et sa fille alternativement pendant un instant. Madame Grandet s'évanouit. — Là, voyez-vous, mon cher monsieur? Madame se meurt, cria Nanon.

— Tiens, ma fille, ne nous brouillons pas pour un coffre. Prends donc! s'écria vivement le tonnelier en jetant la toilette sur le lit. — Toi, Nanon, va chercher monsieur Bergerin. — Allons, la mère, dit-il en baisant la main de sa femme, ce n'est rien, va : nous avons fait la paix. Pas vrai, fifille? Plus de pain sec, tu mangeras tout ce que tu voudras. Ah! elle ouvre les yeux. Eh! bien, la mère, mémère, timère, allons donc! Tiens, vois, j'embrasse Eugénie. Elle aime son cousin, elle l'épousera si elle veut, elle lui gardera le petit coffre. Mais vis long-temps, ma pauvre femme. Allons, remue donc! Écoute, tu auras le plus beau reposoir qui se soit jamais fait à Saumur.

— Mon Dieu, pouvez-vous traiter ainsi votre femme et votre enfant! dit d'une voix faible madame Grandet.

— Je ne le ferai plus, plus, cria le tonnelier. Tu vas voir, ma pauvre femme. Il alla à son cabinet, et revint avec une poignée de louis qu'il éparpilla sur le lit. — Tiens, Eugénie, tiens, ma femme, voilà pour vous, dit-il en maniant les louis. Allons, égaie-toi, ma femme; porte-toi bien, tu ne manqueras de rien, ni Eugénie non plus. Voilà cent louis d'or pour elle. Tu ne les donneras pas, Eugénie, ceux-là, hein?

Madame Grandet et sa fille se regardèrent étonnées.

— Reprenez-les, mon père; nous n'avons besoin que de votre tendresse.

— Eh! bien, c'est ça, dit-il en empochant les louis,

vivons comme de bons amis. Descendons tous dans la salle pour dîner, pour jouer au loto tous les soirs à deux sous. Faites vos farces! Hein, ma femme?

— Hélas! je le voudrais bien, puisque cela peut vous être agréable, dit la mourante; mais je ne saurais me lever.

— Pauvre mère, dit le tonnelier, tu ne sais pas combien je t'aime. Et toi, ma fille! Il la serra, l'embrassa. Oh! comme c'est bon d'embrasser sa fille après une brouille! ma fifille! Tiens, vois-tu, mémère, nous ne faisons qu'un maintenant. Va donc serrer cela, dit-il à Eugénie en lui montrant le coffret. Va, ne crains rien. Je ne t'en parlerai plus, jamais.

Monsieur Bergerin, le plus célèbre médecin de Saumur, arriva bientôt. La consultation finie, il déclara positivement à Grandet que sa femme était bien mal, mais qu'un grand calme d'esprit, un régime doux et des soins minutieux pourraient reculer l'époque de sa mort vers la fin de l'automne.

— Ça coûtera-t-il cher? dit le bonhomme, faut-il des drogues?

— Peu de drogues, mais beaucoup de soins, répondit le médecin, qui ne put retenir un sourire.

— Enfin, monsieur Bergerin, répondit Grandet, vous êtes un homme d'honneur, pas vrai? Je me fie à vous, venez voir ma femme toutes et quantes fois vous le jugerez convenable. Conservez-moi ma bonne femme; je l'aime beaucoup, voyez-vous, sans que ça paraisse, parce que, chez moi, tout se passe en dedans et me trifouille l'âme. J'ai du chagrin. Le chagrin est entré chez moi avec la mort de mon frère, pour lequel je dépense, à Paris, des sommes... les yeux de la tête, enfin! et ça ne finit point. Adieu, monsieur, si l'on peut sauver ma femme, sauvez-la, quand même il faudrait dépenser pour ça cent ou deux cents francs.

Malgré les souhaits fervents que Grandet faisait pour la santé de sa femme, dont la succession ouverte était une première mort pour lui; malgré la complaisance qu'il manifestait en toute occasion pour les moindres volontés de la mère et de la fille étonnées; malgré les soins les plus tendres prodigués par Eugénie, madame Grandet marcha rapidement vers la mort. Chaque jour elle s'affaiblissait et dépérissait comme dépérissent la plupart des femmes atteintes, à cet âge, par la maladie. Elle était frêle autant que les feuilles des arbres en automne. Les rayons du ciel la faisaient resplendir comme ces feuilles que le soleil traverse et dore. Ce fut une mort digne de sa vie, une mort toute chrétienne; n'est-ce pas dire sublime? Au mois d'octobre 1822 éclatèrent particulièrement ses vertus, sa patience d'ange et son amour pour sa fille; elle s'éteignit sans avoir laissé échapper la moindre plainte. Agneau sans tache, elle allait au ciel, et ne regrettait ici-bas que la douce compagne de sa froide vie, à laquelle ses derniers regards semblaient prédire mille maux. Elle tremblait de laisser cette brebis, blanche comme elle, seule au milieu d'un monde égoïste qui voulait lui arracher sa toison, ses trésors.

— Mon enfant, lui dit-elle avant d'expirer, il n'y a de bonheur que dans le ciel, tu le sauras un jour.

Le lendemain de cette mort, Eugénie trouva de nouveaux motifs de s'attacher à cette maison où elle était née, où elle avait tant souffert, où sa mère venait de mourir. Elle ne pouvait contempler la croisée et la chaise à patins dans la salle sans verser des pleurs. Elle crut avoir méconnu l'âme de son vieux père en se voyant l'objet de ses soins les plus tendres : il venait lui donner le bras pour descendre au déjeuner; il la regardait d'un œil presque bon pendant des heures entières; enfin il la couvait comme si elle eût été d'or. Le vieux tonnelier se ressemblait si peu à lui-même, il tremblait tellement devant sa fille, que Nanon et les Cruchotins, témoins de sa faiblesse, l'attribuèrent à son grand âge, et craignirent ainsi quelque affaiblissement dans ses facultés; mais le jour où la famille prit le deuil, après le dîner auquel fut convié maître Cruchot, qui seul connaissait le secret de son client, la conduite du bonhomme s'expliqua.

— Ma chère enfant, dit-il à Eugénie lorsque la table fut ôtée et les portes soigneusement closes, te voilà héritière de ta mère, et nous avons de petites affaires à régler entre nous deux. Pas vrai, Cruchot?

— Oui.

— Est-il donc si nécessaire de s'en occuper aujourd'hui, mon père?

— Oui, oui, fifille. Je ne pourrais pas durer dans l'incertitude où je suis. Je ne crois pas que tu veuilles me faire de la peine.

— Oh! mon père.

— Hé! bien, il faut arranger tout cela ce soir.

— Que voulez-vous donc que je fasse?

— Mais, fifille, ça ne me regarde pas. Dites-lui donc, Cruchot.

— Mademoiselle, monsieur votre père ne voudrait ni partager, ni vendre ses biens, ni payer des droits énormes pour l'argent comptant qu'il peut posséder. Donc, pour cela, il faudrait se dispenser de faire l'inventaire de toute la fortune qui aujourd'hui se trouve indivise entre vous et monsieur votre père...

— Cruchot, êtes-vous bien sûr de cela, pour en parler ainsi devant un enfant?

— Laissez-moi dire, Grandet.

— Oui, oui, mon ami. Ni vous ni ma fille ne voulez me dépouiller. N'est-ce pas, fifille?

— Mais, monsieur Cruchot, que faut-il que je fasse? demanda Eugénie impatientée.

— Eh! bien, dit le notaire, il faudrait signer cet acte par lequel vous renonceriez à la succession de madame votre mère, et laisseriez à votre père l'usufruit de tous les biens indivis entre vous, et dont il vous assure la nue-propriété...

— Je ne comprends rien à tout ce que vous me dites, répondit Eugénie, donnez-moi l'acte, et montrez-moi la place où je dois signer.

Le père Grandet regardait alternativement l'acte et sa fille, sa fille et l'acte, en éprouvant de si violentes émotions qu'il s'essuya quelques gouttes de sueur venues sur son front.

— Fifille, dit-il, au lieu de signer cet acte qui coûtera gros à faire enregistrer, si tu voulais renoncer purement et simplement à la succession de ta pauvre chère mère défunte, et t'en rapporter à moi pour l'avenir, j'aimerais mieux ça. Je te ferais alors tous les mois une bonne grosse rente de cent francs. Vois, tu pourrais payer autant de messes que tu voudrais à ceux pour lesquels tu en fais dire... Hein! cent francs par mois, en livres?

— Je ferai tout ce qu'il vous plaira, mon père.

— Mademoiselle, dit le notaire, il est de mon devoir de vous faire observer que vous vous dépouillez...

— Eh! mon Dieu, dit-elle, qu'est-ce que cela me fait?

— Tais-toi, Cruchot. C'est dit, c'est dit, s'écria Grandet en prenant la main de sa fille et y frappant avec la sienne. Eugénie, tu ne te dédiras point, tu es une honnête fille, hein?

— Oh! mon père!...

Il l'embrassa avec effusion, la serra dans ses bras à l'étouffer.

— Va, mon enfant, tu donnes la vie à ton père; mais

tu lui rends ce qu'il t'a donné : nous sommes quittes. Voilà comment doivent se faire les affaires. La vie est une affaire. Je te bénis! Tu es une vertueuse fille, qui aime bien son papa. Fais ce que tu voudras maintenant. A demain donc, Cruchot, dit-il en regardant le notaire épouvanté. Vous verrez à bien préparer l'acte de renonciation au greffe du Tribunal.

Le lendemain, vers midi, fut signée la déclaration par laquelle Eugénie accomplissait elle-même sa spoliation. Cependant, malgré sa parole, à la fin de la première année, le vieux tonnelier n'avait pas encore donné un sou des cent francs par mois si solennellement promis à sa fille. Aussi, quand Eugénie lui en parla plaisamment, ne put-il s'empêcher de rougir; il monta vivement à son cabinet, revint, et lui présenta environ le tiers des bijoux qu'il avait pris à son neveu.

— Tiens, petite, dit-il d'un accent plein d'ironie, veux-tu ça pour tes douze cents francs ?

— O mon père! vrai, me les donnez-vous ?

— Je t'en rendrai autant l'année prochaine, dit-il en les lui jetant dans son tablier. Ainsi en peu de temps tu auras toutes *ses* breloques, ajouta-t-il en se frottant les mains, heureux de pouvoir spéculer sur le sentiment de sa fille.

Néanmoins le vieillard, quoique robuste encore, sentit la nécessité d'initier sa fille aux secrets du ménage. Pendant deux années consécutives il lui fit ordonner en sa présence le menu de la maison, et recevoir les redevances. Il lui apprit lentement et successivement les noms, la contenance de ses clos, de ses fermes. Vers la troisième année, il l'avait si bien accoutumée à toutes ses façons d'avarice, il les avait si visiblement tournées chez elle en habitudes, qu'il lui laissa sans crainte les clefs de la dépense, et l'institua la maîtresse au logis.

Cinq ans se passèrent sans qu'aucun événement marquât dans l'existence monotone d'Eugénie et de son père. Ce fut les mêmes actes constamment accomplis avec la régularité chronométrique des mouvements de la vieille pendule. La profonde mélancolie de mademoiselle Grandet n'était un secret pour personne; mais, si chacun put en pressentir la cause, jamais un mot prononcé par elle ne justifia les soupçons que toutes les sociétés de Saumur formaient sur l'état du cœur de la riche héritière. Sa seule compagnie se composait des trois Cruchot et de quelques-uns de leurs amis qu'ils avaient insensiblement introduits au logis. Ils lui avaient appris à jouer au whist, et venaient

tous les soirs faire la partie. Dans l'année 1827, son père,
sentant le poids des infirmités, fut forcé de l'initier aux
secrets de sa fortune territoriale, et lui disait, en cas de
difficultés, de s'en rapporter à Cruchot le notaire, dont la
probité lui était connue. Puis, vers la fin de cette année,
le bonhomme fut enfin, à l'âge de quatre-vingt-deux ans,
pris par une paralysie qui fit de rapides progrès. Grandet
fut condamné par monsieur Bergerin. En pensant qu'elle
allait bientôt se trouver seule dans le monde, Eugénie se
tint, pour ainsi dire, plus près de son père, et serra plus
fortement ce dernier anneau d'affection. Dans sa pensée,
comme dans celle de toutes les femmes aimantes, l'amour
était le monde entier, et Charles n'était pas là. Elle fut
sublime de soins et d'attentions pour son vieux père,
dont les facultés commençaient à baisser, mais dont l'avarice se soutenait instinctivement. Aussi la mort de cet
homme ne contrasta-t-elle point avec sa vie. Dès le matin
il se faisait rouler entre la cheminée de sa chambre et la
porte de son cabinet, sans doute plein d'or. Il restait là
sans mouvement, mais il regardait tour à tour avec anxiété
ceux qui venaient le voir et la porte doublée de fer. Il se
faisait rendre compte des moindres bruits qu'il entendait ;
et, au grand étonnement du notaire, il entendait le bâil-
lement de son chien dans la cour. Il se réveillait de sa
stupeur apparente au jour et à l'heure où il fallait recevoir
des fermages, faire des comptes avec les closiers, ou
donner des quittances. Il agitait alors son fauteuil à
roulettes jusqu'à ce qu'il se trouvât en face de la porte de
son cabinet. Il le faisait ouvrir par sa fille, et veillait à ce
qu'elle plaçât en secret elle-même les sacs d'argent les
uns sur les autres, à ce qu'elle fermât la porte. Puis il
revenait à sa place silencieusement aussitôt qu'elle lui
avait rendu la précieuse clef, toujours placée dans la
poche de son gilet, et qu'il tâtait de temps en temps.
D'ailleurs son vieil ami le notaire, sentant que la riche
héritière épouserait nécessairement son neveu, le président, si Charles Grandet ne revenait pas, redoubla de
soins et d'attentions : il venait tous les jours se mettre aux
ordres de Grandet, allait à son commandement à Froidfond, aux terres, aux prés, aux vignes, vendait les récoltes,
et transmutait tout en or et en argent qui venait se réunir
secrètement aux sacs empilés dans le cabinet. Enfin
arrivèrent les jours d'agonie, pendant lesquels la forte
charpente du bonhomme fut aux prises avec la destruc-
tion. Il voulut rester assis au coin de son feu, devant la

porte de son cabinet. Il attirait à lui et roulait toutes les couvertures que l'on mettait sur lui, et disait à Nanon : « Serre, serre ça, pour qu'on ne me vole pas ». Quand il pouvait ouvrir les yeux, où toute sa vie s'était réfugiée, il les tournait aussitôt vers la porte du cabinet où gisaient ses trésors en disant à sa fille : « Y sont-ils ? y sont-ils ? » d'un son de voix qui dénotait une sorte de peur panique.

— Oui, mon père.

— Veille à l'or, mets de l'or devant moi.

Eugénie lui étendait des louis sur une table, et il demeurait des heures entières les yeux attachés sur les louis, comme un enfant qui, au moment où il commence à voir, contemple stupidement le même objet; et, comme à un enfant, il lui échappait un sourire pénible.

— Ça me réchauffe! disait-il quelquefois en laissant paraître sur sa figure une expression de béatitude.

Lorsque le curé de la paroisse vint l'administrer, ses yeux, morts en apparence depuis quelques heures, se ranimèrent à la vue de la croix, des chandeliers, du bénitier d'argent qu'il regarda fixement, et sa loupe remua pour la dernière fois. Lorsque le prêtre lui approcha des lèvres le crucifix en vermeil pour lui faire baiser le Christ, il fit un épouvantable geste pour le saisir et ce dernier effort lui coûta la vie, il appela Eugénie, qu'il ne voyait pas quoiqu'elle fût agenouillée devant lui et qu'elle baignât de ses larmes une main déjà froide.

— Mon père, bénissez-moi?... demanda-t-elle.

— Aie bien soin de tout. Tu me rendras compte de ça là-bas, dit-il en prouvant par cette dernière parole que le christianisme doit être la religion des avares.

Eugénie Grandet se trouva donc seule au monde dans cette maison, n'ayant que Nanon à qui elle pût jeter un regard avec la certitude d'être entendue et comprise, Nanon, le seul être qui l'aimât pour elle et avec qui elle pût causer de ses chagrins. La Grande Nanon était une providence pour Eugénie. Aussi ne fut-elle plus une servante, mais une humble amie. Après la mort de son père, Eugénie apprit par maître Cruchot qu'elle possédait trois cent mille livres de rentes en biens-fonds dans l'arrondissement de Saumur, six millions placés en trois pour cent à soixante francs, et il valait alors soixante-dix-sept francs; plus deux millions en or et cent mille francs en écus, sans compter les arrérages à recevoir. L'estimation totale de ses biens allait à dix-sept millions.

— Où donc est mon cousin ? se dit-elle.

Le jour où maître Cruchot remit à sa cliente l'état de la succession, devenue claire et liquide, Eugénie resta seule avec Nanon, assises l'une et l'autre de chaque côté de la cheminée de cette salle si vide, où tout était souvenir, depuis la chaise à patins sur laquelle s'asseyait sa mère jusqu'au verre dans lequel avait bu son cousin.

— Nanon, nous sommes seules...

— Oui, mademoiselle ; et, si je savais où il est, ce mignon, j'irais de mon pied, le chercher.

— Il y a la mer entre nous, dit-elle.

Pendant que la pauvre héritière pleurait ainsi en compagnie de sa vieille servante, dans cette froide et obscure maison, qui pour elle composait tout l'univers, il n'était question de Nantes à Orléans que des dix-sept millions de mademoiselle Grandet. Un de ses premiers actes fut de donner douze cents francs de rente viagère à Nanon, qui, possédant déjà six cents autres francs, devint un riche parti. En moins d'un mois, elle passa de l'état de fille à celui de femme, sous la protection d'Antoine Cornoiller, qui fut nommé garde général des terres et propriétés de mademoiselle Grandet. Madame Cornoiller eut sur ses contemporaines un immense avantage. Quoiqu'elle eût cinquante-neuf ans, elle ne paraissait pas en avoir plus de quarante. Ses gros traits avaient résisté aux attaques du temps. Grâce au régime de sa vie monastique, elle narguait la vieillesse par un teint coloré, par une santé de fer. Peut-être n'avait-elle jamais été aussi bien qu'elle le fut au jour de son mariage. Elle eut les bénéfices de sa laideur, et apparut grosse, grasse, forte, ayant sur sa figure indestructible un air de bonheur qui fit envier par quelques personnes le sort de Cornoiller.

— Elle est bon teint, disait le drapier. — Elle est capable de faire des enfants, dit le marchand de sel ; elle s'est conservée comme dans de la saumure, sous votre respect.

— Elle est riche, et le gars Cornoiller fait un bon coup, disait un autre voisin. En sortant du vieux logis, Nanon, qui était aimée de tout le voisinage, ne reçut que des compliments en descendant la rue tortueuse pour se rendre à la paroisse. Pour présent de noce, Eugénie lui donna trois douzaines de couverts. Cornoiller, surpris d'une telle magnificence, parlait de sa maîtresse les larmes aux yeux : il se serait fait hacher pour elle. Devenue la femme de confiance d'Eugénie, madame Cornoiller eut désormais un bonheur égal pour elle à celui de posséder un mari. Elle avait enfin une dépense à ouvrir, à fermer,

des provisions à donner le matin, comme faisait son défunt
maître. Puis elle eut à régir deux domestiques, une cuisinière et une femme de chambre chargée de raccommoder
le linge de la maison, de faire les robes de mademoiselle.
Cornoiller cumula les fonctions de garde et de régisseur.
Il est inutile de dire que la cuisinière et la femme de
chambre choisies par Nanon étaient de véritables *perles*.
Mademoiselle Grandet eut ainsi quatre serviteurs dont le
dévouement était sans bornes. Les fermiers ne s'aper-
çurent donc pas de la mort du bonhomme, tant il avait
sévèrement établi les usages et coutumes de son administration, qui fut soigneusement continuée par monsieur et
madame Cornoiller.

A trente ans, Eugénie ne connaissait encore aucune des
félicités de la vie. Sa pâle et triste enfance s'était écoulée
auprès d'une mère dont le cœur méconnu, froissé, avait
toujours souffert. En quittant avec joie l'existence, cette
mère plaignit sa fille d'avoir à vivre, et lui laissa dans l'âme
de légers remords et d'éternels regrets. Le premier, le seul
amour d'Eugénie était, pour elle, un principe de mélancolie. Après avoir entrevu son amant pendant quelques
jours, elle lui avait donné son cœur entre deux baisers
furtivement acceptés et reçus ; puis il était parti, mettant
tout un monde entre elle et lui. Cet amour, maudit par
son père, lui avait presque coûté sa mère, et ne lui causait
que des douleurs mêlées de frêles espérances. Ainsi
jusqu'alors elle s'était élancée vers le bonheur en perdant
ses forces, sans les échanger. Dans la vie morale, aussi
bien que dans la vie physique, il existe une aspiration et
une respiration : l'âme a besoin d'absorber les sentiments
d'une autre âme, de se les assimiler pour les lui restituer
plus riches. Sans ce beau phénomène humain, point de
vie au cœur ; l'air lui manque alors, il souffre, et dépérit.
Eugénie commençait à souffrir. Pour elle, la fortune n'était
ni un pouvoir ni une consolation ; elle ne pouvait exister
que par l'amour, par la religion, par sa foi dans l'avenir.
L'amour lui expliquait l'éternité. Son cœur et l'Évangile
lui signalaient deux mondes à attendre. Elle se plongeait
nuit et jour au sein de deux pensées infinies, qui pour
elle peut-être n'en faisaient qu'une seule. Elle se retirait
en elle-même, aimant et se croyant aimée. Depuis sept
ans, sa passion avait tout envahi. Ses trésors n'étaient pas
les millions dont les revenus s'entassaient, mais le coffret
de Charles, mais les deux portraits suspendus à son lit,
mais les bijoux rachetés à son père, étalés orgueilleuse-

ment sur une couche de ouate dans un tiroir du bahut;
mais le dé de sa tante, duquel s'était servie sa mère, et
que tous les jours elle prenait religieusement pour travailler à une broderie, ouvrage de Pénélope, entrepris seulement pour mettre à son doigt cet or plein de souvenirs.
Il ne paraissait pas vraisemblable que mademoiselle Grandet voulût se marier durant son deuil. Sa piété vraie était
connue. Aussi la famille Cruchot, dont la politique était
sagement dirigée par le vieil abbé, se contenta-t-elle de
cerner l'héritière en l'entourant des soins les plus affectueux. Chez elle, tous les soirs, la salle se remplissait
d'une société composée des plus chauds et des plus
dévoués Cruchotins du pays, qui s'efforçaient de chanter
les louanges de la maîtresse du logis sur tous les tons. Elle
avait le médecin ordinaire de sa chambre, son grand
aumônier, son chambellan, sa première dame d'atours,
son premier ministre, son chancelier surtout, un chancelier qui voulait lui tout dire. L'héritière eût-elle désiré
un porte-queue, on lui en aurait trouvé un. C'était une
reine, et la plus habilement adulée de toutes les reines.
La flatterie n'émane jamais des grandes âmes, elle est
l'apanage des petits esprits, qui réussissent à se rapetisser
encore pour mieux entrer dans la sphère vitale de la
personne autour de laquelle ils gravitent. La flatterie
sous-entend un intérêt. Aussi les personnes qui venaient
meubler tous les soirs la salle de mademoiselle Grandet,
nommée par elles mademoiselle de Froidfond, réussis-
saient-elles merveilleusement à l'accabler de louanges.
Ce concert d'éloges, nouveaux pour Eugénie, la fit d'abord
rougir; mais insensiblement, et quelque grossiers que
fussent les compliments, son oreille s'accoutuma si bien
à entendre vanter sa beauté, que si quelque nouveau venu
l'eût trouvée laide, ce reproche lui aurait été beaucoup
plus sensible alors que huit ans auparavant. Puis elle
finit par aimer des douceurs qu'elle mettait secrètement
aux pieds de son idole. Elle s'habitua donc par degrés à se
laisser traiter en souveraine et à voir sa cour pleine tous
les soirs. Monsieur le président de Bonfons était le héros
de ce petit cercle, où son esprit, sa personne, son instruction, son amabilité sans cesse étaient vantés. L'un faisait
observer que, depuis sept ans, il avait beaucoup augmenté
sa fortune; que Bonfons valait au moins dix mille francs
de rente et se trouvait enclavé, comme tous les biens des
Cruchot, dans les vastes domaines de l'héritière. —
Savez-vous, mademoiselle, disait un habitué, que les

Cruchot ont à eux quarante mille livres de rentes. —
Et leurs économies, reprenait une vieille Cruchotine,
mademoiselle de Gribeaucourt. Un monsieur de Paris
est venu dernièrement offrir à monsieur Cruchot deux
cent mille francs de son étude. Il doit la vendre, s'il
peut être nommé juge de paix. — Il veut succéder à
monsieur de Bonfons dans la présidence du tribunal,
et prend ses précautions, répondit madame d'Orsonval;
car monsieur le président deviendra conseiller, puis
président à la Cour, il a trop de moyens pour ne pas
arriver. — Oui, c'est un homme bien distingué, disait
un autre. Ne trouvez-vous pas, Mademoiselle? monsieur le président avait tâché de se mettre en harmonie
avec le rôle qu'il voulait jouer. Malgré ses quarante ans,
malgré sa figure brune et rébarbative, flétrie comme
le sont presque toutes les physionomies judiciaires, il se
mettait en jeune homme, badinait avec un jonc, ne
prenait point de tabac chez mademoiselle de Froidfond,
y arrivait toujours en cravate blanche, et en chemise dont
le jabot à gros plis lui donnait un air de famille avec les
individus du genre dindon. Il parlait familièrement à la
belle héritière, et lui disait : Notre chère Eugénie! Enfin,
hormis le nombre des personnages, en remplaçant le
loto par le whist, et en supprimant les figures de monsieur
et de madame Grandet, la scène par laquelle commence
cette histoire était à peu près la même que par le passé.
La meute poursuivait toujours Eugénie et ses millions;
mais la meute plus nombreuse aboyait mieux, et cernait sa
proie avec ensemble. Si Charles fût arrivé du fond des
Indes, il eût donc retrouvé les mêmes personnages et les
mêmes intérêts. Madame des Grassins, pour laquelle
Eugénie était parfaite de grâce et de bonté, persistait à
tourmenter les Cruchot. Mais alors, comme autrefois,
la figure d'Eugénie eût dominé le tableau; comme autrefois, Charles eût encore été là le souverain. Néanmoins
il y avait un progrès. Le bouquet présenté jadis à Eugénie
aux jours de sa fête par le président était devenu pério-
dique. Tous les soirs il apportait à la riche héritière un
gros et magnifique bouquet que madame Cornoiller
mettait ostensiblement dans un bocal, et jetait secrètement
dans un coin de la cour, aussitôt les visiteurs partis. Au
commencement du printemps, madame des Grassins
essaya de troubler le bonheur des Cruchotins en parlant
à Eugénie du marquis de Froidfond, dont la maison ruinée
pouvait se relever si l'héritière voulait lui rendre sa terre

par un contrat de mariage. Madame des Grassins faisait
sonner haut la pairie, le titre de marquise, et, prenant le
sourire de dédain d'Eugénie pour une approbation, elle
allait disant que le mariage de monsieur le président
Cruchot n'était pas aussi avancé qu'on le croyait. —
Quoique monsieur de Froidfond ait cinquante ans, disait-
elle, il ne paraît pas plus âgé que ne l'est monsieur Cruchot; il est veuf, il a des enfants, c'est vrai; mais il est
marquis, il sera pair de France, et par le temps qui court
trouvez donc des mariages de cet acabit. Je sais de science
certaine que le père Grandet, en réunissant tous ses biens
à la terre de Froidfond, avait l'intention de s'enter sur les
Froidfond. Il me l'a souvent dit. Il était malin, le bonhomme.

— Comment, Nanon, dit un soir Eugénie en se couchant, il ne m'écrira pas une fois en sept ans?...

Pendant que ces choses se passaient à Saumur, Charles
faisait fortune aux Indes. Sa pacotille s'était d'abord très
bien vendue. Il avait réalisé promptement une somme de
six mille dollars. Le baptême de la Ligne lui fit perdre
beaucoup de préjugés; il s'aperçut que le meilleur moyen
d'arriver à la fortune était, dans les régions intertropi-
cales, aussi bien qu'en Europe, d'acheter et de vendre des
hommes. Il vint donc sur les côtes d'Afrique et fit la
traite des nègres, en joignant à son commerce d'hommes
celui des marchandises les plus avantageuses à échanger sur
les divers marchés où l'amenaient ses intérêts. Il porta dans
les affaires une activité qui ne lui laissait aucun moment
de libre. Il était dominé par l'idée de reparaître à Paris
dans tout l'éclat d'une haute fortune, et de ressaisir une
position plus brillante encore que celle d'où il était tombé.
A force de rouler à travers les hommes et les pays, d'en
observer les coutumes contraires, ses idées se modifièrent
et il devint sceptique. Il n'eut plus de notions fixes sur le
juste et l'injuste, en voyant taxer de crime dans un pays
ce qui était vertu dans un autre. Au contact perpétuel des
intérêts, son cœur se refroidit, se contracta, se dessécha.
Le sang des Grandet ne faillit point à sa destinée. Charles
devint dur, âpre à la curée. Il vendit des Chinois, des
nègres, des nids d'hirondelles, des enfants, des artistes;
il fit l'usure en grand. L'habitude de frauder les droits
de douane le rendit moins scrupuleux sur les droits de
l'homme. Il allait à Saint-Thomas acheter à vil prix
les marchandises volées par les pirates, et les portait sur
les places où elles manquaient. Si la noble et pure figure

d'Eugénie l'accompagna dans son premier voyage comme cette image de Vierge que mettent sur leur vaisseau les marins espagnols, et s'il attribua ses premiers succès à la magique influence des vœux et des prières de cette douce fille, plus tard, les négresses, les mulâtresses, les blanches, les Javanaises, les almées, ses orgies de toutes les couleurs, et les aventures qu'il eut en divers pays effacèrent complétement le souvenir de sa cousine, de Saumur, de la maison, du banc, du baiser pris dans le couloir. Il se souvenait seulement du petit jardin encadré de vieux murs, parce que là, sa destinée hasardeuse avait commencé; mais il reniait sa famille : son oncle était un vieux chien qui lui avait filouté ses bijoux; Eugénie n'occupait ni son cœur ni ses pensées, elle occupait une place dans ses affaires comme créancière d'une somme de six mille francs. Cette conduite et ces idées expliquent le silence de Charles Grandet. Dans les Indes, à Saint-Thomas, à la côte d'Afrique, à Lisbonne et aux Etats-Unis, le spéculateur avait pris, pour ne pas compromettre son nom, le pseudonyme de Sepherd. Carl Sepherd pouvait sans danger se montrer partout infatigable, audacieux, avide, en homme qui, résolu de faire fortune *quibuscumque viis*, se dépêche d'en finir avec l'infamie pour rester honnête homme pendant le restant de ses jours. Avec ce système, sa fortune fut rapide et brillante. En 1827 donc, il revenait à Bordeaux, sur le *Marie-Caroline*, joli brick appartenant à une maison de commerce royaliste. Il possédait dix-neuf cent mille francs en trois tonneaux de poudre d'or bien cerclés, desquels il comptait tirer sept ou huit pour cent en les monnayant à Paris. Sur ce brick, se trouvait également un gentilhomme ordinaire de la chambre de S. M. le roi Charles X, monsieur d'Aubrion, bon vieillard qui avait fait la folie d'épouser une femme à la mode, et dont la fortune était aux îles. Pour réparer les prodigalités de madame d'Aubrion, il était allé réaliser ses propriétés. Monsieur et Madame d'Aubrion, de la maison d'Aubrion de Buch, dont le dernier Captal mourut avant 1789, réduits à une vingtaine de mille livres de rente, avaient une fille assez laide que la mère voulait marier sans dot, sa fortune lui suffisant à peine pour vivre à Paris. C'était une entreprise dont le succès eût semblé problématique à tous les gens du monde malgré l'habileté qu'ils prêtent aux femmes à la mode. Aussi madame d'Aubrion elle-même désespérait-elle presque, en voyant sa fille, d'en embarrasser qui que ce fût, fût-ce même un homme ivre de noblesse. Mademoiselle d'Aubrion était une demoiselle longue comme l'insecte, son homonyme; maigre, fluette, à bouche dédaigneuse, sur laquelle descendait un nez trop long, gros du bout, flavescent à l'état normal, mais complètement rouge après les repas, espèce de phénomène végétal plus désagréable au milieu d'un visage pâle et ennuyé que dans tout autre. Enfin, elle était telle que pouvait la désirer une mère de trente-huit ans qui, belle encore, avait encore des prétentions. Mais, pour contrebalancer de tels désavantages, la marquise d'Aubrion avait donné à sa fille un air très distingué, l'avait soumise à une hygiène qui maintenait provisoirement le nez à un ton de chair raisonnable, lui avait appris l'art de se mettre avec goût, l'avait dotée de jolies manières, lui avait enseigné ces regards mélancoliques qui intéressent un homme et lui font croire qu'il va rencontrer l'ange si vainement cherché; elle lui avait montré la manœuvre du pied, pour l'avancer à propos et en faire admirer la petitesse, au moment où le nez avait l'impertinence de rougir; enfin, elle avait tiré de sa fille un parti très satisfaisant. Au moyen de manches larges, de corsages menteurs, de robes bouffantes et soigneusement garnies, d'un corset à haute pression, elle avait obtenu des produits féminins si curieux que, pour l'instruction des mères, elle aurait dû les déposer dans un musée. Charles se lia beaucoup avec madame d'Aubrion, qui voulait précisément se lier avec lui. Plusieurs personnes prétendent même que, pendant la traversée, la belle madame d'Aubrion ne négligea aucun moyen de capturer un gendre si riche. En débarquant à Bordeaux, au mois de juin 1827, monsieur, madame, mademoiselle d'Aubrion et Charles logèrent ensemble dans le même hôtel et partirent ensemble pour Paris. L'hôtel d'Aubrion était criblé d'hypothèques, Charles devait le libérer. La mère avait déjà parlé du bonheur qu'elle aurait de céder son rez-de-chaussée à son gendre et à sa fille. Ne partageant pas les préjugés de monsieur d'Aubrion sur la noblesse, elle avait promis à Charles Grandet d'obtenir du bon Charles X une ordonnance royale qui l'autoriserait, lui Grandet, à porter le nom d'Aubrion, à en prendre les armes, et à succéder, moyennant la constitution d'un majorat de trente-six mille livres de rente, à Aubrion, dans le titre de Captal de Buch et marquis d'Aubrion. En réunissant leurs fortunes, vivant en bonne intelligence, et moyennant des sinécures, on pourrait réunir cent et quelques mille livres de rente à l'hôtel d'Aubrion. — Et quand on a cent mille livres de rente, un nom, une famille, que l'on va à la cour, car je vous ferai nommer gentilhomme de la chambre, on devient tout ce qu'on veut être, disait-elle à Charles. Ainsi vous serez, à votre choix, maître des requêtes au Conseil d'Etat, préfet, secrétaire d'ambassade, ambassadeur. Charles X aime beaucoup d'Aubrion, ils se connaissent depuis l'enfance.

Enivré d'ambition par cette femme, Charles avait caressé, pendant la traversée, toutes ces espérances qui lui furent présentées par une main habile, et sous forme de confidences versées de cœur à cœur. Croyant les affaires de son père arrangées par son oncle, il se voyait ancré tout à coup dans le faubourg Saint-Germain, où tout le monde voulait alors entrer, et où, à l'ombre du nez bleu de mademoiselle Mathilde, il reparaissait en comte d'Aubrion, comme les Dreux reparurent un jour en Brézé. Ébloui par la prospérité de la Restauration qu'il avait laissée chancelante, saisi par l'éclat des idées aristocratiques, son enivrement commencé sur le vaisseau se maintint à Paris, où il résolut de tout faire pour arriver à la haute position que son égoïste belle-mère lui faisait entrevoir. Sa cousine n'était donc plus pour lui qu'un point dans l'espace de cette brillante perspective. Il revit Annette. En femme du monde, Annette conseilla vivement à son ancien ami de contracter cette alliance, et lui promit son appui dans toutes ses entreprises ambitieuses. Annette était enchantée de faire épouser une demoiselle laide et ennuyeuse à Charles, que le séjour des Indes avait rendu très séduisant : son teint avait bruni, ses manières étaient devenues décidées, hardies, comme le sont celles des hommes habitués à trancher, à dominer, à réussir. Charles respira plus à l'aise dans Paris, en voyant qu'il pouvait y jouer un rôle. Des Grassins, apprenant son retour, son mariage prochain, sa fortune, le vint voir pour lui parler des trois cent mille francs moyennant lesquels il pouvait acquitter les dettes de son père. Il trouva Charles en conférence avec le joaillier auquel il avait commandé des bijoux pour la corbeille de mademoiselle d'Aubrion, et qui lui en montrait les dessins. Malgré les magnifiques diamants que Charles avait rapportés des Indes, les façons, l'argenterie, la joaillerie solide et futile du jeune ménage allait encore à plus de deux cent mille francs. Charles reçut des Grassins, qu'il ne reconnut pas, avec l'impertinence d'un jeune homme à la mode qui, dans les Indes, avait tué quatre hommes en différents duels. Monsieur des Grassins était déjà venu trois fois, Charles l'écouta froidement : puis il lui répondit, sans l'avoir bien compris : « Les affaires de mon père ne sont pas les miennes. Je vous suis obligé, monsieur, des soins que vous avez bien voulu prendre, et dont je ne saurais profiter. Je n'ai pas ramassé presque deux millions à la sueur de mon front pour aller les flanquer à la tête des créanciers de mon père. »

— Et si monsieur votre père était, d'ici à quelques jours, déclaré en faillite ?

— Monsieur, d'ici à quelques jours, je me nommerai le comte d'Aubrion. Vous entendez bien que ce me sera parfaitement indifférent. D'ailleurs, vous savez mieux que moi que quand un homme a cent mille livres de rente, son père n'a jamais fait faillite, ajouta-t-il en poussant poliment le sieur des Grassins vers la porte.

Au commencement du mois d'août de cette année, Eugénie était assise sur le petit banc de bois où son cousin lui avait juré un éternel amour, et où elle venait déjeûner quand il faisait beau. La pauvre fille se complaisait en ce moment, par la plus fraîche, la plus joyeuse matinée, à repasser dans sa mémoire les grands, les petits événements de son amour, et les catastrophes dont il avait été suivi. Le soleil éclairait le joli pan de mur tout fendillé, presque en ruines, auquel il était défendu de toucher, de par la fantasque héritière, quoique Cornoiller répétât souvent à sa femme qu'on serait écrasé dessous quelque jour. En ce moment, le facteur de poste frappa, remit une lettre à madame Cornoiller, qui vint au jardin en criant : « Mademoiselle, une lettre ! » Elle la donna à sa maîtresse en lui disant : « C'est-y celle que vous attendez ? »

Ces mots retentirent aussi fortement au cœur d'Eugénie qu'ils retentirent réellement entre les murailles de la cour et du jardin.

— Paris ! C'est de lui. Il est revenu.

Eugénie pâlit, et garda la lettre pendant un moment. Elle palpitait trop vivement pour pouvoir la décacheter et la lire. La Grande Nanon resta debout, les deux mains sur les hanches, et la joie semblait s'échapper comme une fumée par les crevasses de son brun visage.

— Lisez donc, mademoiselle...

— Ah ! Nanon, pourquoi revient-il par Paris, quand il s'en est allé par Saumur ?

— Lisez, vous le saurez.

Eugénie décacheta la lettre en tremblant. Il en tomba un mandat sur la maison *Madame des Grassins et Corret de Saumur*. Nanon le ramassa.

« Ma chère cousine... »

— Je ne suis plus Eugénie, pensa-t-elle. Et son cœur se serra.

« Vous... »

— Il me disait *tu!*

Elle se croisa les bras, n'osa plus lire la lettre, et de grosses larmes lui vinrent aux yeux.

— Est-il mort ? demanda Nanon.

— Il n'écrirait pas, dit Eugénie.

Elle lut toute la lettre que voici.

« Ma chère cousine, vous apprendrez, je le crois, avec plaisir, le succès de mes entreprises. Vous m'avez porté bonheur, je suis devenu riche, et j'ai suivi les conseils de mon oncle, dont la mort et celle de ma tante viennent de m'être apprises par monsieur des Grassins. La mort de nos parents est dans la nature, et nous devons leur succéder. J'espère que vous êtes aujourd'hui consolée. Rien ne résiste au temps, je l'éprouve. Oui, ma chère cousine, malheureusement pour moi, le moment des illusions est passé. Que voulez-vous ! En voyageant à travers de nombreux pays, j'ai réfléchi sur la vie. D'enfant que j'étais au départ, je suis devenu homme au retour. Aujourd'hui, je pense à bien des choses auxquelles je ne songeais pas autrefois. Vous êtes libre, ma cousine, et je suis libre encore ; rien n'empêche, en apparence, la réalisation de nos petits projets ; mais j'ai trop de loyauté dans le caractère pour vous cacher la situation de mes affaires. Je n'ai point oublié que je ne m'appartiens pas ; je me suis toujours souvenu dans mes longues traversées du petit banc de bois... »

Eugénie se leva comme si elle eût été sur des charbons ardents, et alla s'asseoir sur une des marches de la cour.

« ... du petit banc de bois où nous nous sommes juré de nous aimer toujours, du couloir, de la salle grise, de

ma chambre en mansarde, et de la nuit où vous m'avez
rendu, par votre délicate obligeance, mon avenir plus
facile. Oui, ces souvenirs ont soutenu mon courage, et je·
me suis dit que vous pensiez toujours à moi comme je
pensais souvent à vous, à l'heure convenue entre nous.
Avez-vous bien regardé les nuages à neuf heures ? Oui,
n'est-ce pas ? Aussi, ne veux-je pas trahir une amitié
sacrée pour moi ; non, je ne dois point vous tromper. Il
s'agit, en ce moment, pour moi, d'une alliance qui satisfait
à toutes les idées que je me suis formées sur le mariage.
L'amour, dans le mariage, est une chimère. Aujourd'hui
mon expérience me dit qu'il faut obéir à toutes les lois
sociales et réunir toutes les convenances voulues par le
monde en se mariant. Or, déjà se trouve entre nous une
différence d'âge qui, peut-être, influerait plus sur votre
avenir, ma chère cousine, que sur le mien. Je ne vous
parlerai ni de vos mœurs, ni de votre éducation, ni de
vos habitudes, qui ne sont nullement en rapport avec la vie
de Paris, et ne cadreraient sans doute point avec mes projets ultérieurs. Il entre dans mes plans de tenir un grand
état de maison, de recevoir beaucoup de monde, et je crois
me souvenir que vous aimez une vie douce et tranquille.
Non, je serai plus franc, et veux vous faire arbitre de ma
situation ; il vous appartient de la connaître, et vous aurez
le droit de la juger. Aujourd'hui je possède quatre-vingt
mille livres de rente. Cette fortune me permet de m'unir
à la famille d'Aubrion, dont l'héritière, jeune personne de
dix-neuf ans, m'apporte en mariage son nom, un titre,
la place de gentilhomme honoraire de la chambre de
Sa Majesté, et une position des plus brillantes. Je vous
avouerai, ma chère cousine, que je n'aime pas le moins
du monde mademoiselle d'Aubrion, mais, par son alliance,
j'assure à mes enfants une situation sociale dont un jour
les avantages seront incalculables : de jour en jour, les
idées monarchiques reprennent faveur. Donc, quelques
années plus tard, mon fils, devenu marquis d'Aubrion,
ayant un majorat de quarante mille livres de rente, pourra
prendre dans l'État telle place qu'il lui conviendra de
choisir. Nous nous devons à nos enfants. Vous voyez, ma
cousine, avec quelle bonne foi je vous expose l'état de
mon cœur, de mes espérances et de ma fortune. Il est
possible que de votre côté vous ayez oublié nos enfantillages après sept années d'absence ; mais moi, je n'ai
oublié ni votre indulgence, ni mes paroles ; je me souviens
de toutes, même des plus légèrement données, et aux-

quelles un jeune homme moins consciencieux que je ne
le suis, ayant un cœur moins jeune et moins probe, ne
songerait même pas. En vous disant que je ne pense qu'à
faire un mariage de convenance, et que je me souviens
encore de nos amours d'enfant, n'est-ce pas me mettre
entièrement à votre discrétion, vous rendre maîtresse de
mon sort, et vous dire que, s'il faut renoncer à mes
ambitions sociales, je me contenterai volontiers de ce
simple et pur bonheur duquel vous m'avez offert de si
touchantes images... »

— Tan, ta, ta. — Tan, ta, ti. — Tinn, ta, ta. —
Toûn! — Toûn, ta, ti. — Tinn, ta, ta..., etc., avait
chanté Charles Grandet sur l'air de *Non più andrai*, en
signant :

> « Votre dévoué cousin,
>
> « Charles. »

— Tonnerre de Dieu! c'est y mettre des procédés,
se dit-il. Et il avait cherché le mandat, et il avait ajouté
ceci :

« *P. S.* Je joins à ma lettre un mandat sur la maison
des Grassins de huit mille francs à votre ordre, et payable
en or, comprenant intérêts et capital de la somme que
vous avez eu la bonté de me prêter. J'attends de Bordeaux une caisse où se trouvent quelques objets que vous
me permettrez de vous offrir en témoignage de mon
éternelle reconnaissance. Vous pouvez renvoyer par la
diligence ma toilette à l'hôtel d'Aubrion, rue Hille-
rin-Bertin. »

— Par la diligence! dit Eugénie. Une chose pour
laquelle j'aurais donné mille fois ma vie!

Épouvantable et complet désastre. Le vaisseau som-
brait sans laisser ni un cordage, ni une planche sur le
vaste océan des espérances. En se voyant abandonnées,
certaines femmes vont arracher leur amant aux bras d'une
rivale, la tuent et s'enfuient au bout du monde, sur l'écha-
faud ou dans la tombe. Cela, sans doute, est beau; le
mobile de ce crime est une sublime passion qui impose
à la Justice humaine. D'autres femmes baissent la tête et
souffrent en silence : elles vont mourantes et résignées,
pleurant et pardonnant, priant et se souvenant jusqu'au
dernier soupir. Ceci est de l'amour, l'amour vrai, l'amour

des anges, l'amour fier qui vit de sa douleur et qui en
meurt. Ce fut le sentiment d'Eugénie après avoir lu cette
horrible lettre. Elle jeta ses regards au ciel, en pensant aux
dernières paroles de sa mère, qui, semblable à quelques
mourants, avait projeté sur l'avenir un coup d'œil péné-
trant, lucide; puis, Eugénie, se souvenant de cette mort
et de cette vie prophétique, mesura d'un regard toute sa
destinée. Elle n'avait plus qu'à déployer ses ailes, tendre
au ciel, et vivre en prières jusqu'au jour de sa déli-
vrance.

— Ma mère avait raison, dit-elle en pleurant. Souffrir
et mourir.

Elle vint à pas lents de son jardin dans la salle. Contre
son habitude, elle ne passa point par le couloir; mais elle
retrouva le souvenir de son cousin dans ce vieux salon
gris, sur la cheminée duquel était toujours une certaine
soucoupe dont elle se servait tous les matins à son déjeuner, ainsi que du sucrier de vieux Sèvres. Cette matinée
devait être solennelle et pleine d'événements pour elle.
Nanon lui annonça le curé de la paroisse. Ce curé, parent
des Cruchot, était dans les intérêts du président de Bonfons. Depuis quelques jours, le vieil abbé l'avait déterminé à parler à mademoiselle Grandet, dans un sens purement religieux, de l'obligation où elle était de contracter
mariage. En voyant son pasteur, Eugénie crut qu'il
venait chercher les mille francs qu'elle donnait mensuel-
lement aux pauvres, et dit à Nanon de les aller chercher;
mais le curé se prit à sourire.

— Aujourd'hui, mademoiselle, je viens vous parler
d'une pauvre fille à laquelle toute la ville de Saumur
s'intéresse, et qui, faute de charité pour elle-même, ne vit
pas chrétiennement.

— Mon Dieu! monsieur le curé, vous me trouvez
dans un moment où il m'est impossible de songer à mon
prochain, je suis tout occupée de moi. Je suis bien
malheureuse, je n'ai d'autre refuge que l'Église; elle a un
sein assez large pour contenir toutes nos douleurs, et des
sentiments assez féconds pour que nous puissions y
puiser sans crainte de les tarir.

— Eh! bien, mademoiselle, en nous occupant de
cette fille, nous nous occuperons de vous. Écoutez. Si
vous voulez faire votre salut, vous n'avez que deux
voies à suivre, ou quitter le monde ou en suivre les lois.
Obéir à votre destinée terrestre ou à votre destinée
céleste.

— Ah! votre voix me parle au moment où je voulais entendre une voix. Oui, Dieu vous adresse ici, monsieur. Je vais dire adieu au monde et vivre pour Dieu seul dans le silence et la retraite.

— Il est nécessaire, ma fille, de longtemps réfléchir à ce violent parti. Le mariage est une vie, le voile est une mort.

— Eh! bien, la mort, la mort promptement, monsieur le curé, dit-elle avec une effrayante vivacité.

— La mort! mais vous avez de grandes obligations à remplir envers la Société, mademoiselle. N'êtes-vous donc pas la mère des pauvres auxquels vous donnez des vêtements, du bois en hiver et du travail en été? Votre grande fortune est un prêt qu'il faut rendre, et vous l'avez sainte-ment acceptée ainsi. Vous ensevelir dans un couvent, ce serait de l'égoïsme; quant à rester vieille fille, vous ne le devez pas. D'abord, pourriez-vous gérer seule votre immense fortune? vous la perdriez peut-être. Vous auriez bientôt mille procès, et vous seriez engarriée en d'inex-tricables difficultés. Croyez votre pasteur: un époux vous est utile, vous devez conserver ce que Dieu vous a donné. Je vous parle comme à une ouaille chérie. Vous aimez trop sincèrement Dieu pour ne pas faire votre salut au milieu du monde, dont vous êtes un des plus beaux ornements, et auquel vous donnez de saints exemples.

En ce moment, madame des Grassins se fit annoncer. Elle venait amenée par la vengeance et par un grand désespoir.

— Mademoiselle, dit-elle. Ah! voici monsieur le curé. Je me tais, je venais vous parler d'affaires, et je vois que vous êtes en grande conférence.

— Madame, dit le curé, je vous laisse le champ libre.

— Oh! monsieur le curé, dit Eugénie, revenez dans quelques instants, votre appui m'est en ce moment bien nécessaire.

— Oui, ma pauvre enfant, dit madame des Grassins.

— Que voulez-vous dire? demandèrent mademoi-selle Grandet et le curé.

— Ne sais-je pas le retour de votre cousin, son mariage avec mademoiselle d'Aubrion?... Une femme n'a jamais son esprit dans sa poche.

Eugénie rougit et resta muette; mais elle prit le parti d'affecter à l'avenir l'impassible contenance qu'avait su prendre son père.

— Eh! bien, madame, répondit-elle avec ironie, j'ai sans doute l'esprit dans ma poche, je ne comprends pas. Parlez, parlez devant monsieur le curé, vous savez qu'il est mon directeur.

— Eh! bien, mademoiselle, voici ce que des Grassins m'écrit. Lisez.

Eugénie lut la lettre suivante :

« Ma chère femme, Charles Grandet arrive des Indes, il est à Paris depuis un mois...

— Un mois! se dit Eugénie en laissant tomber sa main.

Après une pause, elle reprit la lettre.

« ... Il m'a fallu faire antichambre deux fois avant de pouvoir parler à ce futur vicomte d'Aubrion. Quoique tout Paris parle de son mariage, et que tous les bans soient publiés... »

— Il m'écrivait donc au moment où..., se dit Eugénie. Elle n'acheva pas, elle ne s'écria pas comme une Parisienne : « Le polisson! » Mais pour ne pas être exprimé, le mépris n'en fut pas moins complet.

« ... Ce mariage est loin de se faire; le marquis d'Aubrion ne donnera pas sa fille au fils d'un banqueroutier. Je suis venu lui faire part des soins que son oncle et moi nous avons donnés aux affaires de son père, et des habiles manœuvres par lesquelles nous avons su faire tenir les créanciers tranquilles jusqu'aujourd'hui. Ce petit impertinent n'a-t-il pas eu le front de me répondre, à moi qui, pendant cinq ans, me suis dévoué nuit et jour à ses intérêts et à son honneur, que *les affaires de son père n'étaient pas les siennes*. Un agréé serait en droit de lui demander trente à quarante mille francs d'honoraires, à un pour cent sur la somme des créances. Mais, patience, il est bien légitimement dû douze cent mille francs aux créanciers, et je vais faire déclarer son père en faillite. Je me suis embarqué dans cette affaire sur la parole de ce vieux caïman de Grandet, et j'ai fait des promesses au nom de la famille. Si monsieur le vicomte d'Aubrion se soucie peu de son honneur, le mien m'intéresse fort. Aussi vais-je expliquer ma position aux créanciers. Néanmoins, j'ai trop de respect pour mademoiselle Eugénie, à l'alliance de laquelle, en des temps plus heureux, nous avions pensé, pour agir sans que tu lui aies parlé de cette affaire... »

Là, Eugénie rendit froidement la lettre sans l'achever.

— Je vous remercie, dit-elle à madame des Grassins, *nous verrons cela...*

— En ce moment, vous avez toute la voix de défunt votre père, dit madame des Grassins.

— Madame, vous avez huit mille cent francs d'or à nous compter, lui dit Nanon.

— Cela est vrai; faites-moi l'avantage de venir avec moi, madame Cornoiller.

— Monsieur le curé, dit Eugénie avec un noble sang-froid que lui donna la pensée qu'elle allait exprimer, serait-ce pécher que de demeurer en état de virginité dans le mariage?

— Ceci est un cas de conscience dont la solution m'est inconnue. Si vous voulez savoir ce qu'en pense en sa *Somme de Matrimonio* le célèbre Sanchez, je pourrai vous le dire demain.

Le curé partit, mademoiselle Grandet monta dans le cabinet de son père et y passa la journée seule, sans vouloir descendre à l'heure du dîner, malgré les instances de Nanon. Elle parut le soir, à l'heure où les habitués de son cercle arrivèrent. Jamais le salon des Grandet n'avait été aussi plein qu'il le fut pendant cette soirée. La nouvelle du retour et de la sotte trahison de Charles avait été répandue dans toute la ville. Mais quelque attentive que fût la curiosité des visiteurs, elle ne fut point satisfaite. Eugénie, qui s'y était attendue, ne laissa percer sur son visage calme aucune des cruelles émotions qui l'agitaient. Elle sut prendre une figure riante pour répondre à ceux qui voulurent lui témoigner de l'intérêt par des regards ou des paroles mélancoliques. Elle sut enfin couvrir son malheur sous les voiles de la politesse. Vers neuf heures, les parties finissaient, et les joueurs quittaient leurs tables, se payaient et discutaient les derniers coups de whist en venant se joindre au cercle des causeurs. Au moment où l'assemblée se leva en masse pour quitter le salon, il y eut un coup de théâtre qui retentit dans Saumur, de là dans l'arrondissement et dans les quatres préfectures environnantes.

— Restez, monsieur le président, dit Eugénie à monsieur de Bonfons en lui voyant prendre sa canne.

A cette parole, il n'y eut personne dans cette nombreuse assemblée qui ne se sentît ému. Le président pâlit et fut obligé de s'asseoir.

— Au président les millions, dit mademoiselle de Gribeaucourt.

— C'est clair, le président de Bonfons épouse mademoiselle Grandet, s'écria madame d'Orsonval.

— Voilà le meilleur coup de la partie, dit l'abbé.

— C'est un beau *schleem*, dit le notaire.

Chacun dit son mot, chacun fit son calembour, tous voyaient l'héritière montée sur ses millions, comme sur un piédestal. Le drame commencé depuis neuf ans se dénouait. Dire, en face de tout Saumur, au président de rester, n'était-ce pas annoncer qu'elle voulait faire de lui son mari? Dans les petites villes, les convenances sont si sévèrement observées, qu'une infraction de ce genre y constitue la plus solennelle des promesses.

— Monsieur le président, lui dit Eugénie d'une voix émue quand ils furent seuls, je sais ce qui vous plaît en moi. Jurez de me laisser libre pendant toute ma vie, de ne me rappeler aucun des droits que le mariage vous donne sur moi, et ma main est à vous. Oh! reprit-elle en le voyant se mettre à ses genoux, je n'ai pas tout dit. Je ne dois pas vous tromper, monsieur. J'ai dans le cœur un sentiment inextinguible. L'amitié sera le seul sentiment que je puisse accorder à mon mari : je ne veux ni l'offenser, ni contrevenir aux lois de mon cœur. Mais vous ne posséderez ma main et ma fortune qu'au prix d'un immense service.

— Vous me voyez prêt à tout, dit le président.

— Voici quinze cent mille francs, monsieur le président, dit-elle en tirant de son sein une reconnaissance de cent actions de la Banque de France, partez pour Paris, non pas demain, non pas cette nuit, mais à l'instant même. Rendez-vous chez monsieur des Grassins, sachez-y le nom de tous les créanciers de mon oncle, rassemblez-les, payez tout ce que sa succession peut devoir, capital et intérêts à cinq pour cent depuis le jour de la dette jusqu'à celui du remboursement, enfin veillez à faire faire une quittance générale et notariée, bien en forme. Vous êtes magistrat, je ne me fie qu'à vous en cette affaire. Vous êtes un homme loyal, un galant homme; je m'embarquerai sur la foi de votre parole pour traverser les dangers de la vie à l'abri de votre nom. Nous aurons l'un pour l'autre une mutuelle indulgence. Nous nous connaissons depuis si longtemps, nous sommes presque parents, vous ne voudriez pas me rendre malheureuse.

Le président tomba aux pieds de la riche héritière en palpitant de joie et d'angoisse.

— Je serai votre esclave, lui dit-il.

— Quand vous aurez la quittance, monsieur, reprit-elle en lui jetant un regard froid, vous la porterez avec tous les titres à mon cousin Grandet et vous lui remettrez cette lettre. A votre retour, je tiendrai ma parole.

Le président comprit, lui, qu'il devait mademoiselle Grandet à un dépit amoureux, aussi s'empressa-t-il d'exécuter ses ordres avec la plus grande promptitude, afin qu'il n'arrivât aucune réconciliation entre les deux amants.

Quand M. de Bonfons fut parti, Eugénie tomba sur son fauteuil et fondit en larmes. Tout était consommé. Le président prit la poste, et se trouvait à Paris le lendemain soir. Dans la matinée du jour qui suivit son arrivée, il alla chez des Grassins. Le magistrat convoqua les créanciers en l'Étude du notaire où étaient déposés les titres, et chez lequel pas un ne faillit à l'appel. Quoique ce fussent des créanciers, il faut leur rendre justice : ils furent exacts. Là, le président de Bonfons, au nom de mademoiselle Grandet, leur paya le capital et les intérêts dus. Le paiement des intérêts fut pour le commerce parisien un des événements les plus étonnants de l'époque. Quand la quittance fut enregistrée et des Grassins payé de ses soins par le don d'une somme de cinquante mille francs que lui avait allouée Eugénie, le président se rendit à l'hôtel d'Aubrion, et y trouva Charles au moment où il rentrait dans son appartement, accablé par son beau-père. Le vieux marquis venait de lui déclarer que sa fille ne lui appartiendrait qu'autant que tous les créanciers de Guillaume Grandet seraient soldés.

Le président lui remit d'abord la lettre suivante :

« MON COUSIN, monsieur le président de Bonfons s'est chargé de vous remettre la quittance de toutes les sommes dues par mon oncle et celle par laquelle je reconnais les avoir reçues de vous. On m'a parlé de faillite!... J'ai pensé que le fils d'un failli ne pouvait peut-être pas épouser mademoiselle d'Aubrion. Oui, mon cousin, vous avez bien jugé de mon esprit et de mes manières : je n'ai sans doute rien du monde, je n'en connais ni les calculs ni les mœurs, et ne saurais vous y donner les plaisirs que vous voulez y trouver. Soyez heureux, selon les conventions sociales auxquelles vous sacrifiez vos premières amours. Pour rendre votre bonheur complet, je ne puis donc plus vous offrir que l'honneur de votre père. Adieu, vous aurez toujours une fidèle amie dans votre cousine.

« Eugénie. »

Le président sourit de l'exclamation que ne put réprimer cet ambitieux au moment où il reçut l'acte authentique.

— Nous nous annoncerons réciproquement nos mariages, lui dit-il.

— Ah! vous épousez Eugénie. Eh! bien, j'en suis content, c'est une bonne fille. Mais, reprit-il frappé tout à coup par une réflexion lumineuse, elle est donc riche?

— Elle avait, répondit le président d'un air goguenard, près de dix-neuf millions, il y a quatre jours; mais elle n'en a plus que dix-sept aujourd'hui.

Charles regarda le président d'un air hébété.

— Dix-sept... mil...

— Dix-sept millions, oui, monsieur. Nous réunissons, mademoiselle Grandet et moi, sept cent cinquante mille livres de rente, en nous mariant.

— Mon cher cousin, dit Charles, en retrouvant un peu d'assurance, nous pourrons nous pousser l'un l'autre.

— D'accord, dit le président. Voici, de plus, une petite caisse que je dois aussi ne remettre qu'à vous, ajouta-t-il en déposant sur une table le coffret dans lequel était la toilette.

— Hé! bien, mon cher ami, dit madame la marquise d'Aubrion en entrant sans faire attention à Cruchot, ne prenez nul souci de ce que vient de vous dire ce pauvre monsieur d'Aubrion, à qui la duchesse de Chaulieu vient de tourner la tête. Je vous le répète, rien n'empêchera votre mariage...

— Rien, madame, répondit Charles. Les trois millions autrefois dus par mon père ont été soldés hier.

— En argent? dit-elle.

— Intégralement, intérêts et capital, et je vais faire réhabiliter sa mémoire.

— Quelle bêtise! s'écria la belle-mère. — Quel est ce monsieur? dit-elle à l'oreille de son gendre, en apercevant le Cruchot.

— Mon homme d'affaires, lui répondit-il à voix basse.

La marquise salua dédaigneusement monsieur de Bonfons et sortit.

— Nous nous poussons déjà, dit le président en prenant son chapeau. Adieu, mon cousin.

— Il se moque de moi, ce catacouas de Saumur. J'ai envie de lui donner six pouces de fer dans le ventre.

Le président était parti. Trois jours après, monsieur de Bonfons, de retour à Saumur, publia son mariage avec Eugénie. Six mois après, il était nommé conseiller à la Cour royale d'Angers. Avant de quitter Saumur, Eugénie fit fondre l'or des joyaux si longtemps précieux à son cœur, et les consacra, ainsi que les huit mille francs de son cousin, à un ostensoir d'or et en fit présent à la paroisse où elle avait tant prié Dieu pour *lui!* Elle partagea d'ailleurs son temps entre Angers et Saumur. Son mari, qui montra du dévouement dans une circonstance politique, devint président de chambre, et enfin premier président au bout de quelques années. Il attendit impatiemment la réélection générale afin d'avoir un siège à la Chambre. Il convoitait déjà la Pairie, et alors...

— Alors le roi sera donc son cousin, disait Nanon, la Grande Nanon, madame Cornoiller, bourgeoise de Saumur, à qui sa maîtresse annonçait les grandeurs auxquelles elle était appelée. Néanmoins monsieur le président de Bonfons (il avait enfin aboli le nom patronymique de Cruchot) ne parvint à réaliser aucune de ses idées ambitieuses. Il mourut huit jours après avoir été nommé député de Saumur. Dieu, qui voit tout et ne frappe jamais à faux, le punissait sans doute de ses calculs et de l'habileté juridique avec laquelle il avait minuté, *accurante Cruchot,* son contrat de mariage où les deux futurs époux se donnaient l'un à l'autre, *au cas où ils n'auraient pas d'enfants, l'universalité de leurs biens, meubles et immeubles sans en rien excepter ni réserver, en toute propriété, se dispensant même de la formalité de l'inventaire, sans que l'omission dudit inventaire puisse être opposée à leurs héritiers ou ayants cause, entendant que ladite donation soit, etc.* Cette clause peut expliquer le profond respect que le président eut constamment pour la volonté, pour la solitude de madame de Bonfons. Les femmes citaient monsieur le premier président comme un des hommes les plus délicats, le plaignaient et allaient jusqu'à souvent accuser la douleur, la passion d'Eugénie, mais comme elles savent accuser une femme, avec les plus cruels ménagements.

— Il faut que madame la présidente de Bonfons soit
bien souffrante pour laisser son mari seul. Pauvre petite
femme! Guérira-t-elle bientôt? Qu'a-t-elle donc, une
gastrite, un cancer? Pourquoi ne voit-elle pas des médecins? Elle devient jaune depuis quelque temps; elle
devrait aller consulter les célébrités de Paris. Comment
peut-elle ne pas désirer un enfant? Elle aime beaucoup
son mari, dit-on, comment ne pas lui donner d'héritier,
dans sa position? Savez-vous que cela est affreux; et si
c'était par l'effet d'un caprice, il serait bien condamnable.
Pauvre président!

Douée de ce tact fin que le solitaire exerce par ses
perpétuelles méditations et par la vue exquise avec
laquelle il saisit les choses qui tombent dans sa sphère,
Eugénie, habituée par le malheur et par sa dernière éducation à tout deviner, savait que le président désirait sa
mort pour se trouver en possession de cette immense
fortune, encore augmentée par les successions de son
oncle le notaire, et de son oncle l'abbé, que Dieu eut la
fantaisie d'appeler à lui. La pauvre recluse avait pitié
du président. La Providence la vengea des calculs et de
l'infâme indifférence d'un époux qui respectait, comme la
plus forte des garanties, la passion sans espoir dont se
nourrissait Eugénie. Donner la vie à un enfant, n'était-ce
pas tuer les espérances de l'égoïsme, les joies de l'ambition
caressées par le premier président? Dieu jeta donc des
masses d'or à sa prisonnière pour qui l'or était indifférent
et qui aspirait au ciel, qui vivait, pieuse et bonne, en de
saintes pensées, qui secourait incessamment les malheureux en secret. Madame de Bonfons fut veuve à trente-
trois ans, riche de huit cent mille livres de rente, encore
belle, mais comme une femme est belle près de quarante
ans. Son visage est blanc, reposé, calme. Sa voix est douce
et recueillie, ses manières sont simples. Elle a toutes les
noblesses de la douleur, la sainteté d'une personne qui
n'a pas souillé son âme au contact du monde, mais aussi
la roideur de la vieille fille et les habitudes mesquines que
donne l'existence étroite de la province. Malgré ses
huit cent mille livres de rente, elle vit comme avait vécu
la pauvre Eugénie Grandet, n'allume le feu de sa chambre
qu'aux jours où jadis son père lui permettait d'allumer
le foyer de la salle, et l'éteint conformément au pro-
gramme en vigueur dans ses jeunes années. Elle est
toujours vêtue comme l'était sa mère. La maison de
Saumur, maison sans soleil, sans chaleur, sans cesse

ombragée, mélancolique, est l'image de sa vie. Elle accumule soigneusement ses revenus, et peut-être semblerait-elle parcimonieuse si elle ne démentait la médisance par un noble emploi de sa fortune. De pieuses et charitables fondations, un hospice pour la vieillesse et des écoles chrétiennes pour les enfants, une bibliothèque publique richement dotée, témoignent chaque année contre l'avarice que lui reprochent certaines personnes. Les églises de Saumur lui doivent quelques embellissements. Madame de Bonfons que, par raillerie, on appelle *mademoiselle*, inspire généralement un religieux respect. Ce noble cœur, qui ne battait que pour les sentiments les plus tendres, devait donc être soumis aux calculs de l'intérêt humain. L'argent devait communiquer ses teintes froides à cette vie céleste, et donner de la défiance pour les sentiments à une femme qui était tout sentiment.

— Il n'y a que toi qui m'aimes, disait-elle à Nanon.

La main de cette femme panse les plaies secrètes de toutes les familles. Eugénie marche au ciel accompagnée d'un cortège de bienfaits. La grandeur de son âme amoindrit les petitesses de son éducation et les coutumes de sa vie première. Telle est l'histoire de cette femme qui n'est pas du monde au milieu du monde, qui, faite pour être magnifiquement épouse et mère, n'a ni mari, ni enfants, ni famille. Depuis quelques jours, il est question d'un nouveau mariage pour elle. Les gens de Saumur s'occupent d'elle et de monsieur le marquis de Froidfond, dont la famille commence à cerner la riche veuve comme jadis avaient fait les Cruchot. Nanon et Cornoiller sont, dit-on, dans les intérêts du marquis, mais rien n'est plus faux. Ni la Grande Nanon, ni Cornoiller n'ont assez d'esprit pour comprendre les corruptions du monde.

Paris, septembre 1833.

TABLE DES MATIÈRES

LORRIS (DE)/MEUN (DE) Le Roman de la Rose (texte original) (270)

LUCRÈCE De la nature (30)

MACHIAVEL Le Prince (317)

MALHERBE Œuvres poétiques (251)

MALLARMÉ Vers et prose (295)

MARC-AURÈLE Pensées pour moi-même, suivies du Manuel d'ÉPICTÈTE (16)

MARGUERITE de NAVARRE Heptameron (355)

MARIVAUX Le Paysan parvenu (73) - La Vie de Marianne (309)

MAROT Œuvres poétiques (259)

MARX Le Capital, Livre 1 (213)

MAUPASSANT Contes de la Bécasse (272) - Une vie (274) Mademoiselle Fifi (277) - Le Rosier de Madame Husson (283) - Contes du jour et de la nuit (292) - La Main gauche (300) - La Maison Tellier. Une partie de campagne (356)

MAURIAC Un adolescent d'autrefois (387)

MELVILLE Moby Dick (236)

MÉRIMÉE Colomba (32) - Théâtre de Clara Gazul, suivi de La Famille de Carvajal (173) - Les Ames du Purgatoire - Carmen (263) - La Vénus d'Ille et autres nouvelles (368)

MICHELET La Sorcière (83)

MILL (STUART) L'Utilitarisme (183)

★★★ Mille et Une Nuits, 1 (66) - 2 (67), 3 (68)

MISTRAL (F.) Mireille (304)

MOLIÈRE Œuvres complètes, 1 (33) - 2 (41) - 3 (54) - 4 (70)

MONTAIGNE Essais : Livre 1 (210) - 2 (211) - 3 (212)

MONTESQUIEU Lettres persanes (19) - Considérations sur les causes de la grandeur des Romains et de leur décadence (186) - De l'esprit des lois, 1 (325) - 2 (326)

MORAVIA Nouvelles romaines (389)

MUSSET Théâtre, 1 (5) - 2 (14)

NERVAL Les Filles du feu - Les Chimères (44) - Promenades et souvenirs - Lettres à Jenny - Pandora - Aurélia (250) - Le voyage en Orient, 1 (332) - 2 (333)

NODIER Smarra, Trilby et autres Contes (363)

OLLIER La mise en scène (395)

OVIDE Les Métamorphoses (97)

PASCAL Lettres écrites à un provincial (151) - Pensées (266)

PENSEURS GRECS AVANT SOCRATE De Thalès de Milet à Prodicos de Céos (31)

PÉTRONE Le Satyricon (357)

PHILIPPE (Ch. L.) Bubu de Montparnasse (303)

PLATON Le Banquet - Phèdre (4) - Apologie de Socrate - Criton - Phédon (75) - La République (90) - Premiers Dialogues : Second Alcibiade - Hippias mineur - Premier Alcibiade - Euthyphron - Lachès - Charmide - Lysis - Hippias majeur - Ion (129) - Protagoras - Euthydème - Gorgias

Ménexène - Ménon - Cratyle (146) - Théétète - Parménide (163) - Sophiste - Politique - Philèbe - Timée - Critias (203)

POE Histoires extraordinaires (39) - Nouvelles Histoires extraordinaires (55) - Histoires grotesques et sérieuses (114)

PRÉVOST Histoire du chevalier des Grieux et de Manon Lescaut (140)

PROUDHON Qu'est-ce que la propriété ? (91)

RABELAIS La Vie très horrificque du grand Gargantua (180) - Pantagruel roy des Dipsodes, restitué à son naturel avec ses faictz et prouesses espoventables (217) - Le Tiers livre des faicts et dicts héroïques du bon Pantagruel (225) - Le Quart livre des faicts et dicts héroïques du bon Pantagruel (240)

RACINE Théâtre complet, 1 (27) - 2 (37)

RENAN Souvenirs d'enfance et de jeunesse (265)

RENARD Poil de carotte (58) - Histoires naturelles (150)

RÉTIF DE LA BRETONNE La Paysanne pervertie (253)

RIMBAUD Œuvres poétiques (20)

★★★ Roman de Renart (Le) (Texte original) (270)

RONSARD Discours - Derniers Vers (316) - Les Amours (335)

ROUSSEAU Les Rêveries du promeneur solitaire (23) - Du Contrat social (94) - Émile ou de l'éducation (117) - Julie ou la Nouvelle Héloïse (148) - Lettre à M. d'Alembert sur les spectacles (160) - Les Confessions, 1 (181) - 2 (182) - Discours sur les sciences et les arts - Discours sur l'origine de l'inégalité (243)

SADE Les Infortunes de la vertu (214)

SAINT AUGUSTIN Les Confessions (21)

SAINTE-BEUVE Voluptés (204)

SALLUSTE Conjuration de Catalina - Guerre de Jugurtha - Histoires (174)

SAND La Mare au diable (35) - La Petite Fadette (155) - Mauprat (201) - Lettres d'un voyageur (241)

SCARRON Le Roman comique (360)

SÉVIGNÉ Lettres (282)

SHAKESPEARE Richard III - Roméo et Juliette - Hamlet (6) - Othello - Le Roi Lear - Macbeth (17) - Le Marchand de Venise - Beaucoup de bruit pour rien - Comme il vous plaira (29) - Les Deux Gentilshommes de Vérone - La Mégère apprivoisée - Peines d'amour perdues (47) - Titus Andronicus - Jules César - Antoines et Cléopâtre - Coriolan (61) - Le Songe d'une nuit d'été - Les Joyeuses Commères de Windsor - Le Soir des Rois (96)

SHELLEY (Mary) Frankenstein (320)

SOPHOCLE Théâtre complet (18)

SOREL Histoire comique de Francion (321)

SPINOZA Œuvres, 1 (34) - 2 (50) - 3 (57) - 4 (108)

STAËL De l'Allemagne, 1 (166) - 2 (167)

STENDHAL Le Rouge et le Noir (11) - Chartreuse de Parme (26) - De l'Ar (49) - Armance ou quelques scènes salon de Paris en 1827 (137) - Racir Shakespeare (226) - Chroniques Itanes (293) Lucien Leuwen, 1 (350) - 2 (

STERNE Voyage sentimental (372) - et opinions de Tristram Shandy (37'

THACKERAY Le Livre des snobs (3

THÉOPHRASTE Voir LA BRUYÈRE

THUCYDIDE Histoire de la guerre Péloponnèse, 1 (81) - 2 (88)

TOCQUEVILLE De la démocratie Amérique, 1 (353), 2 (354)

TOURGUENIEV Premier amour (27

TZARA Grains et Issues (364)

VALLÈS L'Enfant (193) - Le Bach (221) - L'insurgé (223)

VAUVENARGUES Introduction à connaissance de l'esprit humain et tres œuvres (336)

VERLAINE Fêtes galantes - Roma sans paroles - La Bonne Chanson - É sur Rimbaud (285) - Poèmes Saturni Confessions (289) - Sagesse - Paral ment - Les Mémoires d'un veuf (29

VERNE Voyage au centre de la (296) - Vingt mille lieues sous les (297) - Le Tour du monde en 80 (299) - De la terre à la lune et Autou la Lune (305) - Cinq semaines en b (323)

VIGNY Chatterton - Quitte pour la (171) - Œuvres poétiques (306)

VILLEHARDOUIN La Conquête Constantinople (215)

VILLIERS DE L'ISLE-ADAM Cc cruels (340)

VILLON Œuvres poétiques (52)

VIRGILE L'Énéide (51) - Les Bucoliqu Les Géorgiques (128)

VOLTAIRE Lettres philosophiques (Dictionnaire philosophique (28) - Ror et Contes (111) - Le Siècle de Louis X (119) - 2 (120) - Histoire de Charle (170)

VORAGINE La Légende dorée, 1 (13 (133)

XÉNOPHON Œuvres complètes, 1 (- 2 (142) - 3 (152)

ZOLA Germinal (191) - Nana (194) - L somoir (198) - Pot-Bouille (207) - La tune des Rougon (216) - L'Affaire Dre (La Vérité en marche) (220) - La C (227) - Thérèse Raquin (229) - Écrits l'art - Mon Salon - Manet (238) - Bonheur des Dames (239) - Cont Ninon (244) - Le Roman expérim (248) - Le Ventre de Paris (246) - La F de l'abbé Mouret (249) - La Conquê Plassans (255) - La Bête humaine (2 Une page d'amour (262) - Son Excell Eugène Rougon (264) - La Terre (2(L'Argent (271) - La Joie de vivre (2 L'Œuvre (278) - Le Rêve (279) - Le teur Pascal (280) - La Débâcle (281)

GF — TEXTE INTÉGRAL — GF

9834-1983. — Mame, Tours.
Nº d'édition 9864. — 2e trimestre 1964. — Printed in France.